レジェンドノベルス
LEGEND NOVELS

東京非常事態

MMORPG化した世界で、なんで俺だけカードゲームですか？

contents

レジェンドノベルス
LEGEND NOVELS

東京非常事態

MMORPG化した世界で、
なんで俺だけカードゲームですか？

プロローグ

トレーディングカードゲーム《Chrono Holder《クロノ・ホルダー》》。

プレイヤーは時を操る歯車——クロノギアの力で時の止まった世界、滅びを迎えた様々な種族の時間を動かし自らの僕《しもべ》とすることで、世界の時間を止めようと目論《もくろ》む集団——ユニバースと戦う。

そんな設定でアニメ化もされた世界中で人気のカードゲームだ。

なんでこんな話をしているかって？　それは……

『ここで、逆蒔《さかまき》選手のモンスターの攻撃によって盤面が返されました！　ラストマッチ、序盤から常に優勢を築いていた黒乃《くろの》選手のフィールドに並んでいたモンスターが全滅です！』

『お見事です。とはいえ、逆蒔選手は二枚の術式《スペル》カードを掻《か》い潜《くぐ》るために手札を使い切ってしまいました。フィールドに残っているのは、相手ターンに発動できる効果を持たない《トゥバイス》と一枚の術式カードのみ。黒乃選手のドロー次第で勝負は決まるといってもいいでしょう』

『たった一度のドローが勝負をひっくり返す！　これが《クロノ・ホルダー》の醍醐味《だいごみ》だ！　さあ、泣いても笑ってもクライマックスは近いぞ！』

俺がこのトレーディングカードゲーム《クロノ・ホルダー》の世界大会への切符をかけた国内予選の決勝の舞台に立っていたからだ。

《クロノ・ホルダー》の基本ルールは簡単。プレイヤーはフィールドに自らの僕であるモンスターを召喚する召喚《サモン》カード、使い切りで能力を発揮する術式《スペル》カード、プレイヤーもしくはモンスターに装備して力を与える武装《アムド》カードの三種類のカードを組み合わせた四十枚のデッキを使い、相手の体力《ライフ》であるＨＰ《ヒットポイント》を初期の８０００から０にした方が勝ちだ。

大会ルールは3《トライ》マッチ制。先に二戦勝利したプレイヤーがマッチの勝者になる。

そして今の勝負は三戦目。互いに一勝し迎えた大一番だった。

俺のＨＰも相手のＨＰも風前《ふうぜん》の灯《ともしび》。あと一撃で勝負が決まるだろう。

相手のフィールドは俺の操るモンスターの攻撃によって全滅してがら空き。そして相手の手札はゼロ。

対して、俺のフィールドには、高い攻撃力に加え、召喚時に相手モンスター全ての能力を消去する能力と、相手のモンスターを攻撃で破壊するともう一度モンスターに攻撃することができる能力を持つ《無双の追撃竜　トゥバイス》と、一枚の未使用の術式カードが残っている。

術式カードはフィールドに二枚まで伏せることができ、その術式カードは相手のターンでも使用できる。今できる最善の盤面を整え、俺のターンである27ターン目を終える。

……正直に言えば、このターンで勝負を決められなかったのは、痛い。ヒートアップする解説者の言う通り、《クロノ・ホルダー》はたった一枚のカードで勝負がひっくり返されるゲームだ。そんな中で、今まで相手の猛攻を凌《しの》ぎつつ、溜《た》め込《こ》んでいたリソースである手札を使い切った上で勝利を決めきることができなかった。

確かに盤面だけ見れば、俺が優勢になった。それでも、目の前の相手、目深《まぶか》に被《かぶ》ったフードで目元が隠れた小柄な少女——黒乃選手にターンが回ってしまった。

ターンが回ってきたプレイヤーはデッキからカードを一枚ドローする。ドローは無限の可能性だ。俺のフィールドでこのターン猛威を振るった《トゥバイス》は相手ターンでは何の効果も持たない。一枚の術式カードが残っているとはいえ、この盤面をひっくり返して俺のＨＰを０にすることができるカードはいくらでもある。

——それがどうした。やれるだけのことはやった。この盤面、ひっくり返せるもんならひっくり返してみろ！

心の中でそう啖呵《たんか》をきる。ここまでくれば結果論だ。負けたら「運ゲー万歳！」と叫びながら舞台の上で狂乱してやれ。

やけっぱちになりながら眼前の、今まさにデッキからカードをドローした黒乃選手を見つめる。ドローしたカードを見た黒乃選手が俺の方を向き、視線が交錯した……ような気がした。フードと長めの髪の毛に隠れてよくわからん。

黒乃選手は引いたカードをそのままフィールドに出す。

カードの使用にはコストとして魔力が必要だが、もうゲームは終盤だ。１ターンにつき、２ずつ増えた魔力は既に20を超えている。この局面でどんなカードを引いても発動は可能だ。

そして、その中でも黒乃選手が引いたのは、間違いなくこの盤面をひっくり返す逆転のカード。

「召喚《サモン》、《魔弾の射手　ファントム》っ……！」

そのカードは召喚カード。描かれているのは霧に包まれたガンマンだ。

「効果発動。《トゥバイス》を消滅させ、自らの攻撃力を《トゥバイス》の数値と同じにする」

その効果は単純にして明快。相手のモンスター一体を消滅――フィールドから追放し、自らの攻撃力をその消滅させたモンスターと同じにするという強力な効果だ。

アニメでは敵モンスターを弾丸として放つという演出と共にその効果がよく猛威を振るっていた。でも、登場回数が多かったために効果を無効化された回数も多く、たびたびかませ犬的なポジションになっていたりもする。

それはともかく、この効果が通れば俺のフィールドのモンスターはいなくなり、《ファントム》の攻撃によって俺の敗北だ。

《トゥバイス》の高い攻撃力をコピーした《ファントム》の攻撃は、今の俺のライフを十回は消し飛ばせる。完全なオーバーキルだ。

だけど……

「運ゲー、万歳っ！　連鎖術式《カウンタースペル》！　《攻防反転――ダブルクロス》！」

伏せていたカードを表にする。

「モンスター一体の攻撃力と防御力を入れ替える！　対象は俺のフィールドの《無双の追撃竜　トゥバイス》！」

通常は相手モンスターを対象にして発動して反撃を狙うこのカードを、本来の用途とは外れた使い方で発動した。

だが、この局面では何よりも重要な一手だ。

『これは……珍しい展開ですね』

『前のターンの攻撃では《ダブルクロス》を発動してもライフを削りとれませんでしたからね。攻撃に対する防御札として温存していたのでしょうが……』

『逆蒔選手の《ダブルクロス》の効果によって《トゥバイス》の攻撃力と防御力の数値が反転。これによって《トゥバイス》の攻撃力がゼロになりました』

『《トゥバイス》は３０００という高い攻撃力の反面、防御力は0。このせいで防御モードになってしまうと弱いのですが、この場面ではその低い防御力がポイントです』

ダブルクロスの効果で俺の《トゥバイス》は攻撃力が0になった。これによって、《トゥバイス》の攻撃力をコピーする《ファントム》の攻撃力は0になる。つまり《ファントム》の攻撃では俺の残りライフ２００は削れないのだ。

俺の前のターンで使用した術式カードと、今使ったカード、どちらを防御のために伏せるかは散々悩んだのだが、結果的に《ダブルクロス》を伏せて正解だった。もう一方のカードじゃ防げなかった。

ダブルクロスの効果が適用された後にファントムの効果が発動する。トゥバイスが消え、俺のフィールドはがら空きになるが、黒乃選手もこれ以上は何もできない。

「ターン、エンド」

そのまま黒乃選手は苦虫を噛《か》み潰したような声で自身のターンの終了を宣告する。

顔はよく見えないが、彼女が悩ましげな声を出した理由は明白。俺にターンが回るからだ。ドローは無限の可能性。どれだけ苦しい状況でも、たった一枚のカードで逆境をひっくり返せるのだから。

相手のフィールドに残っている《ファントム》は攻撃力0。攻撃モードのモンスターに攻撃した際に与える相手ライフへのダメージは、攻撃したモンスターの攻撃力から攻撃されたモンスターの攻撃力を引いた数値だ。壁にもならない。

相手のライフは残り１３００なので攻撃力１３００以上のモンスターを呼び出す召喚カードか、攻撃力を１３００以上アップできる武装カードを引ければ俺の勝ちだ。

このターンで終わらせる。そんな思いでデッキからカードを引く。

俺が引いたカードは……術式カード。しかし、俺の勝利を決定づけるものだった。

「勝ったっ！　術式《スペル》、《時空逆行《クロノリバース》》！　このバトル中に俺が召喚したモンスターの中から一体をフィールドに呼び戻す！　俺が選ぶのは《無双の追撃竜　トゥバイス》！」

先程、フィールドから消えたトゥバイスがフィールドに再び舞い戻る。その攻撃力は３０００。

「《トゥバイス》で《ファントム》を攻撃！」

「……ありません」

トゥバイスの攻撃を防ぐ手立ては黒乃選手に残されていなかった。

『決まったーーーっ!!　《クロノ・ホルダー》世界大会２０１８、国内予選大会。チャンピオンの座に輝いたのは逆蒔 京也《きょうや》選手だーーっ!!』

『一進一退の最後まで見逃せない熱いバトルでした。両者に拍手を！』

実況の声が舞台の上にも響き渡る。頭がまだ勝負が終わってないかのように働いている。観客席からの拍手が他人事《ひとごと》のように感じられた。

「……ありがとうございました。いいバトルでした」

対面の黒乃選手から小さな手を差し伸べられ、そう言われてようやく終わったことを認識する。

慌てて彼女の手を取り、握手をする。フードから覗《のぞ》く口元はうっすらと笑っていた。この勝負が本当に楽しかったと思ってくれているのだろう。

「……ありがとうございましたっ！」

だから。俺も彼女に応えるように。大きく笑って返事をしたのだった。

*

「はえー……」

東京駅のマクドにて俺は完全に燃え尽きていた。

腑《ふぬ》抜けた声を漏らしながら虚空を眺めては、店員さんにもらったコーヒー用の砂糖を大量混入したコーラをストローでちびちびとすする。脳が疲弊していて、もはや紙のカップを持つことも億劫《おっくう》だった。ついでに買ったポテトは時間が経《た》ちすぎて完全に冷めきっている。

ぼんやりとした頭のまま、ツイッターを開いて《クロノ・ホルダー》について検索する。

出てきたのは今日の国内予選大会について。そして、俺の名前や試合の動画だ。

「ふへ、ふへへ……」

未だ、実感は湧かないが今日をもって俺は二〇一八年の日本チャンピオンとなったわけだ。変な笑いが止められない。

しかも俺はそこそこ顔立ちがいい。輝かしい結果と合わせて、きっとコメントは俺への僻《ひが》みで溢《あふ》れているのだろう。

どれ、王者として高みから見物してやろう。スマホの画面を上へとスクロールしていく。

『黒乃たんの方が名前的に《クロノ・ホルダー》に相応《ふさわ》しくね？』『運ゲー神、ＳＡＫＡＭＡＫＩ』『デッキトップで解決しました』『勝ったっ！（本当に勝つ）』『この手に限る』『ドヤ顔で草』

「…………」

ダンッと大きな音が店内に響き渡る。気づけば俺の拳がテーブルに振り下ろされていた。店内を清掃していた従業員がビクリとした後、こちらを睨《にら》んでくる。

「やめよう。不毛だ。それよりも……」

想像するよりもずっとネットの闇は深かった。目を背け、他の記事を見ていく。

俺が探していたのは大会後の運営発表についての記事だった。

「新しい《クロノ・ホルダー》の世界……今までのカードゲームの要素も取り入れたＭＭＯＲＰＧかあ」

大会の熱気冷めやらぬうちに運営が発表したその情報には、観客達のみならず舞台上の俺も歓喜した。

なにせ、新プロジェクトだ。ワクワクしないはずがない。

ツイッターの記事によると、《クロノ・ホルダー》の運営会社であるクロックワークコーポレーションは前年度に、あるゲーム会社を合併吸収していたらしい。

そのゲーム会社が運営していたＭＭＯＲＰＧがあったのだが、合併に伴い惜しまれつつもサービスを終了した。『俺達の世界が買収された』『大人の事情で崩壊した俺達の世界』『俺達の課金が世界を守れなかった……』などのワードがネット上で流れていたみたいだ。

運営の今日の話によると、そのゲームの運営のチームが中心となって、続編であり、世界観を踏襲した《クロノ・ホルダー》の新しいシリーズが近日中、カードゲームの世界大会までには発表されるらしい。前シリーズをプレイしていたプレイヤーからは『買収された俺達の世界が生まれ変わって帰ってきた！』とのコメントもある。

俺はそのゲームをやっていなかったので特に思い入れはないのだが、これから関わってくるだろう新作が気にならないわけがない。

「確か《オレクエスト・オンライン》だっけか。……今のうちに情報集めておいた方がいいかな」

ツイッターを閉じ、そのゲームの情報をネットで検索しようとする……時に思い出した。俺が乗る予定の新大阪駅行きの新幹線の発車時刻が三分後だということに。

今日行われた国内予選大会は全国から勝ち上がったファイナリスト達が集まった大会で、俺は関西地区代表だ。大会が終わったのなら速やかに自宅のある兵庫県に帰らなくてはならない。

「……やばっ」

脳が一気に覚醒した。冷めて萎《しな》びたポテトの容器を、片手でぐしゃりと鷲掴《わしづか》みにして店を飛び出す。道を塞ぐような人の波が焦りを更に加速させた。

「どこから乗るんだ……？　ええい、ややこしいな東京は！」

俺は長崎県生まれ、兵庫県育ちの十七歳。東京に来たのはこれが初めてだ。

普段、電車に乗ることも少ない。大会への参加ということで、一人でこの東京に来た俺が事前に切符を買っていたとはいえスムーズにホームまで辿《たど》り着くことはできず……

「あ、ああ……行ってしまった」

あわれ、目の前で新大阪駅へ向かう新幹線は出発してしまった。

「どうしよう。こういう時は払い戻しとかしないとダメなんだっけか……？　とりあえず芋食ってから考えよう」

呆然《ぼうぜん》としながらも片手のポテトを口に運んでいた、その時だった。

新幹線が出発した方向から轟音《ごうおん》が鳴り響いた。

「なっ、うおっ⁉」

音にビックリして身構えた瞬間に突風が吹き荒れた。

体が浮き上がるような感覚に冷や汗が流れる。

「……なんだ？　もしかして事故？」

音が聞こえたのは出発した新幹線の方から。何かが爆発したような音だった。

まさかそんなわけないだろ、そう思い、線路の先を覗き見る。

「炎上してやがる。いやでも、直線だぞ。こんな所で事故るわけないし、機械系統の故障とか……え？」

線路上の少し離れた場所が炎で包まれていた。炎上している大きな物体は俺が乗るはずだった新幹線なのは明白だ。

いったい何が起こった。その疑問はすぐに解決した。ホームの屋根に隠れて見えなかった空、そこに現実にいるはずもない生き物がいたのだ。

まるでＣＧみたいだ。そう思ったのはつい最近、ファンタジー系の映画で似たようなものを見たせいだろう。

それは赤い竜だった。距離が遠い故に小さく見えるが、同じように空を飛ぶ鳥類と比べるのは失礼なサイズの生物だというのはわかる。

口端に炎を纏《まと》った竜は眼下を見据え、大きな咆哮《ほうこう》を上げた。

「……は？」

間抜けな声が漏れる。

何か大変なことが起きてしまった。そんな漠然とした思いだけが脳内を支配していた。

壊れた世界でやれること

1.

「……なんだったんだ、アレ」

赤い竜はすぐに、何事もなかったかのようにこちらとは真逆の方角へと飛んでいった。

乗るはずだった新幹線が目の前で燃え盛っているのを見て呆然としていた俺だったが、脅威が去ったことでなんとか正気を取り戻した。

口の中が緊張でカラカラだ。気づけばポテトがなくなっている。どうやら無意識のうちにも口に運んでいたらしい。口の中がカラカラなのはポテトのせいかもしれない。

「……悪い夢、だよな？」

「そんなわけないだろ」とツッコミを入れたくなるようなセリフが自然と口から漏れた。現実逃避の一種なのかもしれないが、ここで思考停止してはいけないと自分に言い聞かせる。

運命に流されてはいけない。運命は引き寄せるものなのだ。

改めて気を引き締める。

「キャアアア!!」

甲高い悲鳴が聞こえて体がビクリとなった。どうやら駅の中の方でも何かが起こったらしい。

辺りを見渡すと、ホームにいた他の人達も俺と同じような反応を見せている。さっきの新幹線爆発事件は見逃した人もいたみたいだが、今度のは流石《さすが》に無視できなかったらしい。

何人かが階段から様子を見に行こうとしている。俺もそれに便乗し、階段を降りて柱の陰から構内を見た。

「ははっ、現実がファンタジー」

苦笑いしか浮かばない。

構内では、緑色の肌をした子供ぐらいの大きさの鬼——多くのゲームでは『ゴブリン』という名前で呼ばれる怪物が人を襲っていた。

ゲームなどの物語では最序盤で出てくるモンスター、つまりは雑魚だ。チュートリアルとしてはまずまずの相手だろう。……だけど、これは現実だ。剣も魔法も使えない一般人が石の斧《おの》や槍《やり》を振るって襲い掛かる怪物を前に何をできるというのか。

柱の陰から様子を窺《うかが》っている間にも、次々と人が傷つけられている。突然のことでみんな動揺しているのかもしれないが、大人の男性が力負けしているところを見ると、動揺してなかったとしても結果はそう変わらないだろう。無手で立ち向かうのは無謀だ。

……こんな状況で今の俺にできることなんて何もない。見つかれば俺もヤバい。

「とりあえず、ここから離れるか……!」

こんな状況で誰かを助けようなんて考える余裕はなかった。ゴブリンに襲われている人達を横目に構内を見つからないように慎重に移動する。

着替えなどを入れたトランクケースは音が目立つから捨てる。本当はデッキなどを入れたリュックサックも捨ててしまうべきなのだが、カードゲーマーとして自分のデッキを捨てることには抵抗があった。この状況ではなんの役にも立たないとわかってはいるが、リュックは背負っていく。

ゴブリン達の数はそこまで多くはない。見える範囲では二、三体の群れが疎《まば》らに三つ。まだまだいるだろうけれど、フロアの全てがこんな感じなら見つからずにここから脱出することは難しくないはずだ。

外に出てどうするかはまだ決めていないけれど、構内に留まるよりは動きやすいだろう。ここは籠城にも向いていない。侵入できる所が多すぎる。

この混乱の中でゴブリン達を鎮圧して拠点にすることができるかと言われると、その可能性は半分もないだろう。

そう決めて移動を始めたが、心の何処《どこ》かでまだ油断していたのだろう。周囲の警戒が足りていなかったとも言える。

「グギャアア！」

「しまっ……」

後方から響いた鳴き声。それに反応して後ろをバッと振り向くと、ゴブリンがこちらに向かって飛び掛かってきていた。

声がなければ完全な奇襲だっただろう。俺は何もわからないままに殺されていたに違いない。

だけど、そんなことが不幸中の幸いにならないくらいにこの状況は詰んでいた。ゴブリンはその短い脚からは想像できないくらいに速い。インターハイの短距離走に出ても、そこそこいい勝負をするだろうと思えるくらいだ。それに加え、成人男性を軽く凌駕《りょうが》するほどの力がある。真正面から戦っても勝てる気がしない。

……そして。そんな相手に奇襲をかけられた。初撃すら防ぐ手段がない上に、回避ももう間に合わない。

「うわああああっ！」

せめて頭だけは守らないと！

ゴブリンが頭の上から振り下ろしてくる石斧から頭を守るように左腕を盾にした。

「……え？」

思わず二度見した。

頭をかばうために目の前に掲げた左腕。

その手首から肘の間に、見覚えのないものがあったからだ。

ゴツゴツとした機械質のフォルム。青色のガラスのような素材で、中が見える円盤と小型の液晶ディスプレイが一体化したような装置。円盤の内部では銀色の歯車が噛《か》み合《あ》ってゆっくりと回っている。

俺はこれと似たものを知っていた。《クロノ・ホルダー》のアニメで主人公達が使っていた、内部で回り続けるクロノギアの力でモンスターや術式を具現化するための装置。

「クロノグラフ⁉　なんでここに！」

『スタート。《時の蒐集《クロノグラフ》》』

俺がその装置――クロノグラフがいつの間にか左腕に装着されていることに驚き、声を上げたその瞬間、機械的な音声と共に円盤が淡く発光した。

光の奥で歯車が高速で回る。クロノグラフから放たれた光にゴブリンは一瞬驚いた様子を見せたが、そのまま斧を振り下ろした。

斧が左腕のクロノグラフへと迫る。

『――コンプリート』

再び発せられた機械音。より大きく発せられた光が視界を奪う。

光はすぐに消えた。覚悟していたダメージがない。

目を開ける。

「これは……時間が巻き戻った？」

目の前、といっても十メートルほど離れた所でゴブリンが棒立ちになっていた。辺りをキョロキョロして動揺しているところを見ると、奴《やつ》にも何が起こっているかわかっていないみたいだ。

さっきの光の力なのか。状況を見るに僅かな時間を巻き戻す力だろうか？

こんな力はアニメでも見たことがない。何がトリガーになったのかはわからないが、この力を使えばこの状況も切り抜けられるかもしれない。そう思い、クロノグラフをチラリと見る。

「……ああ、なるほど。なんとなくわかった。今のは時間を巻き戻す力じゃない」

アニメではデッキを入れる部分であったクロノグラフの側面には、先程まではなかった見慣れたカードがあった。

それを見てさっきの光の力を理解した俺は円盤からカードを引き抜く。

『デッキオーバー』

カードを引く――ドローと同時に機械音声が鳴り響いた。それを気にせず、引き抜いたカードを見る。

「……やっぱり。あえて名前をつけるなら時を切り取る力って感じか」

カードに記された絵や能力を見て、自分の推測がそう外れていないことを確信した俺はゴブリンを見た。

ゴブリンは未だ戸惑っている様子だったが、どうやら考えることを諦めたみたいだ。唸《うな》りを上げて再びこちらへと飛び掛かってくる。

「わかってんなら、躱《かわ》せるっての！」

ゴブリンの体のスペックは人間より高い。だが、対応できないほどの隔絶した差はない。攻撃してくるとわかっているなら、一度や二度なら避けられる。

横っ飛びでゴブリンの攻撃を避ける。ゴブリンの斧が床に叩《たた》きつけられた。体勢が崩れたままそれを確認した俺は、アニメで主人公達がやっていたように、カードを円盤にかざして名を叫ぶ。

「瞬間術式《インスタント・スペル》、《サプライズアタック》！」

それは今の俺の唯一の手札。時を切り取り、手に入れたカード。

その効果で俺は石斧を振り下ろしたゴブリンの後ろに立っていた。手にはゴブリンと同じ簡素な作りの石斧が握られている。

相手の意識外から攻撃する効果。軽くカードのテキストを読み、そう判断して発動したそのカードの効果で、完全にゴブリンの背後をとった。ゴブリンはまったく反応できていない。

声を出すことはしない。このチャンスを逃すと敗北の運命に傾く。

俺はただ無心に、手に持った石斧をゴブリンの頭部に叩《たた》きつけた。

「ギャッ……」

グシャリと、嫌な感触が手に伝わった。

か細い叫び声を上げ、ゴブリンが床に倒れた。暫《しばら》くピクピクと動いていたが、俺が手に持っていた石斧が消えると同時にゴブリンの姿も霞《かすみ》のように消え去った。

「……ハァッ、ハァッ」

それを見て、ようやく危機を脱することができたと気の抜けた俺はその場にへたり込んだ。呼吸するのも忘れていたのだろう。息が荒くなる。

まだゴブリン達がいることはわかっていたが、地面に大の字になって寝転がり力を抜いた。

慣れないことをした疲弊感ももちろんあったのだが、それ以上に俺はあることでショックを受けていた。

「……《クロノ・ホルダー》の新作は現実世界でやるデスゲームかよ。はは、笑えねー」

自分が好きなゲームが、こんな風になってしまったのがなんだか悲しかった。

その思いがどうしても消せなかった。

2.

「……なるほど。なんとなくわかった」

ゴブリンを倒してから十数分は経ったが、俺はまだ外に逃げ出さず、駅構内に身を隠していた。

理由は、突然手に入れたこの力をよく知るため。何か手がかりはないかと色々弄《いじ》っていると液晶ディスプレイの電源がついたので、そこから画面を操作して情報収集していたのだ。

わかったことは、この力はカードゲームの《クロノ・ホルダー》とはまるで別物だということだった。

まずはステータスだ。カードゲームの頃はライフを表すＨＰしかなかったから、ステータスとも呼べないようなものでしかなかったはずの項目だが、今となっては完全に別ゲーと化している。

逆蒔　京也
【Lv】1
【JOB】《時の蒐集者《クロノ・ホルダー》》

【HP】8000／8000
【MANA】50／50
【ATK】50
【DEF】50
【SPD】50
【GP】3

これが俺のステータス欄だ。

体力を表すＨＰと、魔力を表すＭＡＮＡはまだカードゲームの要素として理解できるが、攻撃力を表すＡＴＫや、防御力を表すＤＥＦ、素早さを表すＳＰＤを見るに、自分も戦闘に参加しろということなのだろう。

実際、今のステータスがどれくらい強いのかというと、さっき手に入れた《ゴブリン》の召喚《サモン》カードの能力値がＬｖ１で体力、攻撃力、防御力、素早さが２００／20／20／20だったことを考えて、俺はだいたいゴブリン二匹半くらいの力を持っている。あんまり嬉《うれ》しくない。

まあ、自身の戦闘能力についての数値はオマケと割り切った方がいいだろう。

考えるべきなのは俺のＪＯＢ《職業》の《時の蒐集者》についてだ。

時を切り取る力と称したその力の正体は、左腕にいつの間にか装着されていた装置、クログラフによるものだった。

一日に一回だけ使える能力で、目の前の事象を時を切り取ることでなかったことにし、瞬間術式《インスタント・スペル》のカードへと変えて自分の力にするらしい。

ゴブリンに奇襲を受けた時に偶然にもこの力が発動し、あの場面で唯一のカードを生み出したみたいだ。

瞬間系のカードは、カードゲーム版にはなかった要素だ。カードの種類は召喚、術式《スペル》、武装《アムド》の三つだったのだが、瞬間召喚《インスタント・サモン》と瞬間術式のカードが新たに追加されている。

瞬間系カードの最大の特徴は、同名カードを何枚でも所持できる代わりに、一度発動するとなくなってしまうという点だった。

その影響で元からあった召喚、術式、武装カードも今までとは大きく違う点ができた。瞬間系カードの特徴で挙げたことからわかる通り、同名カードを手に入れられないのだ。

カードゲームとしてそれはどうなんだと思うが、説明をざっくり見たところ、どうも瞬間系カードは通常のカードのコピーのような扱いらしい。同じ名前のカードで効果が変わるといったことはないみたいだ。同じカードを複数使いたいなら瞬間系カードを使えということなのだろう。

その代わりに通常のカードは一度発動してもなくなることはない。デッキチェンジをしないと再利用はできないけれど、これはとてもありがたい。召喚したモンスターのＨＰが全損しても再召喚時には全回復するので無茶な指示も出しやすいのは好印象だ。

後は、召喚カードはモンスターを倒すことで、術式カードと武装カードは使用することでレベルが上がり、能力もそれに比例して上がるという育成的な要素が追加されていることも気にしなければならないだろう。

　俺のレベルは俺の使役するモンスターが敵のモンスターを倒すことでも上がっていく。使役するモンスターが成長するのに合わせて自分も強くなっていくわけだ。

　カードについて理解したのはこのくらいか。あと、大事なことはカードゲーマーの命であるデッキについてだ。

　といっても、これには制限がない。デッキ枚数は何枚でもいいらしい。カード枚数が一枚だろうと、百枚だろうと一つのデッキとして登録できる。だが、ここで調子に乗ってデッキのカード枚数をバカみたいに増やしすぎてはいけない。ドローのことを考えないといけないからだ。

　ターンの概念がないこの世界では、ドロー――デッキからカードを引く行為は時間によって制限される。まずデッキチェンジ時に四枚引き、後は最後にドローした時から五分毎《ごと》に追加のドローができるという制約がある。手札の上限は六枚で、それ以上のドローはできない。

　構築の時点でデッキのカード枚数を調整しないと、引きたいカードを引ける確率がかなり変わってきてしまうので注意が必要だ。ちなみに俺は「デッキ枚数を四枚以下にすれば最初のドローで特定のカードが引けるな」と悪用する気マンマンだった。……まあ、それもカードの種類が充実してからの話だ。今はソリティア――カードの効果を掛け合わせて連続してカードを使用することどころか、追加のドローやサーチ――特定のカードをデッキから手札に加えることすらままならないのだから、カードの使い方も考えなくてはならない。

……ああ、デッキチェンジとは文字通り、デッキを交換することだ。

カードを好きな枚数登録することでデッキを作ることができる。このデッキ編集は自由にできる。現在使っているデッキとは別に他のデッキだって何個も作れる。だが、使用するデッキを交換するか、もしくは今使っているデッキをもう一度選択し、山札を回復させるデッキチェンジには一日三回までと制限がかけられている。だから、あまりデッキの枚数を少なくするのも考えものだ。デッキチェンジの際に俺の生命線であるHPも全回復するので、このこともちゃんと頭の隅に留《とど》めておくべきだろう。

レベルアップ時に全回復するだけでなく、三分毎に1回復する魔力と違い、HPの回復手段は今のところレベルアップとデッキチェンジだけなのだ。もしかしたらHPを回復できる術式カードがあるかもしれないが、手に入るまではないのと同じだ。

HPが0になると俺は丸一日の間、《時の蒐集者》の力を失い、能力値もゴブリンに劣るどころか普通の子供にも負けかねないオール1にまで減少する。注意が必要だ。

「……ちゃんと考えるとけっこう複雑だな。わかったっちゃわかったけど理解しきれた気がしない。もっと簡潔に書いてくれ……」

新しい要素が多すぎて若干混乱気味だ。こればかりはやりながら慣れるしかないのだろうが……それにまだ重要なことがある。どうやってカードを手に入れるかだ。

カードを手に入れるには二通りの方法がある。一つは倒したモンスターから入手するという、ゲームらしいドロップアイテム式の方法だ。

画面を操作し、持ち物と書かれている欄を開いたら、さっきゴブリンを倒した際に手に入ったのだろう《小鬼のツノ》が表示されていた。これは通常のドロップアイテムだと思う。
そして、カードの欄には《ゴブリン》の召喚カードが表示されていたのだ。

ゴブリン
【レア度】C
【タイプ】召喚カード
【コスト】1
【Lv】1
【HP】200
【ATK】20
【DEF】20
【SPD】20
【効果】なし

これが《ゴブリン》のステータスだ。コストは消費する魔力の数値になる。一見非力に見えるがコストが少ないことを考えると妥当だろう。というか、これだけの能力値でも一般的な大人の男性を上回る身体能力を持っているのだ。雑魚モンスターとしては文句のつけようがない。

それにコイツはモンスターを倒した分だけ成長する。これからの活躍にも期待できるだろう。

そして、もう一つの方法、それが……

「……さて、そろそろ引くかあ。ガチャにはいい思い出がないけど仕方ない」

画面を操作して、あるページを開く。そこにはガチャの文字が大きく描かれていた。

そう、もう一つの方法とはガチャのことだ。

ステータスの欄にあったＧＰとはガチャポイントの略だ。レベルアップの際に３溜《た》まるこのポイントを１消費すると一枚カードを手に入れられるのだ。

……カードゲームの《クロノ・ホルダー》を楽しんでいた身としては「せめてパック売りにしてほしかったなあ」と思わざるを得ない。パック売りなら五枚入りで当たりが来るのは実質、最後の一枚だけだったが、その前の四枚でもノーマルに分類されるカードが手に入るのだ。今の状況ではノーマルカードでも重要な戦力だ。レベルアップの度に三枚だけしか新しいカードが手に入らないとなると、まともな戦略が組めなくて辛《つら》い。

ガチャの利点はレア度がＲ《レア》以上のものが必ず手に入るくらいだろうか。レア度は低い順からＣ《コモン》、ＵＣ《アンコモン》、Ｒ、ＳＲ《スーパーレア》、ＵＲ《ウルトラレア》、ＬＲ《レジェンドレア》、ＣＲ《クロノレア》の七種類らしい。

最低でもある程度の強さのカードが手に入るのはありがたい。実は素の運にはそこまで自信がないのだ。ソシャゲでは「出るまで回す」派だったため、ガチャという社会が生んだ悪《あ》しき風習において、いい思い出はあまりない。

それでも、カードがないと職業の力がまったく活《い》かせないため文句を言わずに引くしかない。できれば強力な召喚カードか武装カードがあれば継続した戦力が確保できるのだが。

「まずは一回目っと……これは」

そこまで気乗りがしないまま画面を操作してガチャを引く。引いたのは瞬間術式カードだった。

緊急退却　クイックリキャスト
【レア度】SR
【タイプ】瞬間術式カード
【コスト】17
【効果】①召喚済みの瞬間召喚モンスターを手札に戻す。（手札に加えたカードは新しく手に入れたカードとして扱う）

「……うん？　……ああ、なるほど。奥が深いなあ。そういうのもあるのか」

引いたカードの能力を見て、術式カードは魔法のようなものだろうと思っていた俺は一瞬戸惑う。だが、すぐに書いてあることの重要性が読み取れた。

つまり、ここに書かれているのは、使い捨てであるはずの瞬間系カードにも再利用する術があるということだ。この分だと他にもこういったカードの種類を指定して効果を発揮するカードはありそうだ。瞬間系カードは通常のカードの下位互換と考えるのではなく、完全に別物として考えた方がいいだろう。

「こんなデスゲームじゃなかったら楽しいゲームになっただろうになあ」

カードの使用法を色々妄想していたが、現実で起こっていることを考えるとどうしても気分が沈んだ。やっぱり素直にゲームを楽しめないってのは嫌だな。

「ま、とりあえず今は役に立たないか。さて、次」

色々使い道を考えてみたが、瞬間召喚カードを持っていない今は何の役にも立たないカードだ。気を取り直して次のカードを引く。

祝福の聖天樹　イブキ
【レア度】SR
【タイプ】召喚カード
【コスト】30
【Lv】1
【HP】5000

【ATK】200
【DEF】500
【SPD】100
【効果】①このモンスターは移動できない。②五分毎に《ウッドソルジャー》（300／30／30／30）を産み出す。

「なんだこのぶっ壊れ!?」

次に引いたのは、先程と同じくＳＲのカード。今度は召喚カードだったが、そこに書いてあることがおかしい。

「移動性を完全に犠牲にしてるとはいえ、ステータスが高すぎる……！　それに時間が経過する毎に《ゴブリン》より性能が高いモンスターを無限生産って。ＳＲでこの強さだったらもっと上のレア度の奴らはいったいどうなるんだ……というか、もしかして俺のステータス低すぎ……？」

攻撃力は俺の四倍で、防御力は俺の十倍だ。移動できないとはいえ、素早さですら俺の二倍の数値を持っている。俺がまともに相対してもどうしようもないほどの差がステータスに表れている。

これを見ると、外にいるまだ見ぬモンスター達もこのレベルの強さを持っているのではないかと思ってしまう。ゴブリンに勝っているからなんとかなるだろうなどとは口が裂けても言えない。

「いや、でもコイツが居ればだいたいのモンスターなら倒せるか。召喚した場所から動けないいなら、俺がコイツから離れなければいいだけだしな」

いろんな不安が押し寄せてきたが、それを打ち消すほどに強いモンスターを手に入れたことに安《あん》堵《ど》する。単体での強さと物量を兼ね備えたモンスターだ。今の状況では最適なカードだろう。俺の素の運もまだまだ捨てたものじゃないらしい。

「さて、あと一回引けるけど。……まあ引いておくか。引かない理由もないし」

継続した戦力になる目当てのカードは引き当てた。経験則上、欲張って最初に求めていたもの以上の物を欲しがるとロクなことにならないことは理解していたが、今はとりあえず使えるカードであれば性能は気にしていない。

続けて最後のガチャを回す。

つららミサイル
【レア度】R
【タイプ】術式カード
【コスト】10
【Lv】1
【効果】①単体に氷属性の攻撃。

「うーん、くっそ微妙！」

さっき引いたカードとの落差が激しすぎると思わざるを得なかった。

3.

『デッキチェンジ、オールリカバリー』

デッキの編集、といっても今使える《ゴブリン》、《祝福の聖天樹　イブキ》、《つららミサイル》の三枚のカードで構築されたデッキを設定し、デッキチェンジを行う。

『デッキオーバー』

デッキチェンジの後にはカードを四枚までドローできる。デッキの三枚を引いたために即座にデッキがなくなる。なんとかしてカードを手に入れて早いところこれも改善しないとな。

一日に行えるデッキチェンジの回数は三回までだ。このままいくと、ＨＰは残っているのに使えるカードがなくて戦えないなんて事態に陥る可能性がある。

「召喚《サモン》、《ゴブリン》」

自分の身を守るための護衛として《ゴブリン》を召喚する。《イブキ》は移動できないのでここを脱出してから召喚することにした。……もちろん、危険だと判断したら即座に召喚するが。

「さて、行くか」

最低限の準備を整えた俺は《ゴブリン》一体を従え、未だ混乱が続いている構内を脱出せんと動き出した。

「《ゴブリン》！　戦闘は最小限だ。倒す必要はない。基本は逃走、戦闘になったら傷を負わせて離脱しろ」

「ギイッ！」

俺の前を行く《ゴブリン》に声をかける。短い返事で応えたソイツは自分が従えているという事実もあってか、他のゴブリンと比べて愛嬌《あいきょう》があるように感じた。

小さな足をせっせと動かして走る姿はよく見るとかわいげがあるかもしれない。……やっぱりないわ。

《ゴブリン》の後ろを追いかけながらこんなことを考える余裕を持てるのも、俺にステータスが追加されたお陰だろう。ゴブリンの倍以上の素早さを持つ俺は、ゴブリンがかなりの速さで走っているにもかかわらず、余裕でそのスピードについていけていた。

運動が苦手だったというわけではないが、本来の自分ではこんなに速く走れなかっただろう。数値的には物足りないが、これだけ動ければ今は十分だ。

「ギイイイッ！」

召喚した《ゴブリン》に合わせて構内を走るが、隠れるのをやめた以上、どうしても構内を徘徊《はいかい》しているゴブリン達の目は避けられない。

気づいたゴブリン数匹が俺達を追ってくる。多分戦力的には倒せないこともないだろうけど今は無視だ。倒すよりも今は……

「おら、こっちだ！　俺を狙ってこい！」

できるだけ多くの敵を引きつける。そのためにワザと大きく声を上げながら進む。これで全部の敵がこちらに来るとは思わないが、注意は引けるだろう。

声に釣られて前方からもゴブリンが現れた。その数は七体、思ったよりも多い。だが、その奥は駅の出口だ。

「《ゴブリン》、迎撃！」

「ギッ！」

無傷では通れないと判断し、俺の従える《ゴブリン》に迎撃の命令を出す。一匹に飛び掛かるがまだ敵は残っている。

敵側のゴブリンが俺の脚を目掛けて斧を横薙《よこな》ぎに振るう。

俺は敢《あ》えてその攻撃を受けた。右の太腿《ふともも》に石斧の刃が食い込む。

「クッ……」

ザラザラとした鈍刃《どんじん》の感触を感じ、顔を顰《しか》める。しかし、そこから血は流れていない。

ダメージを受けた様子がない俺を見て首を傾《かし》げるゴブリンを無傷の左足で蹴り上げた。

「……本当に傷つかないんだな。てか、ＨＰも減ってないや」

ポーンと面白いように吹き飛ばされたゴブリンから目を離し、左腕のクロノグラフの画面を見て自分のＨＰを確認する。

ＨＰはよくあるゲームのシステムを再現したのだろう。何処を攻撃されても一定のダメージが入る。そして、何処を攻撃されてもＨＰが0になるまでは戦闘に支障をきたさないよう、傷一つつかないようになっているらしい。

受けるダメージの数値は敵の攻撃力から自分の防御力を引いた数値だ。ダメージを受けていないので、このゴブリンの攻撃力は俺の防御力より下ということだろう。……体に刺さった武器の感触は感じるみたいだけど。

刺さったままの斧を引き抜く。嫌な感触がなくなりスッキリした。

俺がわざと攻撃を受けた理由はＨＰのシステムの確認と、自分の従えるモンスターと敵のモンスターの能力値に差異があるかを確かめたかったからだ。

できればＨＰが減るほどのダメージを受けた時にどうなるかも確かめたかったのだが、それはまた次の機会でいいだろう。

敵の能力値に関しては、動きから考えると俺のモンスターと同じくらいか。違うとしても大きな差異はないはずだ。

「用は済んだし、さっさと出るか」

前方のゴブリン達は俺に傷がついていないことに警戒し、ジリジリと円状に陣を組んで、俺を取り囲もうとしている。

後方のゴブリン達はもう少しで俺に追いつきそうだ。

俺はそんなゴブリン達を無視し、前に向かって思い切り走りだす。ここにいるゴブリン達では俺にダメージを与えることはできないのだ。動きを警戒する必要がない。

「邪魔ァ！」

「グゲッ！」

今まで立ち止まっていた俺が急に動いたことに慌てたのだろう。反射的に突き出された槍を躱して、攻撃してきたゴブリンを思いっきり殴り飛ばす。

ゴブリンより俺の方が動きは速い。だが、ゴブリンを殴ったために動きが止まる。その隙をゴブリン達は見逃さず、各々が持つ武器を俺に突き立てた。

体中から肉が断たれる感覚があったが、痛みはなかったためそのまま進む。すると武器が最初から刺さっていなかったかのように俺の体をスルリとすり抜けた。

「うおっ、こんな風になるのか」

攻撃は最初に当たった時点で完了しているということなのだろうか？　戦闘に支障がないって書いてあったから心配はしていなかったけど、まさかこんな風にすり抜けるとは思わなかった。この瞬間の俺の体がどうなっているのか気になってしまう。

自分の身に起こった現象に自分でも驚きながら、面食らうゴブリン達の包囲網を抜ける。

ゴブリン達の襲撃を無事にやり過ごしたと思ったその時だった。

目の前の改札の向こうから新たにモンスターが入ってきたのだ。その数は一体。だが、ゴブリンではない。

「グルルル……！」

ライオンほどの大きさの、全身が黒い毛で覆われている犬、いや狼《おおかみ》だった。

出口に向かって走る俺の姿を確認した黒狼は唸り声を上げてこちらを威嚇する。

「くっ、そりゃモンスターがゴブリンだけなわけないわなぁ！」

どれだけの強さか推し量れはしなかったが、ゴブリンよりは強そうだ。

想定外の事態だ。仕方ない。

「術式《スペル》、《つららミサイル》！」

温存していた術式カードの使用をすぐに決める。動きは止めず、走るスピードはそのままで術式カードを発動した。眼前に現れた氷柱が弾丸のように黒狼に向けて放たれる。

「避《よ》けっ……!?　えっ、避けるんかい!?」

だが、黒狼は俺の撃ち出した氷柱をヒョイと避けてしまった。目標を失った氷柱は地面に衝突して弾《はじ》ける。

思わず取り乱してしまった。

心のどこかで俺はまだ《クロノ・ホルダー》をカードゲームだった頃と同じように考えていたのかもしれない。カードゲームで敵のモンスターが勝手に能力の対象から外れることなどありえないからだ。だから自動追尾でもして絶対に命中するものだという思い込みがあった。

「そりゃ生きてるんだから、生きようとするか！」

自分の甘い考えにツッコミを入れる。ダメージを受けて怯《ひる》んだ黒狼の横を通り抜けて脱出するつもりで全力でスピードを出していたが、攻撃が避けられてしまっては意味がない。

ブレーキをかけて止まろうとする俺に黒狼が飛び掛かってくる。回避は不可能だ。顔の前で腕をクロスし、頭を守る。何処に攻撃されても受けるダメージの数値は同じだが、脳にダメージを受けることには忌避感があった。

「痛《い》った！　……いや、思ってたよりは痛くない？」

黒狼の爪は俺の腕を切り裂くように体を通過した。狼はそのまま俺の横をすり抜ける。

血は流れていないが、腕を引き裂くような痛みに思わず声を出してしまった。しかし、想像していたよりは痛くない。例えるならカッターで指を切ったくらいの痛みか。

チラリとクロノグラフの画面を見ると残りＨＰが７９８０まで減っていた。20のダメージを受けている。黒狼の攻撃力は70ということになる。予想はしてたけど、量産されているっぽいモンスターでも俺より強いみたいだ。

攻撃が命中した後の挙動に関してはダメージの有無は関係ないようだ。一撃分のダメージ判定の後に攻撃が体内をすり抜けていく形は変わらないのだろう。

そして今の攻撃で、ダメージを受けた時にはそれ相応の痛みを感じるということがわかった。傷はまったくついていないし、痛みも本当に腕を切り裂かれた時の痛みよりはよっぽどマシだ。もしかしたら受けたダメージに応じて痛みの度合いが変化するといった仕組みなのかもしれない。

……ＨＰのシステムに関して考えるのは後にしよう。

狼は手応えを感じていたのに俺が傷ついていないのが不思議だったのだろう。すぐには追撃せずに訝《いぶか》しげにこちらを睨んでくる。

「《ゴブリン》！　黒狼の足止めを頼む！」

仕掛けてこないなら逃げるチャンスだ。敵のゴブリン集団に追いかけられながらこちらに駆け寄る俺の《ゴブリン》に黒狼の足止めを命じ、出口へ駆ける。

黒狼は逃げる俺を後回しにしたのか、後ろから突然襲ってきた俺の使役する《ゴブリン》へと目標を変えた。

後ろからの攻撃がなくなったことで俺は改札を飛び越え、危なげなく東京駅の出口を抜けた。

「ふぃ〜。脱出成功……うわぁ」

久し振りの外の空気だ。八月の生温《なまぬる》い風を頬に感じる。いつもなら不快なこの空気も修羅場を切り抜けた後だと心地よく感じる。

大きく息を吐いて、危機を脱したことを喜ぼうとした俺だったが、目の前の光景に絶句する。

駅の正面両隣には「これぞ都会！」というような全面ガラス張りの高層ビルが並んでいたはずだったが、左側のビルは何か大きな生物がぶつかったのか跡形もなく倒壊している。右側のビルは倒れこそしていなかったが、ガラスが所々割れていた。

そのビルに挟まれた大きな道路では乗り捨てられた車がそこら中に止まっている。なかには炎上しているものもあった。

姿は見えないが、人の悲鳴が風に乗ってここまで届いてくる。

たまらず空を見上げる。そこには……

「あ……」

左翼を破壊されて操作が利かなくなったのだろう飛行機が、黒煙を上げながら東の方向へと飛んで、落ちていっていた。

その飛行機の行方を目で追う。建物の陰に隠れて見えなくなった後もその方角から目が離せなかった。やがて大きな音がこちらにまで届いてきて、吹いてきた風が前髪を大きく揺らした。

「……世界、終わっちゃったな」

ポツリと、思わず言葉が漏れた。感情を乗せることも忘れているような声だと他人事のように思ってしまった。

暫くボーっとしていたが、そうもしていられなくなる。

「……ありゃ。《ゴブリン》は倒されちまったか」

駅から黒狼を先頭にゾロゾロとモンスターが湧き出てきた。ゴブリンの集団と黒狼が争ってくれないかと思っていたが、そんなことはないみたいだ。種族は違えど、戦う相手は変わらないってことか。

「本当は周りの人をビックリさせたくなかったから遠くまで逃げてからにしようと思ってたけど。……もういいや」

モンスター群を冷めた目で眺めながら、俺は手札に残った一枚のカードをクロノグラフに翳《かざ》す。

……これは八つ当たりだ。どうしようもない現実を目にした怒りをただ相手にぶつける行為だ。

そして、これを宣誓にする。運命を引き寄せて、必ずこの理不尽な現実を打ち破ると誓う。

「召喚、《祝福の聖天樹　イブキ》」

ゴゴゴという大きな音と共にアスファルトを突き破り、その姿が現れる。

長い年月を重ねたと思われる大樹。表面は白く輝いていた。枝には端の方まで青々とした葉が茂っている。

俺の後ろに控えるように出現したその威容にモンスター達の足が止まった。

「いけ、《イブキ》。全部なぎ倒せ！」

俺の言葉に応え、大樹が微《かす》かに発光する。そして、無数の枝が触手のようにしなりながら伸びて、モンスター達に襲い掛かった。

モンスター達は自分より遥《はる》かに速く迫る枝から逃れることもできずにその身を貫かれる。

一網打尽。目の前の光景はまさにその言葉が相応しい。

モンスターの集団が霞のように消えていく。戦闘とも呼べない蹂躙《じゅうりん》はほんの数秒で終わった。

ひとまずの危機は脱した。そのことを素直に喜べないのは残念だが、今の状況が楽観視できるものでないから仕方ない。まったくもって状況はわからないままだが、今確信しているのは、こんな運命は間違っているということだけだ。

ただ決められた運命をなぞるように滅びを迎えるのは御免だ。

「……負けてたまるか。生きて、必ず運命を引き寄せてやる」

そんな決意が、このボロボロの世界を見て生まれた。

4.

「あー……そうだな。お前らは駅の中に残っているモンスターを倒してくれ。絶対に人は傷つけんなよ」

白い大樹――《イブキ》に背をもたれるように座り込んだ俺がそう命令したのは、木製のマネキンのような見た目をしたモンスターに対してだった。

《ウッドソルジャー》。《イブキ》が五分毎に産み出す量産型モンスターだ。

先程の戦闘のお陰で俺と《イブキ》はレベルアップしていた。《イブキ》はそのステータスが上がっただけでなく、産み出す《ウッドソルジャー》のステータスも上がっていた。その強さはLv1の時の俺のステータスを上回っている。

落ち着いてみると、「もしかして、俺のステータスってクソザコなのでは……？」という疑惑も生まれていた。

逆蒔　京也

【Lv】4

【JOB】《時の蒐集者《クロノ・ホルダー》》

【HP】11000／11000
【MANA】80／80
【ATK】200
【DEF】200
【SPD】200
【GP】9

これが今の俺のステータスだ。レベルアップ毎にＨＰが１０００、魔力が10、攻撃力などの残りの能力値が50ずつ上がっている計算だ。

祝福の聖天樹　イブキ
【レア度】SR
【タイプ】召喚カード
【コスト】30
【Lv】4
【HP】5300

【ATK】530
【DEF】950
【SPD】250
【効果】①このモンスターは移動できない。②五分毎に《ウッドソルジャー》（500／70／70／70）を産み出す。

対して、これが成長した《祝福の聖天樹　イブキ》のステータス。レア度が高いとはいえ上昇値がおかしいのではないだろうか。俺が勝っているのは体力の数値だけだ。

　こんなんやってられねえよなあ！　とキレたくなる。

　そこそこショックを受けながらも俺はクロノグラフの画面を操作してデッキの編集を行う。

　内容は先程の戦闘で新しく手に入れたカードも加えた、召喚カードと瞬間召喚カードだけで構築されたデッキだ。その枚数は召喚カードの《ゴブリン》、《祝福の聖天樹　イブキ》、《ブラックウルフ》と瞬間召喚カードの《ゴブリン》が五枚で合計八枚だ。

『デッキチェンジ、オールリカバリー』

　編集を終えてデッキを交換する。これで今日二回目のデッキ交換だ。残りの一回は無駄遣いできないな。

　カードを四枚引く。《ブラックウルフ》、《祝福の聖天樹　イブキ》、そして瞬間召喚カードの《ゴブリン》が二枚だ。

「……あちゃー。やっぱ欲張って入れるべきじゃなかったかなー」

《イブキ》を引いてしまったことで顔を顰める。前のデッキで召喚したままのカードは一度、退却させないと再召喚できないのだ。今欲しいのは人手、いや、モンスター手なのだが……

引いてしまったものは仕方がないと切り替える。元々、《イブキ》がもし倒されてしまった場合に即座に再召喚できるようにしておきたかったからデッキに入れたのだ。最初の手札で引いてしまうのは都合が悪かったが、安全を取るなら全然アリだ。

「まあいいか。召喚《サモン》、《ブラックウルフ》。瞬間召喚《インスタント・サモン》、《ゴブリン》」

気を取り直して《イブキ》以外のカードを使用する。俺の目の前に先程の黒狼と《ゴブリン》二匹が現れた。

《ブラックウルフ》のステータスは防御力がゴブリン以下とはいえ、攻撃力と素早さが俺の初期ステータスを超えている。『俺クソステ疑惑』に更なる信憑《しんぴょう》性がでてきてしまった。

いいもん。ゴブリンには勝ってるもん。

ちなみに、瞬間召喚カードで呼び出されるモンスターは召喚者のレベルから10引いたレベルで呼び出されるみたいだ。だから、今呼び出した瞬間召喚モンスターの《ゴブリン》は最低レベルのLv1で呼び出されている。

「お前らも行け。どんどんモンスターを倒して駅の中の安全を確保してくれ。くれぐれも人は傷つけんなよ」

こうやってモンスターを呼び出したのは駅構内の安全を確保するためだった。先程は脱出して別の拠点になりそうな場所を探そうとしていたのだが、こうも外の惨状が酷《ひど》いと無理やりにでも駅を拠点にした方がいいかもしれないと思い直した。一応、これが主目的だ。そのついでに駅構内の人を助けられればいいんじゃないかという思いもあった。

誰も傷ついてほしくないといった博愛主義は欠片《かけら》も持ち合わせていないし、なんなら顔も知らない相手が自分の見てない所でどうなろうと知ったこっちゃない。だが、今の状況はあまりにも過酷で、運や自己責任といった言葉で片づけるには少しかわいそうだ。

それに、今の俺は曲がりなりにもモンスターへの対抗手段を持ってしまったので、助ける方法がないという言い訳も使えない。ここで知らんぷりして駅構内の人間を見殺しにするのは少しだけ気が引けた。後々ほんの少しだけでも後悔する可能性は排除しておきたい。

……まあ、多少の手間で人の命が少しでも助けられるならそっちの方がいいだろう。やれないことは最初からやらないと決めているが、やれることでやった方がいいことを、理由もないのにやらないのはただの怠慢だ。とりあえずモンスターが徘徊する駅からは抜け出せたことだし、どうせ先の目途は立っていない。なら人助けに多少のリソースを使った方が後々を考えても好ましい。

俺の命令で《ウッドソルジャー》に続いて召喚したモンスター達が構内に入っていった。後は五分毎にドローしたカードでそのまま追加召喚していけばいい。

問題は俺のモンスター達と駅構内を襲撃しているモンスター達とを区別する方法がないことだけど……まあ、それは仕方ない。俺のモンスター達は人を傷つけないから、人と対峙《たいじ》しても倒される可能性があるのはこちらのモンスターだけだ。それならまた召喚すればいいだけだと気にしないことにする。

　モンスター達を見送った俺は暫く休憩することにした。今まではモンスターがいることで緊張を切らせなかったが、とりあえずの安全は確保した。

　今日は国内大会でぶっ通しで対戦していたこともあり、脳が疲れている。こうなった以上、休める時に休みたい。構内に戻って俺自らモンスターを倒すというのも考えたが、そこまでの労力を割けるほどの余裕はない。緊張状態が解けて余計に疲れを意識してしまった。

《イブキ》にもたれて体を預け、クロノグラフの画面を操作してガチャポイントを消費していこうとする。

『間に合った⁉　間に合ってるよねコレ⁉　……ええい、もういいや！』

　突然、人工音声のような機械質の声が遥か上空から響いた。何事かと《イブキ》の下から出て、空を見上げると、そこには超巨大な、漫画に出てくるキャラクターのような恰好《かっこう》をした少女が現れていた。半透明なところを見るに立体映像に近いものだろうか？

『ニンゲンの皆さ〜ん！　《オレクエスト・オンライン2》の世界へようこそ！　ボクはナビゲーターＡＩのクルル！　これからよろしくね〜！』

　青色のショートヘア、近未来的なデザインのどこかＳＦっぽい衣装に身を包んだ彼女は、世界の惨状に似つかわしくないような陽気な声で自己紹介を始める。

　そんな中、俺はなんとか彼女のスカートの中を覗けないかと地面に顔を近づけて空を見る角度を調整していた。

「あれだと、真下の奴らにパンツ丸見えじゃないか？」と、そんな疑問が浮かんでしまってどうしても気になってしまったからだ。この疑問をそのままにはできない……！

『突然ですが、キミ達の世界は終わりを迎えてしまいました！　これからは弱肉強食、切った張ったのバイオレンスな時代なのです！』

何か言っているが無視する。あともうちょっとで見え……

『だけど、キミ達は今のままでは貧弱です。それはさながら三日間、何も食べていないライオンの前に放り出された子犬レベル。かわいそうすぎて泣けてくるレベルなのです。クスン』

……ちくしょう！　謎の白い光がかかって見えねえ！

『そこでボクからキミ達へのプレゼント！　キミ達にはモンスターを倒すことで強くなれる力を授けました！　詳しいことはモンスターを倒した時に手に入る《オレデバイス》から確認してね～！　あ、ちなみにキミ達が素の状態で倒せるのはゴブリンとかスライムとかの弱小モンスターだけだから気を付けて！　素手じゃなくて武器を使うとなお良し！　狙い目はスライム！　何もしていないうちは攻撃してこないから、上から火のついたマッチでも落として燃やして倒すのが一番楽だよ～。でも、物理攻撃はオススメしないゾ！』

仕方がないので彼女――クルルの話に耳を傾ける。なんか親身になって解説しているけど、どうせ世界をこんな風にした黒幕の一味なんだろうなあ……

……というかオレデバイスってなんだよ。俺そんなのもらってないんだけど。もしかしてクロノグラフがそうなのか？

『これでチュートリアルは終わり！　ここからはビッグニュース！　現在、各都道府県に一匹、フロアボスが出現しているよ！　今回はリリース直後ということで各自のオレデバイスにボスのデータを送るよ〜！』

　クルルがそう言うと、ピコンとクロノグラフから音が鳴った。画面を見ると端の方にイベントの項目が追加されていた。内容は後で確認しよう。

『どのボスもものすっごく強いから、レベルが上がるまでは絶対に戦っちゃいけないゾ！　クルルとの約束だ！　フロアボスを倒したら、みんなに特別なご褒美があるから期待しておくんだゾ！』

　特別なご褒美？　なんでもしてくれるのだろうか？

『それじゃあ、また次のイベントまでお別れだ！　モンスターを倒して倒しまくって次のイベントの時には強くなったキミ達の姿を見せてね〜！　アデュ〜！』

　ご褒美の内容が気になっているうちに、最後まで陽気な語りのままクルルは消えてしまった。

「……よくわかんなかったけど、とりあえずやることは決まったな」

　……どうやらおかしくなったのは俺の頭ではなく世界の方だったらしい。

　あの自称ナビゲーターＡＩは肝心なことは何も話してなかったし、俺達に何をさせたいのかもはっきりしない。ただ、世界が終わったこととモンスターを倒して強くなれと言っただけだ。正直、考察のしようがない。

　クルルの言葉を深く考えることはやめにする。

とりあえず彼女の言葉はそのまま信じておくことにして、これからの算段も一応ついた。……なんだか誘導されているみたいで癪《しゃく》だが。

「家に帰るついでに道中のフロアボスを倒していく。そしてご褒美でなんでもさせてやる……！」

青少年の純情な心を弄んだ罪は重い。

上から目線のナビゲーターのスカートをひん剝《む》く。

これを壊れた世界での第一目標とした。

再会

1.

「……うん、無理！　諦めよう！」

フロアボスのデータを見て、俺は早々に目標を諦めた。

イベントの項目から各地に出現しているフロアボスの写真とステータスが確認できたので、東京のフロアボスの情報はわかった。

その写真に写っていたのは赤い竜。見た目からして恐らく、俺が乗るはずだった新幹線を攻撃したあの竜だろう。

竜と戦えと言われても現実味がないが、倒さなければいけないのならそうするしかないだろう。

……そんなことを考えていられたのもフロアボスのステータスを見るまでの間だけだった。

俺は見間違えてないかを確認するためにもう一度、画面に映るフロアボスのステータスを見る。

龍王　ア・ドライグ・ゴッホ
【Lv】20
【ATK】4000
【DEF】3500
【SPD】4000

「はぁー。ほんまクソゲー。なんで、最初のボスでこんなにステータスぶっ壊れてるんですかねぇ……それにコイツ空飛んだり、炎吐いたりするじゃん。こんなん無理やろ」

溜息《ためいき》をつくしかない。こちらの最大戦力のイブキを大きく上回るそのステータスを見て、挑むだけ無駄だということだけがハッキリとわかってしまった。

一応、レベルが表記されているということは、挑む時には最低でも敵と同レベル帯までは上げておけということだろうとは推測できる。……俺がいくらレベルを上げてもクソステすぎて意味ないけどな！

気になるのはステータスにＨＰの項目がないことだろうか。わざわざステータスを公開しているのにＨＰだけ非公開にしている理由もないし、もしかしたら敵のモンスターにはＨＰのステータスはないのかもしれない。倒したゴブリンは普通に傷ついていたしな。

後は効果が書いていないのも気になる。もしかしたらこれもＨＰと同じように敵のモンスターには存在しないのかも……なんて考えるのは楽観的か。ＨＰと違って見た目ですぐにわからない以上、警戒はしなければならない。

「まあ、ボスのことはどうでもいいや。どう足掻《あが》いてもやるだけ無駄だし今は逃げることだけ考えよう。それよりも……」

画面を操作して、各地に出現しているフロアボスの欄を見る。そこには日本の都道府県の他にも、アメリカや中国といったよく知った国から名前も聞いたことがないような国まで、世界各地に出現しているフロアボスの情報があった。

「これ、日本だけじゃなくて世界中でこんなことになっているってことでいいのか。でも、クルルは各都道府県とか言ってたような……いや、どうせ言語を変えないといけないし、そんな細かい所を気にしても意味ないか」

クルルは各都道府県に一体ずつフロアボスが出現したと言っていたが、この情報はその言葉と矛盾している。そう考えたが、全世界に日本語で放送してやしないだろう。あの言葉は単に自分達に伝わりやすいようにそう表現しただけなのだと思う。

「やめやめ。考えても意味ないや。……これからどうするかなあ」

なまじ余裕ができてしまったために現状の詰みっぷりをしっかり理解してしまって、気が滅入《めい》りそうになる。

とにかく最初に立てた『家に帰るついでにフロアボスを倒して回る』なんて目標は達成できそう

もない。戦力差が絶望的すぎる。

ボスを倒せない以上、むやみに動き回ることは避けた方がいい。よって、家に帰ることも断念するしかない。……そもそも東京から兵庫までの長距離を移動する術がない。

途方に暮れるしかなかった。救いなのは、人が力を得る条件が思ったより緩いことだろうか。

スライムの倒し方をクルルがご丁寧に説明していたし、ゴブリン程度なら拳銃、いや金属製の棒やスコップなどの武器になるものでもあれば、一般人でも倒せないことはない。だから、そのうち俺以外にも戦える人は出てくるだろう。時間さえ経てば俺より遥かに強くなるだろうし、フロアボスを倒すのはその人達に任せよう……あっ、そうだ。

「追加命令だ。モンスターにはトドメをさすな。瀕死《ひんし》にまで追い込んだらそのまま放置しろ。あと、スライムは見つけても無視だ」

クロノグラフを通じて、俺の使役する召喚済みのモンスター達に命令を追加する。

これで、駅の中にいる人達も比較的安全に力が手に入るだろう。……多分。

モンスターにダメージさえ与えられれば、他の誰かがそのモンスターを倒しても同じだけの経験値が手に入るので俺が損をすることもない。

命令ついでにドローした《ゴブリン》の瞬間召喚カードを使い、駒を増やす。《ウッドソルジャー》と共に駅構内に入っていくのを見送る。

「さて、これで本当にやることがなくなってしまった。……ガチャでも引こうか」

手持ち無沙汰になったので休みながらさっき引き損ねたガチャを引こうかと思ったが、どうやらそれはできないようだ。

「あれはモグラ、なのか？」

正面に開けた大きな道路の向こうから、こちらに向かってモンスターが突進してくるところが見えたからだ。

その見た目はモグラそのものなのだが、大きさが普通のものとはけた違いだ。アスファルトの道路を掻《か》き分《わ》け、車を押しのけながら進む一軒家ほどの大きさのモグラの姿は、文字通り土の竜と呼ぶのが相応しい。今までに相対したモンスターとは明らかに質が違う。

その土竜《モグラ》がスポーツカーも真っ青な速度で駅に迫ってきていた。このまま東京駅に衝突すればどうなるかなんて、火を見るよりも明らかだ。

これからの拠点になるかもしれない場所が目の前で破壊される。それを黙って見ているわけにはいかない。駅の中にはまだ人が沢山いる。俺が逃げたらその人達は見殺しだ。そう考えると簡単には逃げられなかった。

やるだけやってみよう。俺は立ち上がり、《イブキ》から離れて命令した。

「《イブキ》、あいつを止めろ！」

俺の意図をくみ取ったのだろう。駅の前方に緑色の蔦《つた》が出現し、壁のように絡み合う。

ズドン！　という大きな音と共に大気が震えた。衝撃と突風が顔に叩きつけられる。

蔦でできた即席の壁は大きく凹《へこ》んでいる。今も蠢《うごめ》いているところを見るに、土竜が諦めずに食い破ろうとしているのだろう。

「ひょえええ……やばすぎい……」

陰からそーっと様子を窺う。最初の一撃こそ防げたが、壁が破られるのも時間の問題か。

そんなことを考えた瞬間に、蔦の壁が衝撃と共に弾け飛んだ。

「あっ」

ヤバいと思った時には既に壁の向こうからやってきた土竜が《イブキ》と衝突していた。ミシミシと嫌な音が大樹から鳴っている。

土竜の突進をその身で受け止めた《イブキ》は、木の枝を触手のように動かして攻撃を仕掛けているが、木の枝は土竜の体表を少し傷つけるだけでその身を貫けるほどの力はなかった。

土竜は木の枝の攻撃で体の所々から血を流しているが、まるでそれを気にせずに圧《へ》し折《お》ろうと体当たりを続けている。

「ヤバいな。《イブキ》が勝てないんじゃ打つ手がないぞ……いや、まだガチャがあるか」

少し離れた場所でその様子を見ている俺は、《イブキ》が倒されるのは時間の問題だと判断した。

攻撃が通っているからステータスの差はそこまで開いていないのだろう。だが、土竜の方が強い。俺の今の最高戦力の《イブキ》で勝てないのであれば、俺に打つ手はない。

唯一ここから勝つ可能性を手繰り寄せる方法があるとすれば、それはガチャでこの状況を打開できるカードを手に入れるくらいだった。

デッキチェンジはあと一回できる。《イブキ》のカードも手札にあるから時間稼ぎは可能だ。ガチャの結果次第ではどうにかなるかもしれない。

ガチャで爆死したら、駅にいる人達には悪いけど逃げよう。

情けない決意と共にガチャを引こうとクロノグラフの画面へと手を動かした時。

「うわーでっかい。ねー、逆蒔さん。もうちょっとあのデカモグラを抑えておけるっすか？」

「……え？」

俺の後ろから緊張感のない間延びした声が掛けられた。

会ったら声をかけるような知り合いなんていないはずのこの地で、自分の名を呼ばれたことに動揺して振り向く。そこに居たのはダボっとしたフードつきのトレーナーと、脚のラインがわからないゆったりとしたズボンに身を包んだ、見知らぬ小柄な女の子だった。

肩程まで伸ばした黒色のセミロングヘア、端整な顔立ちながらもどこか幼さが残る彼女からは活発そうな印象を受ける。

彼女を見た十人全てが美少女だと褒《ほ》め称《たた》えるだろう、そんな少女。抜群に顔がいい。

だからこそ、そんな少女が俺のことを知っているということが解《げ》せなかった。どこかで知り合ったのならば絶対に忘れないだろうに。……いや、そういえば。

「……何ぼーっとしてるんすか」

彼女の正体に思い当たったと同時に、彼女はジト目で早く質問に答えろと催促してきた。

そういやそれどころじゃなかったなと、俺は慌ててクロノグラフの画面から《イブキ》の残り体力を確認した。

「え？　……ああ、体力の減り具合からして多分一分くらいは持つと思う」

押されているように見えるが体力はまだ三分の二くらいは残っている。このまま土竜を抑え込むだけなら持つだろう。

「それじゃあ問題ないですね。衝撃に備えるっすよ」

「え、あっ、ハイ」

俺の返事が満足いくものだったのだろう。彼女はそれを聞くと、スマートフォンのようなものを操作し始めた。流されるままにその様子を見る。

「一日一発限りの超必殺技の大盤振る舞い！　跡形もなく消し飛ぶっす！　《イレイザー＝ガルガンチュア》！」

スマホの操作を数秒で終えた彼女は土竜に向かって指を差す。高らかにそう宣言した彼女の姿はとても頼もしい。そんなことを考えていられたのも一瞬だけだった。

目の前を白の極光が覆った。

「……ウワー、キレイダナー」

遥か上空からの極太のレーザー攻撃。音を置き去りにしたその一撃を認識した瞬間、地面が蒸発する音と土竜の悲鳴と思われる奇声が鳴り響いた。

俺は半ば放心しながら目の前の真っ白な世界を眺めていた。

空からの光は十数秒の間、絶え間なく降り注いだ後、かすかな残照となって消え去った。目の前には何も残っていない。

《イブキ》諸共《もろとも》、土竜は塵も残さずに消し飛んでいた。熱で溶け、ドロドロになったアスファルトの地面だけが、先程の攻撃が実際に行われたことを示していた。

「おおー。すっごい。いやー、なんとかなるもんっすねぇ」

俺が放心している中、攻撃を行った張本人はケラケラと笑いながらそんなことを言っていた。それを見て、俺はようやく「あっ、こいつやべー奴だな」と認識した。

引き気味に彼女を見ていると、俺の視線に気づいたのかこちらの方を向く。

「さっき振りっすね、逆蒔さん」

「えっと、レーザー攻撃で敵を倒して笑うようなサイコな東京の女の子は、俺の知り合いにはいなかったはずなんですけど…………」

「むぅ。こんなことができるようになったのはついさっきっすよー。……だったらコレならどうです？」

彼女の機嫌を損ねないように震え声でそう言ったら、彼女は不満そうにしながらもトレーナーのフードを被った。

その姿には見覚えがある。ほんの二時間ほど前、国内チャンピオンの座をかけて戦った相手だ。

「……ああ、やっぱり黒乃選手だったのか」

「それ以外のなんだと思ってたんすか。あれだけ熱い戦いだったのにもう忘れられたのかと思ったっすよ。はい、そーです。逆蒔さんに運ゲーかまされて負けた黒乃っすよー」

彼女は呆《あき》れた様子を見せた。

2.

「あー、その節はなんというか……」

黒乃選手の言葉で、今日の決勝——第三戦目での運ゲーと言われても仕方のないような試合展開を思い出す。

実際、イカサマと思われてもおかしくないくらいに欲しいカードを引きまくっていたしなあ。どのカードが欠けていても負けていただろうし。

これ、弁解の余地がないなーと思いながらも言葉を探す。

「いやいや、冗談っすよ。逆蒔さんが運だけで勝っただなんて思ってないっすから。引いたカードをそのまま叩きつけるトップゲーなんて久し振りにやったけど、アレはアレで楽しかったからいいんですよ」

そんな俺を見て、クスクスと笑いながら彼女は先程の言葉を取り消した。軽いジョークだったらしい。

「ああ、そうだ。その黒乃選手ってのやめませんか？　なんだか他人行儀で嫌《や》です」

「えっと、俺、君の名前覚えてないんだけど」

試合中は集中と緊張のしすぎで、対戦相手のことはプレイングと、実況がしょっちゅう呼んでいた名字くらいしか頭に残らなかったんだよな。

「うぇ、ちょっとショックっす。オヨヨ……まあいいや。名前呼びをご所望なら、改めて自己紹介してあげましょう！」

　俺の言葉で目元に指を添えて泣くフリを見せた黒乃選手は、すぐにそれをやめてイキイキと自己紹介し始めた。

「黒乃遥《はるか》、十六歳で中卒っす！　で、今はチェスや将棋からＴＣＧや格ゲーまでオールジャンルにこなすプロゲーマーやってまーす！　黒乃たんでも遥たんでもお好きに呼んでくださいっす」

「じゃあ黒乃って呼び捨てでいいか？　『たん』づけは恥ずかしいから勘弁してください……ってか、中卒でプロゲーマーってなんというかスゴイな。想像もつかない」

「ええー。そこは遥って下の名前で呼びましょうよー」

　そんな残念そうな顔をしないでほしい。ほぼ初対面の異性を名前呼びするのは特別な理由がないとツラい。

「というか。プロゲーマーも沢山出てたあの大会で、ただの高校生が優勝したことの方が私は凄《すご》いと思いますけどねぇ」

　俺を褒めたその口で「まあ、初戦で自分の盤面を凡ミスで自分から崩して負けてからはずっと、ギリギリからの逆転勝ちばっかりだったっすけどねー」と続けた。

　やけに俺の情報に詳しいなと思ったけれど、大会中の試合は全部モニター中継されていたし、勝利者インタビューで色々と調子に乗って答えていたような気もする。

　よくよく考えたら、今日の国内大会最終日まで残った選手達は、みんな事前のインタビューから作られたプロフィールみたいなのもあったはずだ。それを見ていたのなら俺の情報を知っていてもおかしくはない。

だが、相手が自分のことを知っているとはいえ、自己紹介させておいて自分がしないというのも何か落ち着かない。黒乃と俺はほぼ初対面に等しい。こういうのはケジメが大事だ。

「そっちは知ってるだろうけど、一応、俺も自己紹介しておくよ。逆蒔京也、兵庫の高校に通ってる高校二年生の十七歳だ。ボードゲーム部に所属してて、カードゲームの方は趣味で一通り嗜《たしな》むって感じかな」

「じゃあ、親しみを込めて京《きょー》さんと呼ぶことにしましょう。世界がこんなことになっちゃったし、仲間は必要っすからね。どうせなら知った仲の人の方がいいし、これからよろしく、って感じはどうっすか？」

黒乃が手を差し出してくる。

「押しが強いな」

「そのくらい図太くいかないと、この世界じゃ一瞬で死んじゃいそうっすから。私、結構役に立つっすよ？」

「それもそうか。あ、役に立つのはさっきのでよーく知ってる。……まあ、それじゃあよろしく、黒乃」

苦笑いしながら差し出された手をとる。さっきの戦いの後で黒乃のことを役に立たないとはとてもじゃないが言えなかった。

まあ、黒乃の能力を抜きにしても、こんな世界で明るく振る舞える人は仲間として頼もしい。それに一応、知っている仲というのも高ポイントだ。

「それじゃあ、京さん。ずっと外にいるのも危ないですし、行く当てがないなら私の家に来ませんか？　とりあえずそこを拠点にしようかなーって思ってるっすけど」

黒乃のその提案は渡りに船だった。現状、兵庫に帰る手段がない以上、どこかに滞在しなければならない。

駅を拠点にしようかと考えていたけど、防衛性に難があるし、集団生活の中では自分以外のことも考えなければならなくなるだろう。できれば一人か少人数で行動したいとは思っていた。

だけど、モンスターの襲撃が各地で起こっているなら、民家なんかは破壊されているんじゃないのか？

「大丈夫なのか？　このざまじゃ家なんかよっぽど運が良くないと壊されてると思うが……」

「まあ、それは見てからのお楽しみってことで。電車が止まっているし、ここから三駅分くらいは歩くことになるっすけど大丈夫っすか？」

「あ、ああ。問題ない」

悪戯《いたずら》っぽく含みを持たせて黒乃が笑う。年下の女の子に会話のペースを握られているが、不思議と嫌な感じはしなかった。彼女の人懐っこさが影響しているのだろう。

「それじゃあ楽しくお喋《しゃべ》りしながら行きましょうか。デートみたいでいいっすね、こーゆーの」

「生憎《あいにく》、エスコートの経験はないぞ」

「どうせこんな状況でお店なんてやってないからいいんですよー。……それに、今はこの世界を見て回るだけで十分お腹《なか》いっぱいっす」

「……そりゃそうだ」

悲しげな表情を浮かべる黒乃に俺は黙って同意した。

3.

「駅の中のモンスターはあらかた倒し終わってたっすよー。あんまり数は居なかったし、京さんのモンスターの他にも、力を手に入れた人達がどんどん倒していってたっす。あともうちょっとしたら落ち着くんじゃないかな」

「そっか、よかった。それなら駅に残してきたモンスター達は時機を見て退却させるか」

黒乃の家に向かう道中、駅の内部がどうなっていたかを黒乃に聞いた。

どうやら徐々に混乱は治まっていったらしい。

拠点が他に見つかった以上、駅に居る人達の面倒を見るつもりはなかったが、それでも多くの人が生き残ってくれたのなら何よりだ。

「そういや、黒乃はどうやってレベルアップしたんだ？　やっぱり、スライムを燃やして？　まだ遭ったことないけど、話を聞く感じだと簡単そうだったし」

「私は放送を聞いてからすぐに、京さんのモンスターが瀕死にしたゴブリンを横からかっさらう感じで倒しましたね。……スライムは、ヤバいっす。放送の前に、私の目の前でスライムに木刀で殴りかかった男の人がいたんですよう。それでねー……」

「あー、察した。もう言わなくていいから」

「当然ダメージを受けた様子もなく。スライムは木刀を伝ってその男の人の腕に取りつき、ジュージューという音を立てて皮膚を溶かしていって……」

「あー！　あー！　聞こえなーい！　聞きたくなーい！」

黒乃がえらく詳密に男性の哀れな末路を語ろうとしだしたので大きな声を出して遮る。

ってか、そのスライムの何処が雑魚モンスターなんだよ！　捕まったら普通に死ぬより悲惨じゃねえか！

俺の様子を見て満足したのか、黒乃はそれ以上語らなかった。

「ま、そんなわけでスライムはちょっとトラウマなんすよ。だから京さんのお陰で助かったっす。……それで、京さんの能力ってやっぱり《クロノ・ホルダー》みたいな感じっすか？」

「やっぱりわかる？」

「だって腕のそれ、思いっきりクロノグラフじゃないっすか。私もアニメ見てたからそりゃあわかりますよ。それにカードを使ってモンスターを召喚するところ、駅の二階の窓から見てましたし」

《イブキ》を使ってモンスターをまとめて倒した時か。あんな八つ当たりを見られたのは恥ずかしいな。

「いやー、運営も自己顕示欲がスゴいっすね～。買収した会社のゲームの続編に自社のカードゲームを職業として出すとか、平和ボケした世界だったらスレがお祭り騒ぎっすよ」

　俺の職業が《時の蒐集者《クロノ・ホルダー》》だと確認した黒乃は笑いながらそう言った。

「で、そういう黒乃の職業は何なんだよ？　空からのレーザー兵器とか強すぎて俺の職業と交換してくれってレベルなんだけど。……それとも《オレクエスト・オンライン》じゃアレくらいの攻撃が普通なのか？」

「京さん、《オレクエスト・オンライン》やったことなかったんだ。まあ、一応、上級職っすからねー。そこそこ強いのは当たり前って感じっす」

　黒乃は自分のスマホのようなもの——オレデバイスを操作して自分のステータスを見せてきた。

「戦士職の《兵士《ソルジャー》》の上級職、それが私の職業《ジョブ》の《司令官《コマンダー》》っす。主な能力は味方へのバフと周囲の探知能力。そして専用兵器である空中戦艦のガルガンチュアの操縦って感じっすね」

「まあ、空中戦艦は魔力がバカみたいに必要なんで全然使えないんですけどね」と言いながら彼女が見せたステータス。それは俺の想像を遥かに超えていた。

黒乃　遥
【Lv】4
【JOB】《司令官》Lv：2
【SUBJOB】なし

【MANA】200/200
【ATK】900
【DEF】700
【SPD】950
【JP】7
【SP】6
【SKILL】
《近接戦闘術》Lv：1
《探知》Lv：1

「…………え？　何これ？」

レベルのわりにステータスが高いなーと惚《ほう》けていたのも一瞬のこと。

俺のステータスとはまるで違うその画面を、見間違えてないかよーく確認する。

「サブジョブにＪＰ《ジョブポイント》にＳＰ《スキルポイント》、更にスキル？　そんなもん俺のステータスには一個も……というか、ＧＰはともかくＨＰもないじゃん！　どうなってんだ！」

見直してもそこに書いてあることは変わらない。

俺の言葉を何かのギャグだと思っているのだろう。

黒乃はからかうように笑みを浮かべる。

「ＨＰって。いくら元はゲームっていってもここは現実っすよ？　ゲームみたいにＨＰがゼロになるまで死なないシステムなんてそんなのあるわけないじゃないですか〜」

正論だ。俺のステータスにＨＰがあるからそういうものだと思っていたけど、よくよく考えればダメージをＨＰが肩代わりすることで最後の最後まで戦闘を万全な状態で続けられるなんて、現実ではありえない。

足を傷つけられれば動きは鈍くなるし、骨でも折れればまともに動かせなくなる。主要な部位でなくても、深い傷を受ければ出血多量で戦闘どころではないだろう。当たり前のことだ。

敵モンスター達は普通に傷ついていたし、傷口からは血が流れていた。あれは敵モンスターにＨＰが存在していないことの証明だ。

そういえば、俺のモンスター達の体が傷ついたところを見ていない。ちゃんと試していないからわからないが、きっとＨＰが０になる最後の最後までは倒れないのだろう。

確認のためにクロノグラフの画面から俺のステータスを確認する。

逆蒔　京也
【Lv】7
【JOB】《時の蒐集者》

【HP】14000／14000
【MANA】110／110
【ATK】350
【DEF】350
【SPD】350
【GP】18

土竜との戦いと駅構内のモンスターを狩った影響もあり、レベルが3つ上がっている。

それはともかく、俺のステータスの欄にはＨＰの文字が当然のようにあった。

「ちょっと失礼」

俺の様子を見て、冗談を言っているように思えなかったのか、黒乃はクロノグラフの画面を覗き見る。

「うわあ、ざっこ。こんなクソステでよく戦おうと思いましたね……」

「やめろ、気にしてるんだぞ……くそう。やっぱりクソステじゃねーか。薄々そんな気はしてたけどさあ……」

言葉が辛辣すぎて心にダメージがくる。精神的ダメージはＨＰでも肩代わりできないらしい。

黒乃は俺を軽く罵倒しながらも頭を働かせていたのだろう。俺に質問を投げかける。

「……もしかして京さん、職業を選べなかった感じっすか？」

「選ぶも何も、モンスターを倒す前にいつの間にかこの力を使えるようになってたから、よくわかんねーよ……職業って選べるのか？」

「はい。基本職五種と自分に適性のある派生職から選ぶ感じっす」

そう。ずっと引っかかっていた。

クルルはモンスターを倒せば力が手に入ると言っていたのに、俺は最初に出会ったゴブリンとの戦いの際に突然この力を手に入れたのだ。

だから、アイツが言っていたことには所々、嘘《うそ》があると思っていたけれど……

「最初は運営のえこひいきだと思ったけど、これ何かのイレギュラーなんじゃないっすかね。ＨＰだったり、異様に低いステータスだったり、もはや完全に別ゲーのシステムっすよ、コレ」

「……俺もそう思う」

黒乃は俺の職業の《時の蒐集者》を別ゲーだと称した。

俺も同意見だ。通常ルートで手に入る力とあまりにもシステムが違いすぎる。もしかしたら、この力はクルルが想定していた力とは別種なのかもしれない。

俺だけ別ゲー、か。それだけ聞くと特別な力を持っているみたいでワクワクする。

「……まあ、あんまりにもクソステなんで、大して重要じゃないなんてこともありそうっすけど」

「…………俺もそう思う」

……まあ、実際、特別とか言われても、このステータスの低さを見ると悪い意味での特別としか思えなかったが。

4.

「まだわからないことも多いし、そんなに気にすることもないんじゃないかな」とあの後、俺の職業についての謎はうやむやになった。そもそもこちらに提示されている情報が少なすぎて考察するだけの材料がなかったからだ。

「ステータスも元の《オレクエスト・オンライン》とは大きく変更されてるんですけどね。まあ、レベルを上げてＤＥＸ《器用さ》やＩＮＴ《賢さ》が上がるってなると体だけじゃなくて、脳みそも弄られてるみたいで嫌だからよかったっすけど」

「ふ～ん。それで俺のステータスは？」

「前作と比較すると、生産職並みのクソステっすね。ＨＰの仕様からすると、雑魚モンスターには強く出られるでしょうけど……直接戦闘はなるべくやめといた方がいいんじゃないっすか？」

　控えめな言い方だが、ようするに戦うのは諦めろということか。とりあえず俺のステータスが絶望的だというのはなんとなく伝わった。

　なんとか今からでも普通の職業に変えられないだろうか……最悪、職業を変えられなくてもスキルがあれば、もう少しちゃんと戦えるのだろうけど……

「あ、あっちの曲がり角の所にモンスターが三体っすね」

少しショックを受けていると、黒乃が《司令官》の探知能力（空中戦艦から周囲のデータが確認できるらしい）とスキルの《探知》をかけ合わせた高性能の索敵能力で、まだ見えていない敵を察知した。

「よし……」

「じゃあちょっと倒してきまーす」

「あっ」

俺がカードを発動する前に、彼女はちょっとコンビニ行ってくるみたいな軽い調子で駆け出していった。

曲がり角から現れたのは、竜のような鱗《うろこ》が全身に生えたトカゲ男《リザードマン》だ。その姿が見えた瞬間、先頭の一体の首が刎《は》ねられた。

後ろに続く二体が、頭を失い崩れ落ちる仲間の姿を見てあっけに取られた時には、既に黒乃は二体の背後に回り込んでいた。

そのまま反応を許さずに、彼女は剣を雑に振るい、残る二体の首もポーンと飛ばす。

「つよい」

あまりにもあっけなく戦闘が終わってしまった。

「いやー、チョロかったっすね」

「いい汗かいた！」みたいな爽快な笑顔でこちらに戻ってくる黒乃。

こんな感じで道中出会う敵は黒乃がサーチアンドデストロイしていた。

俺はなにもやっていない。

黒乃が強すぎる。恵まれた高いステータスに加えて、職業専用武器として一通りのメジャーな武器が最初から手持ちに揃《そろ》っている。遠近ともに十分な攻撃能力を持っている中、更にスキルで技量も補えて……

「……コレ、俺いる？」

考えれば考えるほど、「俺が中途半端に手を出しても邪魔にしかならないのでは？」と思ってしまう。

「むっ、そんな自分を下げるようなことは言うもんじゃないっす。私は京さんみたいなＨＰシステムがないから常に安全マージンを意識しないといけないんすよ」

「なるほど、その時には俺も協力して……」

「だから、京さんはいざという時には私の代わりに攻撃を受けるサンドバッ……肉盾になってもらわないと」

「おいこら」

言い直した意味！

「冗談に決まってるじゃないっすか〜」

当の本人はヘラヘラと笑っていた。コイツ……

「ま、本当のこと言うと居てくれるだけで結構助かるんですよね。今でこそヘラヘラ笑っていられるけれど、きっと一人でこの世界を生きていくのは辛いっすから」

かと思えば、急に真面目なトーンで話し始めた。

「敵であれ味方であれ相手がいないゲームは寂しいっす。誰かと同じ時間を共有できなかったら、その人は生きていても生きていないのと一緒っすよ」

「……同じ時間を共有できなかったら、か。いい言葉だな」

「こんなの当たり前のことですー。本当の意味で誰とも交わらずに一人で生きている人なんて、そんなの居なくたっていいじゃないっすか。だから、クソステのくせに妙に頑張ろうとしちゃう人でも隣に居るだけでわりと気持ちが楽になるんですよー」

「……クソステのくせには余計だっての」

黒乃がべーと舌を出しながら言った言葉には考えさせられるものがあった。

こんなことになって、とりあえず自分の生存を優先していたが、ただ生きるために生きるだけでは必ずどこかで行き詰まるだろう。

人は、誰かと同じ時間を生きていることを忘れてはいけないのだと思う。それを忘れた時、人は永遠に孤独になってしまうから。

自分の命はもちろん大事だが、それと同じくらいに誰かと軽口を叩きあって、生きることを楽しむことも大事だ。こんな世界だからってそれを忘れてはいけない。

……母さん達は大丈夫だろうか。生きていてくれるだけでも嬉しいけど、できれば誰かと一緒に笑って生きていてほしいものだ。

「……まだ、お互いのことあんまり知らないけどさ、黒乃と一緒でよかったよ」

「おお、京さんがデレたっす。このまま親密度上げてルート確定させるのもアリっすね」

「やめい」

心配事は増えた。けれど黒乃が隣で明るく振る舞っているのを見て、少しだけ心が楽になった。

とりあえず、笑顔で家族や友達に再会できるように頑張らないとな。

「あ、着いたっす！」

いろんな話をしながら歩き続けること、二時間弱。モンスターとの戦闘（俺は何もしていない）もあり、かなり時間を食ってしまったが、拠点候補である黒乃の家へと到着した。

「すっかり夜になっちゃったな。東京っていっつもこんなに星が見られるのか？」

「そんなわけないじゃないっすか。文明が滅んだからこその光っすよ、アレは」

八月上旬の夏の盛りで日没の時間はだいぶ遅いのだが、辺りはすっかり闇に染まっていた。

ここに来るまでに倒れずに残っている街灯もあったが、いずれも明かりは灯《とも》っていなかった。電線の断裂か、もしくは発電所自体が壊されてしまっているのだろう。

その代わりに、空いっぱいに星が輝いていた。基本、都会育ちの俺には馴染《なじ》みのない光景だ。

……この星空が、文明がことごとく消え去ったことの証明でもあると思うと、少し気分も落ち込んでしまう。

「家、わりと立派なんだな。しかも壊れてないし」

沈んだ空気をどうにかしようと話題を変える。

「親が金持ってましたから。そうじゃなきゃ高校行かないなんて選択肢取りませんよ。壊れてないのはただの偶然でしょうね」

黒乃の家は駐車スペースの他に庭まである立派な一軒家だった。

彼女は慣れ親しんだ自然な手つきで家の鍵を開ける。

「お邪魔しまーす……」

「邪魔するんやったら帰ってーって関西の人なら言うんですか？」

もしかしたら、誰かいるかもしれないと思って声をかけたが、応じたのは黒乃だけだった。

「あんなの漫才の中だけだって。……家族の人は居ないのか？」

「一人っ子なんすよ。両親は海外出張ですから、今ここに住んでるのは私一人っす」

「ふーん……」

黒乃に続いて家の中に入る。中も荒らされた形跡はなく、綺麗《きれい》なままだ。

……こんな広い家で一人か。黒乃は高校にも行ってないみたいだし、誰かと一緒の時間を生きていられたのはゲームの中だけだったんじゃないだろうか。

それで、あの言葉か。ゲームをやっている間だけは遊び相手がそこにいるってわけだ。

……できる限り、この世界では彼女と行動を共にしようと決める。言葉にしなくても察せられるものがある以上、これで黒乃を一人にするのは罪悪感が半端ない。

それはともかく。

「中は綺麗だけど、平地の家を拠点にするのはちょっと危なくないか？　雑魚モンスターの集団ならともかく、さっきのモグラみたいなデカい奴が来た時に対処できないぞ」

ＨＰシステムのお陰で即死がない俺はいいが、黒乃は攻撃を受けると普通に傷つくのだ。二人とも寝てる間にこの家が襲われたら、まず間違いなく黒乃は大きなダメージを受けてしまう。

俺が寝ずに夜の警戒に当たるというのは気力的に持たないだろう。雑魚相手なら俺の使役するモンスターを警備に回せばなんとでもなるだろうが、さっきの土竜みたいな、この家と同等のサイズの敵が相手だと、俺やモンスターを無視してそのまま踏み潰されてしまいそうだ。

「わかってるっすよ。こっちっす」

俺の考えを予想していたのだろう。黒乃はこっちこっちと手招きをする。だが、彼女が向かう先はなんの変哲もない部屋の白い壁だった。彼女はそのまま壁を押す。

いったい何を……と思っていると、壁が奥に二十センチメートルほどズレた。

「隠し扉……？」

「カッコいいでしょ」

「いや、なんのために一般市民の家にそんなの作ったのさ」

「カッコいいからっすけど？」

「ダメだ。会話になってない……」

なんで普通の一軒家に隠し扉なんてあるんだ。

そんな疑問に黒乃はドヤ顔でカッコいいからと言うだけだった。ロマンはわからなくもないけど、よく親が許してくれたな……

彼女は奥にズラした扉を横にスライドする。その先には階段があった。

階段を降りていく黒乃の後に続く。

「じゃーん！　ここがこれから私達の拠点になる地下シェルターっす！」

「……いや、もう一回聞くけど、なんでこんなもの作ったのさ」

「カッコいいからに決まってるじゃないっすか！」

「あっ、ハイ。もうそれでいいっす」

階段を降りた先で、黒乃がスイッチを押して電気をつけた。

階段の先にあったのは地下に作られた居住空間だった。成る程、ここならモンスターの襲撃の危険はほぼないだろう。聞けばここの他にも出入口が二つあるらしく、脱出も容易らしい。

凄いと思う反面、「なんでこんなもの作ったんだ」という思いが更に大きくなった。

「電気だけじゃなくて水道も止まってるっすね。太陽光パネルと蓄電器が活きてるから、電気の方はこの家でちょっと使うくらいなら大丈夫っすけど、水は急いで確保しないと」

電気を使えるのはとてもありがたい。明かりが普通に使えるだけでも安心感は大きく変わってくるし。

「とりあえず、ようやく休めるっすね～」

課題も見つかったが、何はともあれ、ひとまず休むことができる。

ソファに飛び乗ってぐでーっと横になった黒乃。気を抜きすぎだろと思いながら俺は適当なクッションの上に座った。

「……これからどうします～？」

緊張が解けて、考えるのはこれからのことだ。

「……俺はさ、フロアボスの件がなんとかなって、足さえ手に入れば一旦、兵庫に帰るつもりだ。母さんと妹が心配だからさ。友達の方も……まあ、アイツらなら平気だろうからあんまり心配してないけれど、やっぱり無事くらいは確認しにいきたい」

俺は包み隠さず、自分の目標を口にした。

向こうでは、家族や友達も大変な目に遭っているはずだ。

俺が兵庫に帰れる日はいつになるかわからない。帰った時にはもう手遅れということも十分あり得るだろう。それでも一度は帰るべきだと思っていた。

黒乃はそんな俺の言葉を聞いて、少しだけ困ったような顔をした。

……そうだよな。折角仲間ができたのに離れ離れになるのは嫌だよな。

「悪い。急にこんなこと言って。……あのさ、もしよかったらだけど、その時には黒乃も一緒に来ないか？」

「あー……そうじゃないっす。京さんと離れ離れになるのもちょっと嫌っすけど。多分、暫くの間はその目標、無理っすよ」

「？　無理って？」

どうやら、別のことで困っていたらしい。

説明に困ったのか、黒乃はオレデバイスの画面を俺に見せた。

「……ガルガンチュアからの映像っす。これ見れば、意味わかるっすよね」

「……え？」

その画面に映っていたのは彼女のコントロールする空中戦艦から見た東京の映像だった。

所々で煙が上がっている廃墟《はいきょ》と化した都市。繁栄度合いに差はあれど、今は等しくモンスターの襲撃を受けて被害が出ている。

その都市群が、ある場所を境に辺り一面、森と山という自然しかない風景へと変貌していた。

「……山梨とか神奈川って田舎通り越して森なんだな」

「んなわけないじゃないっすか。横浜市民とかに怒られますよ。……多分、県境でそれぞれバラバラな場所に飛ばされています。《オレクエスト・オンライン》の世界と現実が一体化したって考えるのが、こういうデスゲームもののテンプレじゃないっすかね？」

「《オレクエスト・オンライン》ってこんなにフィールド、森だらけなの？」

「そういう所もなくはなかったっすけど。それ以外にもまだ未実装だった大陸があったんすよ。だから、多分そこに飛ばされたんじゃないかなーとは思ってます」

俺のくだらない言葉を呆れた顔で切り捨て、彼女は自分の考えを告げた。

正直、彼女の言ったことは否定できないと思ってしまった。

県が隣接したままだとその地域のフロアボスをそのフロア以外の人が倒すみたいな事態になりかねない。それはゲームマスター的には許容できないと思う。

パッと思いついた理由はそれだった。他にも理由はあるかもしれない。

とにかく、目の前の情報は俺が目指す場所がどこにあるかもわからないことを示していた。

「……そっか。そもそも帰る場所がどこにあるかもわかんねーのか。なら、仕方ない」
「なんか申し訳ないっす。ちょっと前からわかっていたんすけど言う機会逃しちゃって……」
「いや、いいよ。早めに知った方がダメージ少ないから」

とはいえ。納得はしたけど、ちょっとだけ気分が落ち込んだ。

元より今すぐに行けるわけでもなかったけれど、向かうべき場所がわからないとなると途方にくれるというものだ。

だけど、いつまでも落ち込んでいるわけにもいかない。頬をペチンと叩き、気合いを入れ直す。

フロアボスは倒せない。帰るべき場所がどこにあるかもわからない。

立てた目標はどれも達成が不可能だとわかった。悲しいけれど、これもこの世界を生きようと行動した結果だ。仕方ない。

情報も少ないしな。焦って目標を立てるのも間違いかもしれない。

柄にもなく真面目に考えていたが、こんな事態で俺一人が頑張ったところでどうにもならない。

今生きてる奴らがちゃんと前を向いて生きていけるようになれば、世界は勝手にいい方向に向かっていくだろう。俺達みたいな子供がやれることは、このデスゲームの一プレイヤーとして普通にモンスターを倒していくことくらいだ。

それなら、これからの目標は、世界が変わる前と同じ方がいい。

「なぁ、黒乃」
「はい」

「これは世界の状況とか抜きにして俺のやりたいことだけどさ。楽しく笑って生きていく、ってのはどうだ？　俺達が満足できるように生きていく。具体的な目標って感じじゃないけどな」

「そうっすね。でも、私はそれサンセーっす。よくよく考えたら、世界がどうとかって私達が辛気臭い感じで考えなきゃいけないことじゃないっすよ」

「だよなあ。そういう難しいことは大人に任せる。俺達は俺達でモンスターを倒していけば、十分それで貢献した事になるでしょ」

黒乃は笑って同意してくれた。もしかしたら落ち込む俺を元気づけようとしてくれているのかもしれない。

「それじゃあ早速、決勝戦のリベンジとしゃれ込みましょうか！　今度は負けてやらないっすよ」

「望むところだ」

黒乃の言葉に応え、持ち運んでいたリュックから《クロノ・ホルダー》のデッキを取り出す。捨てなくてよかった。まだ遊び相手が居たのだから。

楽しく笑って生きる。そんな誓いを胸に俺達は世界の現状も忘れて遊び始めた。

戦え、抗え

1.

世界が変貌した日から一夜が明けた。

どれだけの人が殺されたのかは想像もできないが、モンスターとの遭遇を免れた人は数少ないだろう。今生きている人達は戦いを経験した人か、個人もしくは団体の庇護《ひご》下に入った人くらいだと思う。

割り切りでもヤケクソでもいい。ある意味、混乱が治まりつつあるタイミングだ。ここでどれだけ立て直せるかがこれからの世界の行く末を決める。

当然、生きようと足掻く人々に協力する意思はある。俺だって進んで人という種を絶滅させたくはない。……戦えない人を保護するという方向性では動かないけど。

俺達みたいな一般人の未成年だと、いくら力を持っていたって素直に大人達が下についてはくれないし、なにより面倒くさい。何が悲しくて進んで人を纏める立場に立たなければならんのか。

モンスターを積極的に倒して戦闘面の負担を減らすといった協力なら結果的に為されるのだか

ら、それで勘弁してほしい。適材適所というやつだ。

俺が戦いに向いているかと言われると甚《はなは》だ疑問だけどな！

そんなわけで、二日目の朝からは周辺のモンスターを狩りつくす勢いで動くつもりでいた。

「……やっべえ、寝落ちした」

時計の短針が虚《むな》しく十二時を指している。大きなソファにぐったりともたれかかった状態で、ぼんやりとそれを認識した。

足元には手から滑り落ちたゲームのコントローラーが落ちていた。

「ぐー……」

隣にいた黒乃は小さな体を丸めて横になって器用にぐっすりと眠りこけている。

どっちが先に寝落ちしたのだったか。記憶が曖昧だ。ただでさえ大会後で疲れていたというのに、結局深夜になっても遊び惚けていたのは覚えているのだが……

「黒乃、起きろー。もう昼だぞ」

黒乃の体を揺する。

「…………遥たん、現在二度寝中ですぅ……ぐぅ……」

「一回起きてんじゃねえか」

「京さんが寝かせてくれなかったから……」

「その言い方は誤解を生むなあ。ほら、冗談言ってないで起きな」

二度三度と断続的に体を揺すると、とうとう観念したのだろう。目を開けて黒乃が恨めしげな目でこちらを睨んできた。

「酷いっすよう……もう少しくらい寝ていたっていいじゃありませんかー」

「ダメだっての。この家は俺のモンスターが警護しているけど、外はまだまだ安全な場所が少ないんだから、急いでモンスターを倒していかないと」

「そんなお堅いこと言って、京さんだって寝坊してるじゃないっすか」

「うぐ……」

ぐうの音も出ない正論である。調子に乗って昨夜に遊びすぎたことを少し後悔した。

「まあ、どっちにしたって急いでレベル上げしないといけないですし。あんまり遊んでばかりいるのも問題っすね……ふぁ〜あ。よし、急いで用意しましょうか」

黒乃が大きく伸びをする。それでさっきまでのぼんやりとした雰囲気はすっかり消え去って、いつもの黒乃に早変わりだ。

切り替えの速さに驚きながらも、俺も急いで意識の覚醒に努めた。

*

「うわ、酷いな……」

黒乃宅を出発して十数分で顔を顰めてしまう。

昨日は余裕がなかったこともあり、そんなに意識していなかったが、思っている以上に悲惨な状況だ。街はやりたい放題に荒らされているし、無事に立っている建物なんて数えるほどだ。それに加えて、肉片がそこら中に散らばっている。モンスターは倒されたら消えるのだから、この肉片の正体が何かなんて容易に想像できる。

甘く見ていたつもりはなかったが、思っている以上に好き勝手やられているな。

家の周辺がそんなに破壊されていなかったのは、召喚したモンスター達が俺と黒乃が遊んでいる裏で、周辺を徘徊するモンスターと夜通し戦ってくれたお陰だろう。本当に助かる。これからもこき使っていこう。

「言っとくけど、こっちはまだマシっすよ。フロアボスが行った西の方なんて、本腰入れた攻撃もされてないのにもう滅茶苦茶《めちゃくちゃ》っすからね」

「そりゃそうだろ。アイツ、ステータスがクソ高いだけじゃなくて、空飛んで炎も吐くし。適当な攻撃だけでも東京くらいなら一ヵ月も経たないうちに更地にできるだろうさ。ま、死体も纏めて焼くから見栄えに関してだけは今より綺麗になるかもな」

「何もかもなくなることを綺麗って言うのには抵抗がありますけどねー……っと、モンスターが接近中っす。だいたい二十体。強力な個体はいないし、このくらいなら肩慣らしにはちょうどいいっすね」

話の途中だがモンスターが来てしまったらしい。今日初の戦闘だ。意識をより一層引き締める。

「了解、さっさと片づけますか」

黒乃は手元に現出させた剣を構え、俺はカードをクロノグラフに翳す。

「召喚《サモン》、《土竜　ドラゴモール》」

召喚したのは黒乃と初の共闘（勝手にトドメを刺されただけだが）の際に手に入れたモンスターだ。あの日の姿そのままに、俺の目の前に巨大なモグラが召喚される。

レベル上げとモンスター狩りを兼ねて昨夜のうちに召喚していたので、俺の持っているモンスターの中では最高の戦力だ。

「……ちょっとでかすぎるな。これじゃ目立っちまう」

とはいえ、普段使いするにはその図体《ずうたい》の大きさが気になってしまう。

今朝起きた時にはもう倒されていたしな。

フロアボス以外にもこのモグラのような強力で大型のモンスターが東京にはまだ九体もいる。俺達が勝手に中ボスと呼んでいるそいつらに目をつけられて倒されてしまったのだと思う。

元は同じ中ボスだったとはいえ、俺の《ドラゴモール》のレベルはまだ低い。一対一で勝てるような相手ではない。

正直、目の前に召喚して「こんだけ大きけりゃ、それは悪目立ちするわ」と強く思ってしまった。戦力が心許ない以上、主戦力として使うしかないが、こんな小規模な戦闘で出すのは考えものだ。もう少し使いやすいモンスターがいればいいのだけれど……

まあ、そんな悩みも今日からの活動次第で解決するだろう。

「武装《アムド》、《ソニック・ジーエヌ》を俺自身に装備」

追加でカードを一枚使って、レーザー式の銃を自身に装備する。特別な効果はないが、使えるカードが少ないからこんなものでも使わなくてはならない。

「モグラに突っ込ませるから、取りこぼしを俺と黒乃で狩るって感じでいこう」

「オッケーっす」

一連の動作の後にカードを引いたところで、モンスターの姿を俺も確認した。

ゴブリンとオークで編成された群れだ。どいつの体にも乾いた血がこびりついている。人間が集まっていた大型の居住区域を潰して、そのまま外に繰り出したといったところか。

「押し潰せ！」

仇《かたき》を取るなんて高尚な考えはないが、出会った以上は見過ごす気はない。《ドラゴモール》に命令を飛ばす。

俺達を視認した群れもこちらに雄《お》叫《たけ》びを上げて走り寄ってくるが、こっちの方が勢いは上だ。俺の命令を受けて猛進する《ドラゴモール》と正面衝突して大多数が吹き飛ばされる。

吹き飛ばされたモンスターの体が一撃で光の粒子に変わる。

「よし、上出来だ！」

まだ狩り残しが数体残っている。黒乃はとうにモグラの巨体の陰から接近済みだ。

俺も後れは取るまい。仲間がやられ、動揺と共に立ち止まっているモンスターを標的に、銃のトリガーを引く――――！

「…………」

総数三発。一発目で疑問、二発目で困惑、そして三発目で自身の才能の無さに絶望した。

まったくの見当違いな方向に飛んでいった光線を見て、俺は思わず無言で天を仰ぐ。

「このヘタクソー！」

軽快な動きで流れるようにモンスターの足を切断する黒乃から容赦ない罵声が飛んでくる。

……ちゃうねん。こんなに難しいとは思わんかってん。

そんな言い訳をグッと呑《の》み込《こ》む。銃を用いた遠距離からの援護射撃は、どうにかして自分も戦闘に加われないかと思った案の一つ。元々上手《うま》くいかなくても承知の上だ。

重要な場面で無様を晒《さら》すぐらいなら、今のようなどうでもいい戦闘で露見する方がずっといい。黒乃がいくらでもカバーしてくれるからな。

というか、なんで俺は練習もなしに銃を扱えると思ったのか……

自分に呆れているうちに黒乃がモンスターを全て行動不能にしてしまった。

「わりーわりー。ガンシューティング系のアケゲーは結構やったことあるんだけどなあ。やっぱりスキルがないとこんなもんみたいだ」

「それにしたってここまで酷いとは思いませんでしたよ……」

ゆっくりと近寄っていくと、既に剣を収めていた黒乃も呆れた様子で答えてきた。

「モグラの攻撃だと一撃でモンスター倒しちゃって良くないっすね。私に経験値が入らないっす」

「あー……じゃあ、雑魚戦で使うのはよくないな。適当なモンスターを使うしかないか」

黒乃のレベル上げが滞るのはマズい。

よくよく考えたら《イブキ》でもゴブリンは一撃で倒せたのだから、《ドラゴモール》だって雑魚モンスターならほぼほぼ一撃で倒せるだろう。ダメージを与えないとレベル上げに必要な経験値が手に入らないのだから、黒乃のことを考えると迂闊《うかつ》に使っちゃダメだな。銃を封印するのはもう決まっているけれど、《ドラゴモール》も黒乃と一緒に戦う時には召喚するかどうかは考えないと。

反省点が早いうちに見つかるのはいいことだ。そう思いながら俺は黒乃が足を切断して動けなくなったモンスターにトドメを刺していく。流石にこれだけ近ければ外さない。

モンスター討伐のドロップでカードを手に入れるためには、俺か俺のモンスターがダメージを与えなければならない。ここは経験値と同じシステムだ。

東京に現れたモンスターを少しでも減らすためにも俺の手駒はあればあるほどいい。カードを集めるためにも俺がモンスターにダメージを与える必要があった。黒乃がモンスターにトドメを刺さなかったのはそのためだ。

「この辺のモンスターがこっちに集まってきちゃっていますね。ちょっと数が多いなあ……あ、目標の鎌鼬《かまいたち》の中ボスもこっちに来てるっす」

俺が最後の一体を倒したところで黒乃がそう告げる。

「好都合じゃん」

中ボスの来訪は望むところだった。

元々今日中に一体は倒すつもりだったし、最初から中ボスが暴れている方に向かっていたのだから、向こうから来てくれるのなら移動の時間も省けるというものだ。

「あと何分くらいで中ボスはこっちに来そうだ？」

「このままの勢いで直進してくるなら五分ってところっすかね」

「それならドローも挟めるか。今の手札は全然悪くないし、俺の方はもう準備いらないな。……で、問題は中ボスをどうやって倒すかって話だよなあ」

「時間がないからとりあえず近くにいるのを標的にしましたけど、空飛んでますもんねえ」

こっちに向かってきている中ボスである鎌鼬以外にも、四体も空を飛んでいる中ボスがいる。

空を飛ぶという利点はやはり大きい。地に足をつけている相手からの反撃方法が極端に少なくなるのは、かなりのアドバンテージだ。

「一応、こんな感じの遠距離攻撃もあるっすけど、ねっ！」

黒乃は一度しまった剣をもう一度手に持つと、勢いよく振るう。

剣閃《けんせん》が青白い光を放ち、光の斬撃が飛んだ。

三日月形の魔力の光が俺が視認できるギリギリの速さで飛翔《ひしょう》し、ちょうど物陰から現れたゴブリンに命中した。腰の辺りから上下真っ二つになって、そのまま消えてしまう。

「何それ、かっけえじゃん。スキルってそんなこともできるのか」

「明らかに基礎っぽい単発の技しかまだ使えないっすけどね。あと、魔力も消費しちゃうから適当に使うわけにもいかないんすよね。なので、今回はスキルなしで頑張りましょうか」

黒乃が剣を再びしまって、武器を銃に持ち替える。

「げっ、よりにもよって銃かよ。やめとけやめとけ、未経験者が使っても当たらないぞ。それともスキルを新しく習得するのか？」

「いえ、スキルポイントが勿体《もったい》ないし、よっぽどダメじゃない限りはこのままでいきます。というか京さん、自分が下手っぴだったからって、そこまでネガキャンすることなくないっすか……」

だって、全然当たらないじゃん。口には出さないが、そんな文句が浮かぶ。

「はいはい、そんな不満そうな顔しないで」

顔に出ていたらしい。適当に宥《なだ》められてしまう。

……ふふ、まあいいさ。せいぜい黒乃も下手を晒して恥をかくといい……！

そんなやり取りをしている間にもモンスターが集まってくる。道の向こうからも、通ってきた道からも集まってきて、両方から挟まれる形だ。

路地裏の細道に逃げてもいいわけだが……

「さて、ちょっと余裕ないっぽいし、トドメはちゃんと刺していきましょうか。片方は京さん、もう片方を私が担当するって感じでいいっすよね？」

「ああ、それでいこう」

黒乃はやる気満々だ。まあ、この程度の相手ならなんとかなるだろう。

「召喚、《リザードソルジャー》。戦闘は積極的にしなくていい。護衛に集中、黒乃の背中を守れ」

「むぅ、探知能力があるのに、私が不意打ちなんて食らうわけないでしょ」

ドローをしてから、万が一の時に黒乃を守るために、胸当てと曲剣を装備したリザードマンを召喚する。

黒乃がむくれる。こんな雑魚相手に不覚を取ると俺が思っているように感じたのか。

「保険だっての。黒乃がやられたら取り返しがつかないんだからな。幸い、取り返しがつくものは沢山俺が持っているんだから大人しく守られとけ」

「最悪、怪我《けが》したって回復系のスキルを取ればいいだけですけどねー。ま、大人しく守られてあげますよーだ」

不承不承といった様子だが、黒乃はそれ以上文句を言わなかった。

「よし、じゃあ後ろは任せる。こっちはモグラに任せるから心配はいらん！」

「うわあ、他力本願だ」

「なんとでも言え。まともに戦うと俺じゃ負けかねないからなあ！」

「更に情けなくなっちゃった……っと、バカみたいに話している場合じゃないっすね」

流石にモンスターの接近が無視できなくなってきた。

話をやめて、戦闘に集中する。といっても俺個人の戦闘スタイルなんてモンスターを前に出して後ろで見守るだけだ。緊張感がまるでない。

《ドラゴモール》を集団にけしかけ、後ろからレーザー銃で援護する。

「……当たらねえなあ。おかしいなあ」

正確には援護しているつもり、が正しいだろう。

手振れが酷すぎて全然狙った方にいかない。銃撃のほとんどが《ドラゴモール》の背中に吸い込まれていく。援護どころかむしろ邪魔しかしてない。

いくらダメージが入らないといっても申し訳なさを感じてきたので俺は銃口を下ろした。

大人しくしておこうと思ったところで、黒乃のことを思い出した。

俺がこんだけ下手なんだ。黒乃だってきっとそれ相応の腕のはず……すぐに銃が扱えないと見切りをつけてスキルを取得するか、剣に持ち替えるに違いないと後ろを振り向く。

「……やたら上手くない？　スキルを取得してなくてそれ？」

俺の淡い期待を裏切るように、黒乃は一発一殺でテンポよく向かってくるモンスターを倒し続けていた。

使用している銃は俺の物と似たようなレーザー銃だ。威力の違いはあったとしても発射のプロセスに特別なものは感じられない。

「そうっすけど。数回撃てば感覚くらいは摑《つか》めるでしょ。京さんが下手なだけっすよ」

黒乃はモンスターの方を向いたままサラッとそう言った。

くそう、すごく敗北感を感じてしまう。センスが俺と段違いすぎる……

「京さん、そっちの銃もう使わないなら貸してくださいよ」

「あっ、はい」

大人しく渡す。

カードで出して俺に装備した武器だが、俺以外の誰かが持ったら装備対象は自動的に変わる。今の黒乃には装備時の僅かばかりのステータス上昇が働いているはずだ。

両手に銃を持った黒乃の攻撃がより激しさを増していく。

「ちょっとだけ撃った時の感触が違うなあ。これならこんな感じで……」

俺が貸した方の銃は最初の数発は僅かに照準がズレていたが、それもすぐに修正してしまった。修正後はほぼ百発百中の勢いでモンスターを始末していく。

スキルなしでこれって、剣よりよっぽど適性あるんじゃないだろうか。

「ちょっと、京さん！　そっちからモンスター抜けてきてますよ！」

「ちっ、あの図体ならもっと効率的に雑魚くらい蹴散らせるだろうに。ほら、剣貸せ」

後ろで暴れる《ドラゴモール》の脇から抜けてきたのだろう。黒乃の声でこちらに向かってくる敵の存在に気づく。数は……七体か。動きを見るにどいつも俺と同じくらいのステータスか。駅にいた雑魚モンスターよりは強いな。

ただ、さっきは負けかねないと言ったが、これくらいの数の雑魚モンスターなら俺でもなんとかなるだろう。

俺が召喚した《リザードソルジャー》から曲剣を奪って襲い掛かるモンスターに向き合う。

「まずは、一体」

槍を構えて突撃するリザードマンの攻撃を受け、腹部を貫かれる。

僅かな痛みは気にしない。体に突き刺さった槍の抵抗などまったく感じないままに直進、すれ違いざまに剣を振るって首を切断した。

ＨＰが２００弱ほど削られるが、このくらいなら想定内だ。

やはり、この程度の雑魚ならＨＰシステムを利用したゴリ押しでなんとかなる。

黒乃と違って、雑魚相手でも大勢に囲まれてタコ殴りにされると負け一直線なのは悲しいが、モンスターも召喚できない状況で、多数の敵相手に俺一人で白兵戦する場面なんてもう負けているようなものだ。考えるだけ無駄だろう。

「二体、三体」

リザードマンと同じように攻撃を受けてから反撃で首を落とす戦法でモンスターを倒していく。モンスター達の武器が全て刃物だから、衝撃もあまりなくて綺麗に体内をすり抜けてくれる。カウンターがやりやすくていい。

動きが止まった相手ならば、俺の素人剣法でも急所目掛けて刃を振るえた。

「はい、これで終わり」

頭から斧で両断されると同時にオークの右足を切り裂く。崩れ落ちた体に肩口から斜めに曲剣を振り下ろす。血が噴き出て数秒後にオークが消滅した。これで最後の一体だ。

「いってえ……やっぱり俺が前で戦うのは無理筋だなあ」

今のゴリ押し戦闘でＨＰを１０００近く失ってしまった。全体の十分の一にも満たないが、雑魚戦でこれだけ消耗するのはよくないだろう。

痛みだって気にしないでいられる程度だといっても、何度も受けるのは気分的によくない。我慢できても痛いものは痛いのだ。

ゴリ押し以外の戦法を取れるほどの技量はないので、やはり雑魚モンスターといえども、俺が前に出て戦うのはよろしくないという結論に至ってしまう。

残念だが仕方あるまい。俺のモンスターと黒乃に任せよう。

「こっちはとりあえず終わったっすよ〜。そこら中にモンスターがいるから、もう暫く経てばまた雑魚モンスターがやってきそうですけど、中ボスを倒すまでは多分持つかと」

「こっちも後はモグラだけでなんとかなるだろ。取りこぼしがいれば黒乃が倒してくれればいい」

「そうしましょう。あんな危なっかしい戦い方させるくらいなら私がさくっと倒しますよ」

黒乃がトンと胸を叩く。頼もしい限りだ。

「京さん、中ボス来ましたよ。見えますか？」

「ああ、バッチリ」

数百メートル先の上空、中ボスである鎌鼬の姿を見つける。サイズはだいたいヘリコプターくらいだろう。

死神が持っていそうな大鎌を両手で持って空を舞う、白色の毛で覆われたイタチだ。わかりやすいから鎌鼬と呼んでいるが実際のところ、イタチの中ボスと言った方がいいかもしれない。

そして、向こうはとっくにこっちを捕捉済みだ。迷うことなく、かなりの速さでこっちに接近してくる。

地には降りてこない。未だ残っている高層ビルと同じくらいの高さを飛び、すぐに俺達の近くまでやってきた鎌鼬はその勢いのまま大鎌を振り上げる。

「来るぞ、黒乃！」

「わかってるっすよ！」

大鎌が振り下ろされる。さっき黒乃が剣を使ってやっていたのと同じような原理だろう。三日月の形に凝縮された風の刃が地へと向けて放たれた。

「っ⁉　多っ！」

問題はその数。黒乃のような単発の技ではない。優に百を超えるだろう数の風の刃を俺達のいる道に向けて乱雑にバラまいたのだ。

「《時の蒐集《クロノグラフ》》を使って防……」

咄嗟《とっさ》の判断で《時の蒐集》を使用してこの攻撃を切り取ろうとする。

「待った！」

だが、黒乃の言葉でやめた。

「ここと、ここを、こうっ！」

黒乃は二丁のレーザー銃からそれぞれ二発、合計四発の銃撃を放つ。

さっきまでのより勢いが強い。これは、魔力でエネルギーを上乗せしているのか？

黒乃が放った銃撃は射線上の風の刃を呑み込んで空の彼方《かなた》へと消えていく。消せたのは全体の三割ほどだ。

黒乃は俺達のいる場所に降ってくる風の刃を判別して、撃墜したのだろう。空の弾幕に空きができていた。

そして、数秒後に残った風の刃が地上に着弾する。俺の召喚した《ドラゴモール》は何発も風の刃を食らって消滅してしまった。後ろにまだ残っていた雑魚モンスターも巻き添えを食らって全滅している。

道脇にまだ残っていた建物も、いくつもの風の刃を受けて崩壊する。瓦礫《がれき》と砂ぼこりが地上を満たした。

「……マジでスキル取ってねーの？　今の、魔力を使った攻撃じゃ……」

砂ぼこりに紛れ上空から俺達が確認できないからと、黒乃に一応確認する。

魔力を使った一撃というだけでなく、咄嗟に攻撃の一部を撃ち落とす判断と、それを正確に行う腕はとてもじゃないがスキルなしで行ったことだとは思えない。

「いや、スキルは取ってないっすよ？　《剣術》スキルの技で魔力を使った攻撃の感触はわかっていたから、なんとなくこんな感じかなってやってみたっす。やろうと思えばスキルなしでもできるもんっすねえ」

どうやら、素であれだけのことをやれるらしい。なんだコイツ……

ちょっと引いてしまった。銃を使ったのは今日が初めてのはずなのに、なんでこんなに順応が早いんだ……

「けど、やっぱり初めてじゃ魔力の使用量の調節は上手くいかないっすね。スキルを使った時と同じくらい魔力を使っちゃいました。まだまだ改善の余地はありそうっす……っと」

上空からの突風で砂ぼこりが吹き飛ばされた。鎌鼬がやったのだろう。

無傷の俺達を視認した鎌鼬が再び大鎌を振り上げる。

二度も同じようにやらせはしないと、黒乃がその瞬間に銃撃を放つ。二筋のレーザーが鎌鼬に向かって飛ぶ。

鎌鼬が大鎌を振るう。先程の風の刃を放つエネルギーをそのまま鎌に籠めたのだろう。鎌と正面衝突したレーザーが打ち消される。

　黒乃はそのまま大技を打たせないよう空に向かって銃撃を続ける。

「さて、安直に遠距離武器使えばいけるって思ったんすけどね。この感じだとジリ貧っすよ？」

　確かにそうみたいだ。

　鎌鼬のステータス自体は黒乃と同じくらいか少し下だろう。だが、空を飛んだまま攻撃をしてくるというだけで、こちらから取れる手段が極端に少なくなってしまう。事前にわかっていたことだが、やはりやりづらいことこの上ない。

　頼りの遠距離武器も相手にダメージを与えるのは難しいときた。

「まあ、そんなに楽はできないってこった。だけど、それはあくまで黒乃一人ならって話だろ？」

「京さん、何かこの状況でできるんすか？」

「もちろん。むしろ武器を使った援護なんかよりこっちの方が本命だ！」

　自分がなんとかして戦闘に加わる方法。武器や術式《スペル》カードを使った直接攻撃は、俺の低いステータスや戦闘適性を考えると現実的ではない。そうなると、取れる手段は限られてくる。

　その中でも、これが一番効果的だと頭の中ではわかっていた方法があった。

　自分自身が前に立って戦いたいという思いがあったから、その方法は後回しにしていたが、今日実際に前に立って戦ってみてわかった。

　俺が戦うよりこっちの方法を主軸にした方がずっと強い。その確信が持てたことで躊躇《ためら》いなく俺は残された方法を実践する。

「術式《スペル》、《死の活用《リソース・リユース》》、生贄《いけにえ》になれ、《リザードソルジャー》！」

その方法とは、ステータスに直接干渉するカードを用いた戦闘支援。

残っていた五枚の手札の中から一枚のカードを使う。

効果の発動時の処理で、黒乃の護衛用に召喚して近くにいたために生き残っていたリザードマンを自ら消し去る。

「おっ？　これは……」

「ステータスの強化だ。これで少しはやりやすくなるだろ！」

「なるほど、助かるっす！」

効果は単純で、生贄に捧《ささ》げた自分の支配下のモンスターの攻撃、防御、素早さのステータスの半分の数値を、対象のステータスに三分間加えるといったものだ。

《リザードソルジャー》の該当するステータスはだいたい６００前後、つまり３００近く黒乃のステータスが上昇する。

均衡する戦いの中では決して無視できない上昇値だ。

「更に追加で、術式、《ホラーアウト》！」

続けてもう一枚カードを使用、今度は鎌鼬が対象だ。

もちろん、さっきのようなステータスを上昇させる効果ではない。その真逆、ステータス低下効果だ。

対象の攻撃のステータスを二分間、一割減させるこのカードを使ったことで均衡が崩れた。

黒乃の銃撃は鎌鼬の大技を防ぐための牽制《けんせい》だったが、今では黒乃の銃撃を相殺するために鎌鼬は大鎌を振るっていた。攻守の立場は完全に逆転した。

レーザーと大鎌が衝突する度に、大きく鎌鼬の体勢が崩れる。そして、その隙にもう一筋のレーザーが鎌鼬を射貫《いぬ》き、貫通こそしないものの体表が焼き爛《ただ》れていく。

空を飛んで、自由な移動ができるという利点も完全に潰されていた。鎌鼬が大鎌での相殺を選ばずに回避行動を取っても、その先を見透かしたように銃撃が待っていた。恐らく黒乃は逃げる方向を予測か誘導でもしているのだろう。そう思わせるほどに面白いように攻撃が命中していく。

やはり、この戦闘方法が一番いいみたいだ。戦闘能力的には物足りない俺を強化して無理矢理戦うよりは、元から強い黒乃を強化して圧倒した方が強いに決まっている。

……元は自分で召喚したモンスターを支援するためのカードなのだろうけれど、俺のモンスターより黒乃の方がずっと強い。つまりは黒乃に完全に戦闘を任せて、俺は後ろで支援に徹するのが今取れる方法の中では最も強い戦法になるわけだ。

男としてはものすごく情けない話だけど、勝てるならば問題はない。

「ひゅー、面白いように当たりますねえ」

気分良く攻撃を続けながらそう言った黒乃に釘《くぎ》を刺す。

「気をつけろよ。一枚目のカードは三分間、二枚目のカードは二分間しか効果持続しねえから、さっさとトドメ刺してくれ」

「あ、やっぱり永続効果じゃないんすか。そうじゃないかなとは思っていましたけど」

そりゃあ、ステータスを永続的に上昇させられるなら強すぎる。フロアボスだっていくつものカードを使用すれば楽に倒せるようになってしまうからな。

「うーん、思ったより持続時間が短いっす……トドメまでいけるか五分五分っすねー。他にカードはないんすか？」

「スマン、俺が今持ってるステータス干渉系のカードでまともに使えるのそれだけなんだわ」

ドロップアイテムで似たような効果のカードは手に入れているが、数値変動が小さすぎて魔力の無駄になるようなものが多い。この系統のカードでまともに使用できるのはR以上のレア度のカードくらいだろう。事実、今使った二枚のカードもレア度はRだ。

「いや、一応やれることはあるか……黒乃はそのまま攻撃を続けてくれ。あわよくばそのまま倒してほしい」

デッキチェンジを使ってもう一度《死の活用》を利用することも一瞬考えたが、効果の持続中は同じ名前のカードを同じ対象に使っても効果がないので諦めた。……それができたなら、意気揚々とモグラを召喚して即生贄にしたのだが……

できないからには仕方がない。

俺はガチャの画面を開く。昨夜からの配下のモンスターの活躍とさっきの戦闘のお陰で、レベルはかなり上がっている。十五回ガチャが引けるだけのポイントが溜まっていた。

これで空を飛べるモンスターの召喚カードか、ステータス干渉系の術式カードを引けば、この戦闘を一気に終わらせられるだろう。

もし何もいいカードが引けなかったとしても、効果の持続時間が切れた後にデッキチェンジを使えばもう一度《死の活用》が発動できる。黒乃なら効果時間が三分追加されれば中ボスを仕留められるだろう。

そんな思惑もあり、気楽にガチャを引いていく。

「一枚目、ダメ。二枚目、ゴミ。三枚目……おっと、これは……」

狙っていたカードとは違うが、三回目で戦況を変えるカードを引いた。

すぐさまデッキを新しく編集する。今新しく手に入れたカードと先程使ったステータス干渉系のカード二種、そして《ドラゴモール》の四枚だけでデッキの構築は完了。

一日三回限定の機能であるデッキチェンジで、デッキを今編集したばかりのものと入れ替える。

『デッキチェンジ、オールリカバリー』

残っていた手札が消え、新たに初期手札として四枚カードを引く。

『デッキオーバー』

機械音がデッキがなくなったことを告げる。それを無視して、俺は今手に入れたばかりのカードを発動した。

「武装、《空歩きのくつ》、黒乃に装備だ」

カードの使用と共に黒乃の履いていたスニーカーが変化し、鳥の羽根で装飾されたブーツへと姿を変えた。

「京さん、これの効果は？」

「文字通りだ。空気を踏みしめて動けるらしい。違和感はあるだろうが、黒乃なら使いこなせるだろう！」

俺の言葉を聞いて、黒乃は攻撃を続けながら片足を浮かして体重をかけたりなどの動作で《空歩きのくつ》の効果の感触を試していっている。

「なるほど……こんな感じっすか」

「どうだ、いけるか？」

「流石に全速力は出せなそうっすけど、走るのに問題はなさそうっすね。これならいけます」

「よし！　攻撃用のカードも欲しいから《時の蒐集》を使って援護する。黒乃は攻撃を気にせず真っすぐ突っ切ってぶった切ってやれ」

「りょーかいっす！」

折角の中ボスとの戦闘、《時の蒐集》を使ってより強力なカードを手に入れられるチャンスだ。万が一の事態ももはやないだろう。防御を意識して《時の蒐集》を残す必要がない。

俺の提案を呑《の》んだ黒乃は自分の銃をしまい、しまっていた剣を三度《みたび》手元に呼び出す。

左手に銃、右手に剣を装備した黒乃は空へと駆け出した。地を走るのとまるで遜色ないスピードでグングンと鎌鼬に近づいていく。俺の素早さのステータスでは正確に認識できないほどのスピードだ。

満身創痍《そうい》の鎌鼬も流石にそれは見過ごせないと思ったようで、一か八か、最初に放った大技である風の刃の乱射で黒乃を叩《たた》き落《お》とそうとする。黒乃はそんな鎌鼬の動きを邪魔することなく空を突っ切っていった。

大鎌にエネルギーが溜められ、振り下ろしと共に無数の風の刃となって降り注ぐ。

「クロノグラフ！」

『スタート。《時の蒐集》——コンプリート』

鎌鼬の攻撃に合わせて、打ち合わせ通りに俺は《時の蒐集》を発動する。空に広がった風の刃が霞のように消え去った。

「これで、終わりっす！」

渾身《こんしん》の攻撃が打ち消され、隙だらけの鎌鼬に三発の銃撃が突き刺さる。まだ止まらない。黒乃はその勢いのまま鎌鼬の懐に飛び込み、青白い光を纏った剣を横薙ぎに振るった。

鎌鼬の胴体が分かたれる。断末魔の叫びを上げて落ちていく鎌鼬の体は、地へと辿《たど》り着《つ》く前に光の粒子になって消えていった。

「いよっし！」

完璧だ。思わずガッツポーズをしてしまう。

だいぶ行き当たりばったりだったが、黒乃が上手いことやってくれた。本当に黒乃様様だ。

「お疲れ」

「お疲れっす」

黒乃が空から駆け足で戻ってくる。

「これ使いやすいっすね、銃でちまちま削るより近づいて剣でズバーッってやった方がやっぱり楽っす。これからの空を飛んでいる中ボスとの戦いでも役立ちそうっすね」

俺が引き当てた新たなカードは思ったよりも好印象だったみたいだ。

「目標の中ボスは倒せたが……思ったより損傷も少ないし、中ボスもう一体倒しに行くか？」

ダメージと言えるダメージはなく、失ったのはお互いの半分にも満たない魔力だけだ。俺は一日一回しか使用できない《時の蒐集》を使ってしまったが、黒乃はまだ空中戦艦や《イレイザー》も使っていない。

レベルもかなり上がったから、このままもう一体、中ボスを狩りに行ける余裕はある。

ここで中ボスを更に倒せれば、後々がかなり楽になる。そんな思いから提案する。

「うーん、いえ、やめときましょう。ちょっと暴れすぎました。雑魚モンスターがまた集まってきています。完全に囲まれる前にさっさと逃げるっすよ」

「面倒くさいな……じゃあ、今日はここまでにしとくか。モグラを召喚して暴れさせればモンスター共はそっちに向かうだろ。逃げやすくなるはずだ」

「それでいきましょうか」

短いやり取りで撤退が決まる。

《ドラゴモール》を召喚した後に、黒乃のナビゲートに従って俺は帰路についた。

*

「思っていた以上に色々できるんすね、京さんのカード」

家に辿り着いてから、少しの休憩の後に黒乃がそう切り出す。

「正直、自分でも把握しきれていない感じだけどな。今日の活動はここまでだし、モンスターを召喚しながらゆっくり効果を見ていくさ」

「私も把握しておいた方がよさそうっすね。その時には付き合いますよ」

確かに、俺のできることは黒乃と共有していた方がやりやすいか。

「今日は雑魚モンスターの処理に手間取っちゃいましたね。レベリングの効率的にはどんどん中ボスを倒せればいいんすけど」

「目立ったらモンスターに捕捉されちまうからな。でも、今日いっぱいモンスターを倒したお陰で自由に使える手駒が増えた。そいつら全部使えば今日の夜でこの辺りをうろつく雑魚モンスターはあらかた駆逐できるはずだ。明日は今日よりは動きやすくなるだろうよ」

こっちのモンスターにはＨＰシステムがあるから、同じ雑魚モンスターでもそれなりの耐久性がある。そいつらを昨日の夜と同じように町に解き放てば、中ボスはともかく雑魚モンスターはかなりの数倒せるだろう。

更にさっき倒した鎌鼬は今や俺の僕《しもべ》だ。ステータスはＬｖ１相当でしかないが、雑魚モンスターを相手取るにはそれでも十分だ。より効率良く雑魚モンスターを狩ってくれるだろう。

「東京に溢れる雑魚モンスターを俺のモンスターが駆逐して、中ボスは俺と黒乃が対処する。俺達にできるのはこんぐらいまでだよなあ。レベルが十分に上がってフロアボス討伐までいけたなら、そっちの方がずっといいんだけれど」

「中ボスを倒すのは別にいいっすけど、フロアボスを二人で倒すのは厳しくないっすか？　あれ、十数人単位のレイドボスみたいな感じでしょ、きっと」

「あくまでも目標は大きく言った方がいいだろう。まったく勝ち筋がないなら俺だってやる気なんてないけど、僅かでもあるならフロアボスなんてさっさと倒してしまった方がいい。そっちの方が理不尽にやられる人が減るからな」

「ふーん……京さんは『自分が楽しければそれでいい』って感じだと思っていたっすけど、意外と他の人のことも気にかけてるんすね。正直、どうしてそこまでしないといけないのかって私は思うっすけど」

　うん？　……何か勘違いしているな。

「それで合っているよ。俺の行動指針はいつだって『楽しんで生きる』だ。あくまでも片手間だよ。感情に従って片手間でやれることを積み重ねていっているだけ。俺は自分が楽しく遊んでいた世界を壊されてそれなりにムカついているし、世界を壊されて苦しみながら生きている人達のことをそれなりにかわいそうだと思っているからな」

　俺は嘘偽りなく、自分の行動指針を吐露する。

「やれることをやって今を積み重ねていくことが、望む運命を引き寄せる条件さ。自分の思いにすらそっぽ向いて、状況に流されて生きる奴にはロクな未来が待ってないってもんだ」

「運命とか未来って。なんだか曖昧な感じっすねぇ」

「曖昧でいいんだよ。決まりきった未来よりかはそっちの方がずっと面白いからな」

ニヤリと笑みを浮かべると、黒乃も納得したように溜息をついた。

「ま、そういうことでしたら。仕方ないから京さんに協力してあげるっすよ。私がいないとワンチャンすら生まれないでしょうし。それに、ゲーマーとしては他の人にボスを倒されるのは悔しいっすよね」

「助かる。……もうちょっと自分でも戦えればよかったんだがなあ」

ガックリと項垂《うなだ》れる。こんだけ偉そうに言っておいて戦闘は任せきりになりそうなのが本当に不《ふ》甲斐《がい》ないとは思うが、黒乃が手を貸してくれるなら百人力だ。

だけど、さっきの感じだと黒乃はあんまり乗り気じゃないみたいだし、危険な橋は本当に大事な時しか渡らないようにしないとな。

そんな決意と共に、俺は手に入れたカードを確認していくのだった。

「……運命か。ふふ、こういうのも悪くないっすね」

黒乃がポツリとそう呟《つぶや》いた。

2.

「はい、チェックメイト」

黒乃がビショップの駒を動かして宣言する。チェックメイト——即《すなわ》ち、「もうお前は詰んでいるぞ」という宣言だ。

「今のやっぱなしで」

見苦しくやり直しを要求するが、俺の盤面はもはやボロボロで戦える状況ではなかった。数手前からやり直した手も数手でまた詰まされてしまう。

「京さん、運が絡まないゲームだと弱いっすねー」

「これでも部内じゃ、そこそこ強かったんだがなぁ……」

黒乃の容赦ない言葉を聞いて、ガックリと項垂れる。

世界が変貌してから三日が経ち四日目に差し掛かっていたが、チェスでの勝負は俺の全敗という結果に終わっていた。

弁解にもならないかもしれないが、俺は決して弱くはない。自分の所属していたボードゲーム部ではそこそこの勝率を誇っていた。オンラインで対戦できるアプリでも勝率は六割を超えている。だというのにこのざまである。流石に全敗というのは不甲斐ない。

チェスだけではない。この数日間でやったゲームのうち、運にまったく左右されないゲームでは未《いま》だに黒乃から白星を挙げることができていない。

「黒乃ってチェスとかでも大会で賞を取っていたりする？」

「ノーコメント。過去の栄光なんてもう意味ないっすよ」

あまりの強さに黒乃がチェスや将棋でもそこそこ有名なプレイヤーなのかと尋ねるも、彼女はぼかして答えただけだった。でも、この口振りからすると、そこそこの結果は残しているのだろう。

「次はダイスかルーレットを使うゲームにしよう」

「えー。京さん、終盤になるといっつも出目最大ばっかり引いてくるじゃないっすかー。あんなのインチキっすよー」

なんとでも言え。俺だって勝ちたいのだ。

「せめて《クロノ・ホルダー》にしましょうよー」と渋る黒乃に迫りよる。そんな時だった。

「ありゃ、残念。来ちゃいましたね」

「遊ぶのも終わりだな」

黒乃のオレデバイスがピピピと警告音を鳴らした。

彼女の探知能力と連動して、今、俺達が拠点にしている地域に一定以上の強さを持ったモンスターが侵入した時に合図が鳴るようになっているのだ。この警告音は中ボスが来た時の音だ。

少し残念そうに黒乃が立ち上がる。俺も続けて立ち上がった。無人のデパートから適当に持ってきたルームウェアから動きやすいジャージに着替える。

「行くか」

手早く準備を終わらせると、俺達は階段を上がって外に出た。

「留守番頼むぜー」

庭では、数匹のゴブリンがたむろしていた。もちろん、俺の使役するモンスターだ。庭の中心では白い大樹――イブキが根づいている。
家を守るために呼び出したモンスター達だ。彼らに一声かけて俺達は強力なモンスターが現れた座標へと向かった。

＊

百メートルほど先に空を飛ぶモンスターの姿を確認する。

「おお、でっかいっすね」

「あれは、エイ……いや、マンタか？　空飛んでるから見た目だけだけど」

「マンタもエイの一種って聞いたことあるっすけどね。口が前の方にあるのがマンタなんで、分類するならマンタの方っす」

「無駄に詳しいな、おい」

今まで出会った中ボスの例に漏れず、そのマンタも通常の大きさから逸脱していた。

本来、海中を遊泳するための両鰭《りょうひれ》を上下に動かし、悠々と空を飛んでいるマンタは時折、球体状の水を放って建物を倒壊させていた。

「イレイザー撃てる？」

「空飛んでるし、足止めなしだと半分くらいの確率で避けられそうっすね。ぶっぱはやめといた方がいいと思いますよ」

「じゃあ、地道に削り殺すってことで」

「異議なーし」

作戦を手短に話した後、道中でカードを引いたお陰で最大枚数の六枚まで増えた手札から一枚のカードを発動する。

「召喚《サモン》、《土竜　ドラゴモール》！」

俺の主力モンスターである巨大なモグラの《ドラゴモール》を召喚する。

その巨軀《きょく》のせいであまりにも目立ちすぎるという欠点もあり、今までは昼の行動では気軽に使えなかった。だが、昨日と一昨日の夜にモンスターを総動員したお陰で、雑魚モンスターの駆除はあらかた終わった。ちょっと派手に戦闘しただけで数十匹に囲まれるということはないので、今日からは完全解禁だ。

「ドロー。そして武装《アムド》、《空歩きのくつ》を黒乃に装備」

手札を一枚使ったことで新たにデッキからカードをドローする。そして、元からある手札の中から一枚のカードを発動した。

カードの発動と共に、黒乃のスニーカーが鳥の羽根の装飾がなされたブーツへと姿を変える。

「それじゃあ、あのマンタ落としてくるっす」

既に何度か使用していて完全に感覚を摑んでいる黒乃は慣れた様子で、地面を踏みしめるように空を走ってマンタの下《もと》へ向かう。

「術式《スペル》、《速度規制　ビギナーズエリア》」

黒乃が接敵する前に更にカードを発動する。

ステータス干渉系の術式カードに関しては、システムに直接干渉しているのだろう。発動さえすれば確実に効果が発揮されるのでかなり役に立つ。俺のＳＰＤの低さを考慮して、今では使うカードは基本こういったステータス変動系のカードばかりになっていた。

今回発動したのもその例に漏れず、一定範囲内の生物一体の素早さのステータスを三分間、俺と同じにする補助系の術式カードだった。

途端に空を飛ぶマンタの動きが緩慢になる。吐き出している水球の勢いも少し落ちていた。

マンタを黒乃が強襲する。マンタもそれを察知していたが、今や俺のステータスと黒乃のステータスには三倍以上の差がある。その数値差は残酷なまでに動きが示していた。

マンタが迎撃のために水球を放った時には既に、黒乃の剣の一閃《いっせん》によって右鰭を切り裂かれていた。そのことをマンタが察知するよりも先に左鰭が同じように切り裂かれる。

「よし、《ドラゴモール》、落ちてきたところにぶちかませ」

黒乃の行動が予測できていた俺は、それを確認するより早く《ドラゴモール》に指示を出した。

「いよっと！」

両翼に傷を受け、反撃もできずによろめくマンタの背に、黒乃は軽いかけ声と共に踵落《かかとお》としを食らわせた。

飛行を維持できずに墜落したマンタに、土竜が突撃する。

衝撃で吹き飛ばされたマンタは家の壁に打ちつけられた。モンスターの襲撃もあり所々崩れていたその家は、マンタが打ちつけられたのが決め手となって完全に崩落する。

「やったっすか？」

「やったな」

マンタは崩壊した家の残骸に埋もれ、その姿が見えなくなった。

とはいえ、まだトドメが刺せているとは思っていない。モンスター達は意外としぶといのだ。

空から降りてきた黒乃と共にフラグを立てていると、瓦礫が内側から弾け、マンタが傷だらけの姿を見せた。

そのままお返しとばかりに先程までよりも巨大な水球を俺に向けて放つ。

「クロノグラフ」

『スタート。《時の蒐集《クロノグラフ》》——コンプリート』

マンタにとっては起死回生の一発だったのだろうが、俺達にとっては意図して撃たせてあげたにすぎない。

クロノグラフ——時を切り取る力を発動する。

「はい、ご苦労様っと」

機械音と共に放たれた視界を奪う光。

その光が止《や》んだ後にクロノグラフからカードを引き抜く。《アクア・パニッシュメント》と名づけられた一枚のカードだ。マンタの一撃は俺のカードへと姿を変えた。

中ボスとの戦闘は強力な攻撃系の術式カードを手に入れるチャンスでもある。俺のステータスでは使える場面は限られているが、集めておくに越したことはない。

昨日は中ボスと連戦があって《時の蒐集》を使いそびれたために仕方なく、黒乃に頼んで《イレイザー＝ガルガンチュア》を撃ってもらったのだが、攻撃手段が被ってしまうので、できるなら中ボスの攻撃の方に使いたいという思惑もあった。

「カードも手に入ったし、もういいっすよね。私、イレイザーぶっぱなしたいんですけど」

「ここまでくるとオーバーキルだから却下。いけ、《ドラゴモール》！」

これで完全にあのマンタには用がなくなった。後はマトモに動けない相手をただ嬲《なぶ》るだけだ。

黒乃が何か言っているが、完全にオーバーキルで魔力も勿体ないので無視して《ドラゴモール》に命令する。

《ドラゴモール》が俺の命令で、ダメージで空を飛べずに地面に横たわったままのマンタに体当たりや爪で攻撃する。

そのまま数十秒ほど見ていると、それでマンタの姿は消え去っていった。

「……最近はすっかりヌルゲーになっちゃったっすね」

「俺一人じゃまだしんどいんだけどな」

黒乃は少し物足りなげにそう言っているが、安全に勝負できるならそれに越したことはない。レベル上げを繰り返しているにもかかわらず、俺は未だにちょっと強いだけのモンスターにステータスで負けているのだから。

そんな俺と違ってレベルアップを繰り返した黒乃のステータスは、もう中ボスのステータスを優に超えている。ステータスの関係から俺がサポート役に回っているが、正直俺が居なくても余裕で勝ててしまえるだろう。苦戦する敵はもうフロアボスくらいなものだ。

最近、俺の存在意義に疑問を覚えつつあった。「さっさと帰って遊ぶっすよ～」と能天気に帰路につこうとする黒乃を溜息をつきながら追いかける。

「……これで、中ボスは残り二体か」

効率的なレベル上げと、レベルが低い人の被害を減らせるということで一石二鳥だと始めた中ボスの討伐は、巨大モグラも合わせてこれで五体目だ。

俺達の他にも討伐に動いている人がいたらしく、中ボスはこれで残り二体になった。二体の中ボスはここから離れた場所で暴れているので、今日はマンタの討伐だけで帰る予定だ。

もし待っていてこちらの方に来ればまた討伐に出向くし、俺達が動くまでもなく他の人が倒してしまうかもしれない。

「その後はフロアボス、だな」

残り二体の中ボスを討伐すれば、いよいよ目立った脅威はフロアボスだけになる。

よっぽど特殊な能力がなければ、中ボスを倒しまくってレベルが高い俺達がこの東京で一番強いことになる。最終的にどういう形になるかはわからないけれど、フロアボスの討伐には少なからず関わることになるだろう。他に生き残っている人達の状況が整ったら協力して討伐に当たるということもありそうだ。黒乃の話だと俺達の動向を監視している奴もいるみたいだし、いざとなれば俺達に声をかけてくるかもしれない。

俺としてもフロアボスの討伐は望むところだ。兵庫に帰れない以上、当分の間は東京で過ごすしかない。とりあえずの平穏を取り戻すためにもフロアボスをこのまま放っておくわけにはいかなかった。

そのためにもレベル上げはどんどんやっていかないとな。ステータスの数値的には俺達二人だけでもなんとかフロアボスと戦えるくらいの戦闘能力は身についたが、まだ確実に倒せる域にまでは達していない。俺はともかく黒乃のレベル上げを急がないと。

フロアボスの討伐に関してはあんまり乗り気じゃない黒乃に戦闘面で頼り切っているんだ。せめてできる限りは黒乃の安全を心がけなければならない。

二人じゃ厳しそうだという判断になったら、今まで関わってこなかった他の人達との協力も視野に入れないとな。……といっても、レベルやステータスのことを考えたら難しい話だとは思うが。

こんな風に頭を悩ませるのも全部俺の力がないせいだ。いくら一番いい形とはいえ、戦闘をずっと任せきりというのも情けない。フロアボスとの戦闘までになんとかなればいいのだが……

「ほら、京さん帰るっすよ～」

「……へいへい」

目標を倒したことだし、さっさと帰って遊びたいのだろう。いつの間にか先に行っていた黒乃が遠くから呼びかけてくる。

ない物ねだりをしても仕方ないかと俺は溜息をついて、小走りで黒乃の後を追った。

3.

中ボスのマンタを倒して、拠点に戻ってきた俺達は夕食をとっていた。

食料に関しては、近辺の放棄されたコンビニやスーパーなどから保存食をかなりの量確保できたし、一部のモンスターから食肉がドロップされることが判明したので問題はない。

水に関しても、黒乃が《水魔法》のスキルを取ったお陰で問題はなくなっていた。

自分の職業とは関係ないスキルを取る時にはスキルポイントが二倍必要になるらしい。そこまでして取った《水魔法》のスキルは飲料水の確保とシャワーのためだけに使われていた。完全に魔法の無駄遣いである。

「今日も一日お疲れ様でーす。はい、私から出た水でーす！」

ショートパンツと、「生きることとは食べることなり！」と書かれた修学旅行の土産物屋さんで売ってそうなシャツという身軽なルームウェアに着替えた黒乃は、そんなことを言いながらコップに《水魔法》のスキルを使って水を注いだ。

「言い方ァ！」

一応事実だけど、そんな言い方するとなんかイケないことしてるみたいな気になるだろうが！

「いやー。今回もあっけなく終わっちゃいましたねー」

俺の叫びを気にした様子もなく、黒乃は鯖《さば》の缶詰を開けるのに苦戦しながらそう言う。プルタブを上手くつまめないみたいだ。

「……これで中ボスを倒すのも五体目だ。最初の頃と比べるとだいぶ、自然に連携も取れるようになってきたんじゃねーの？」

見てるのも焦《じ》れったいので、黒乃から缶詰を受け取って俺が開ける。

「ありがとっす。……連携って言っても京さんの引いたカードに合わせて臨機応変にって感じっすけどねえ」

俺の職業の性質上、決まり切ったパターンで戦闘を行えることなんてないしな。引いたカードで最高戦力の黒乃をサポートしながら戦うということだけは共通しているが。

「私のレベルが15で、京さんがＬｖ20でしたっけ？」

少しの間の後に話が変わる。

「うん。今日の戦闘でようやくフロアボスと並んだ」

「やっぱり休んでいる間にも、使役したモンスターが勝手に戦闘してレベルアップしてくれるのは便利っすね」

「便利だよ。だから、俺と職業交換する？」

「それは勘弁っす」

今日の戦闘でようやく俺のレベルが20に到達した。

黒乃とレベル差が開いているのは、休息中や夜間にも俺の使役するモンスターが命令に従って辺りのモンスターを倒しているお陰だ。

黒乃は羨ましがっていたが、俺からすれば自分で戦える職業の彼女の方が羨ましかった。支援型の能力はやっぱり性に合わない。

「この調子だと、私がＬｖ20になったらようやくフロアボスに挑戦できるかなって感じですかね～。安全に行くなら23まで上げて職業レベルを10にまでした方がいいっすけど」

当の本人はこんなことを言っているが、今日の戦闘で彼女のステータスは十分、勝負できるところまでは成長していた。

黒乃　遥
【Ｌｖ】15
【ＪＯＢ】《司令官》Ｌｖ：8
【ＳＵＢＪＯＢ】なし
【ＭＡＮＡ】420／420
【ＡＴＫ】3170
【ＤＥＦ】2970
【ＳＰＤ】3440
【ＪＰ】2
【ＳＰ】1

【ＳＫＩＬＬ】
《近接戦闘術》Ｌｖ：３
《探知》Ｌｖ：３
《水魔法》Ｌｖ：１
《剣術》Ｌｖ：３
《速度上昇補正》Ｌｖ：３
《攻撃力上昇補正》Ｌｖ：２

職業レベルが上がると、それに比例してステータスにボーナスがつく。１レベル毎に魔力以外の全ステータスが１００上がる。Ｌｖ４からは１５０、Ｌｖ７からは２００ずつ上がる。

職業レベルを上げる際に使用するポイントは現在の職業レベルの数値分だ。なので、次の職業レベルであるＬｖ９に上げるにはジョブポイントが８必要になる。レベルアップの際に２ポイントももらえるので、今あるポイントと合わせてＬｖ18まで上げればいいというわけだ。もっと言うと、彼女が言った職業レベル10に到達するにはレベルを23まで上げる必要がある。……とはいえ、そんなにグズグズしていられないので、Ｌｖ18まで上げれば十分だと俺は考えていた。

当然、レベルアップによってステータスも上がっている。それに、スキルの《速度上昇補正》と《攻撃力上昇補正》で、このステータスから更にボーナスもつく。フロアボスのステータスにはまだ届いていないが、勝負にならないほどではないだろう。
ちなみに成長した俺のステータスはこんな感じだ。

逆蒔　京也
【Lv】20
【JOB】《時の蒐集者》
【HP】27000／27000
【MANA】240／240
【ATK】1000
【DEF】1000
【SPD】1000
【GP】0

つらい。
なんで未だに中ボスにステータスで負けているのか本気で理解できない……運営はバランス調整間違えすぎなのでは？

この際、クソステには目を瞑《つぶ》るから俺にもＪＰとＳＰのシステムください……ステータスのボーナスとスキルによる戦闘技術、俺も欲しい……

とはいえ、俺の戦闘能力なんてもはやオマケ程度だ。やっぱり一番大事なのは黒乃の戦闘能力になってくる。

「これだけのステータスなら案外今すぐやっても勝ち目はありそうだぜ？」

「慢心はダメっすよ。京さんの補助ありでワンチャンって感じじゃまだ勝ち筋が細いっす。私達はノーコンティニューでクリアしないといけないんですからね」

……実際、彼女の言う通りだ。勝率は十パーセントもあればいいところだろう。

しかも、これは俺が狙われないことが前提である。フロアボスの素早さのステータスは俺の四倍だ。実際の体感では四倍速よりも遥かに速く感じることになる。なんの対策もなければ、相手の動きに反応できないままＨＰを全て削られる。

一応、今日使った《ビギナーズエリア》の他にもう一枚だけ、速度への対策カードがあるので、それらをなんとかして引かなければいけないことは重々承知していた。

「……まあ、まだ博打《ばくち》を打つような段階じゃないしな。それに、フロアボスもこっちに来る気配がないし、まだレベル上げはできるだろ。黒乃のレベルさえ上がればなんとかなると思うが……」

「京さんのレベルが上がっても、魔力くらいしか恩恵ないっすからね〜。本当、京さんのレベルをこっちに回せたらどれだけ楽か」

「俺だってできたらそうしてぇよ……全部クソステが悪いんや……」

フロアボスの動向は空中戦艦から随時確認している。探知能力が働く範囲ではないが、その巨軀故にどこで何をしているかくらいは空中戦艦からの映像ですぐに確認できる。

あの日飛び立ってから、フロアボスは東京西部で悠々と空を飛びながら、地上を気まぐれに襲撃していた。

救いなのは、戦闘にならない限りは狙いがかなり雑なところだろうか。……もっとも、映像の中で人が抵抗して戦闘になった際には、容赦ない攻撃が敵対者に襲いかかっていたが。

それはともかく。フロアボスがこちらに来ない以上、俺も急いで討伐しようとは思っていない。移動に時間と体力を使うのはバカらしい。その時間を使って近くの中ボスを倒した方がよっぽど有意義だし、レベルを上げて万全な状態で挑む方が最終的な被害を減らせる可能性は高い。

「そういえば」

話をしているうちに、鯖缶とパック詰めのご飯という男子高校生からしたらなんとも物足りない夕食が終わってしまった。

ポテチでも取ってこようと席を立とうとした時に黒乃が話題を変えた。

「モンスターを使った誘導って上手くいってるんすか？」

「どうだろうなあ。所詮、ついででやってることだし。あんまり効果がなくても気にしないよ」

彼女が言ったのは、三日前から取り組んでいる俺のモンスターを利用した避難誘導だった。

この三日間、動いていたのは俺達だけではない。

学校や、病院、自衛隊の駐屯地などへ続々と人が集まりだしたのだ。距離が離れていたので黒乃の探知能力が十全に発揮できずに内部の詳細な様子まではわからなかったが、それぞれの場所でコミュニティが形成されつつあるらしい。

　黒乃が言っていた俺達を監視している奴というのも、おそらくどこぞのコミュニティの回し者なのだろう。

　俺はついぞその姿を発見できなかったが、三日目、外に出ている間の俺達の行動を途中から家に戻るまでずっと監視していたらしい。黒乃の探知能力を掻い潜れるほどではないけれど、潜伏系のスキルでも身につけているのだろうと予測している。

　その日は中ボスを二体も続けて倒した日だ。たった一度、中ボスとの戦闘を陰から窺うくらいならともかく、戦闘の後もずっと追いかけ回していたとなると、そこには作為的なものがあるはずだ。個人で生きている奴がわざわざ激しい戦闘が行われている所に近づくというのは少し考えにくいし、ほぼ丸一日を監視に使ってしまえるほどの余裕はまだないと思う。誰かの命令か、バックアップがあるのだろう。そうだとすると最初の監視目標は中ボスだったと考えるのが自然か。

　コミュニティに被害が及ばないように近くの中ボスの様子を監視と共に報告するように言われた中で、偶然俺達が中ボスを倒すところに遭遇して、流れのまま俺達の監視へと命令が変わった。

……こんな感じだろうか。

　この監視者の存在からも、そのコミュニティはそれなりの統率の下に人が集まっていることが察せられる。特別な理由がない限りは一人でこの世界を生き抜くよりも誰かと協力した方が安全なはずだ。夜なんかは周囲の警戒でロクに眠れてないだろうしな。

そういう、今もこの世界で孤立しながらも生き延びている人達のために、俺はこの辺りに形成されたコミュニティを案内する簡単なビラを作り、使役するモンスター達に移動ついでにバラまいてもらった。普段ならこんな面倒なことはしないのだが、まあ、モンスターを駆逐するついでのサービスだ。

本当にバラまいているだけなので、効果がどれほど出ているか定かではないけどな。

「ふ～ん」

「なんだよ。自分から聞いといて興味なさそうだな」

「私は、遊び相手がいればそれでいいっすから」

黒乃は他人に関してかなり無関心だ。……その点については俺も似たような所があるから気分が悪くなったりはしない。それになんだかんだ言っても、俺が行動する分には何も言わずにむしろサポートまでしてくれているし。

他人への無関心さとは裏腹に彼女は随分と俺に甘い。単に仲間という言葉で片づけられないくらいに。

……そもそも、なんで黒乃は一度戦っただけの俺の面倒をこんなに見てくれるのだろうか？　遊び相手が欲しかったのなら、探せば俺以外にも適役がいただろう。モンスターを共に倒す仲間が欲しいだけだったというなら、クソステの俺よりよっぽど役に立つ奴がいるはずだ。

「さあ、京さん。ご飯も食べ終わりましたし、遊びましょう！　今日は格ゲーやるっすよ！」

黒乃が俺の腕をグイグイと引っ張って、ゲーム以外ではまったく使っていないテレビの前へと連れていく。

そんな彼女を横目で見て、「今更、そんなことを聞くのも野暮ってもんかな」と肩の力を抜いた。

来襲

1.

世界がバグってこんなことになってから四日が経った。昼間は中ボス討伐のために体を動かす毎日だ。いくらステータスのお陰で運動能力が上がっても、インドア派の俺にとってはかなりの重労働。疲れた体に睡眠が何よりの安息になると知ったのはこんな世界になってからだった。

睡魔に身を委ね、深い眠りについた四日目の夜。その明け方のことだ。

「……うわっ⁉」

ジリリリリリ‼　というけたたましい警告音で目が覚める。中ボスが近づいた時よりも鋭い警告音だ。

俺は慌てて跳ね起きると、カーテンで遮られた黒乃が寝ているスペースへと声をかけた。

「黒乃！　起きてるか！」

「ふぁ……もう、うるさいっすよ、きょーさん」

俺が呼びかけると、欠伸《あくび》を嚙《か》み殺《ころ》した黒乃が寝ぼけ眼《まなこ》を擦《こす》りながらカーテンを開けた。

「どーします？　フロアボスが来ちゃったみたいですけど」

「マズいな。まだ黒乃のレベルが上がりきってないのに……てか、もうちょい慌てろよ」

俺が慌てているのには理由がある。ついにフロアボスが都心部の方へ戻ってこようとしていたからだ。この警告音が鳴っているということはそういうことだ。あと一時間ぐらいでフロアボスがこの辺りにまでやってくる。

だと言うのに、黒乃は慌てていなかった。……単純に目覚めたばかりで頭が回ってないだけかもしれないけど。

「慌てる必要なんてないっすよー。フロアボスはこっちが戦闘しないなら適当な攻撃しかしてこないんすから、地下でほとぼりが冷めるまで待ってれば良いんですよー」

「あ、そっか。無理に今、戦う必要はないよな。……でも、ピンポイントでここを攻撃されたらヤバいんじゃねーの？」

「そうっすね。可能性は低いと思いますけど……その時は適当な所に逃げましょうか。こっちが攻撃さえしなければ、相手もそこまでしつこく追っては来ないと思うんで。私が京さんを背負って逃げれば逃げ切れるでしょう」

ちゃんと頭は回っていたらしい。黒乃は俺と違って冷静に現状を見た結果、戦いを避けることを既に選択していた。

「フロアボスの動向は空中戦艦からの映像で追えるんで、この辺りに近づいてきた時にはその選択肢も視野に入れておきましょう」

彼女の能力で問題なくフロアボスの動向はわかる。タイミングを間違えて、フロアボスと鉢合わせするというアクシデントもないだろう。

そうだな。確かに今戦うのはリスクが大きい。ここはやり過ごして次の機会を待つ方が……

「さて、それじゃあ適当に探知の設定だけ変えて寝直しましょう。まったく。こんな時間に起こさないで欲しいっす」

「……いや、ダメだ。それじゃ、マズい」

黒乃が愚痴を言いながら、オレデバイスを操作して警告音の設定を変えようとする。それを俺は制止した。

何か見落としがあったのかと彼女は首を傾げる。

「？　多分、これでどうにかなると思うっすけど」

「俺達じゃない。このままじゃ折角、人が集まってきたコミュニティがまたバラバラになる。……きっと、沢山の人が死ぬ」

「あー……そういえば」

黒乃の案なら俺達は助かるだろう。けれど、人が集まって生活を立て直し始めているコミュニティが壊滅してしまうことが容易に想像できてしまった。いくら雑な攻撃しかしないといっても、人が大勢集まっている場所が二、三日の間、一回も襲撃されないなんてのは楽観視が過ぎる。

場合によっては戦闘になるかもしれない。そうなった時にはフロアボスも容赦なく、そのコミュニティを一人残らず殲滅《せんめつ》するだろう。

俺達がここで静観を決め込むということは、この辺りの人達のほとんどを見殺しにするのとなんら変わりのないことだった。

「どうする……？　このままここに居たんじゃ外の奴らは見殺しだ。だけど……」

黒乃の案に乗って、ここは耐え潜むのが正しい選択なのだろう。それでも俺はフロアボスをこのまま放置していいのかと悩んでいた。

これが定められた運命だと言うのなら、傍観はただ流されているだけだ。そんな奴に望む未来がくるはずがない。対抗手段が一切なく、逃げることしかできなかった初日とはわけが違う。

これが俺一人でなんとかなるのならすぐにでも決断できた。けれど、一人ではフロアボスに勝てない。ここで抗戦を選ぶと俺の我儘《わがまま》に黒乃を付き合わせることになる……

「……はぁー。しょーじき京さんがそこまでやる必要ないと思うんすけどねぇ。……京さん、一つだけ聞きたいっす」

この先の行動について悩む俺に、黒乃は大きな溜息をついてからこう尋ねた。

「どれだけ確率が低くてもこの際どうでもいいっす。――京さんにとって、これはやれることなんすか？」

「やれる、こと……」

「ええ。京さんが言ったんじゃないですか。『やれることをやって、今を積み重ねていくことで望む運命を引き寄せられるから』って。まさかやけになって、やれないようなことをやろうとはしてないんでしょ？」

それは、俺が彼女の「どうしてそこまでするのか」という問いに答えた時の言葉だった。

安全圏を手に入れたのに、脆弱《ぜいじゃく》なステータスの俺が戦い続ける理由。

ただ、それがやれることだった。口にすればそれだけのことだが、ただそれで終わりではない。

やれることをやらなかった奴は、ただ用意された運命に流されていくだけだ。そんなつまらない未来はお断りだ。

……正直に言えば、人が死ぬのが嫌だから戦っているのではない。俺はそこまで見知らぬ人に感情移入できていないし、数えきれないくらいに人が死んでいるが、それ自体にかわいそう以上の感情も湧いてこない。

けれども、今生きている人達はこんな世界でも自らのやれることを積み重ねて生きている。絶望とも呼べる運命を前に必死に立ち向かっている。

それはとても美しいものだと思うし、俺がなんの気兼ねもなく楽しく笑って生きていくためには、世界がそんな人で溢れてもらわないと困るのだ。

「今、ここに引き籠ったままで。京さんは本当に楽しく笑えるんですか？」

やれることを沢山の人が積み重ねていって、やるべきことや、やりたいことが増えていく。そうして無数に増えた選択肢を自分の意思で選ぶのが人生の面白い所だと俺は思っている。

——熱は伝播《でんぱ》する。炎が燃え広がるように、人が運命を動かそうとする意思は広がっていって、繋《つな》がっていく。

やって後悔することもあるなんて言う奴は放っておけ。後悔したのならそれを取り返せるくらいにまたやれることを積み重ねていけばいい。

そんな風に生きてきた。これまでも、そして、これからも変わらない。

「――ああ、そうだ。そうだよな。このままじゃあ、絶対笑えない。危ねえ、流されるところだったぜ」

顔を上げる。

何が「リスクが大きい」だ。そんな言葉で逃げてみろ。絶対笑えないような未来しか待っていないぞ。

フロアボスと戦って勝つことは、俺達にとってやれることだ。やれないことなんかじゃない。

「黒乃、俺を助けてくれ。俺とお前が力を合わせれば、多分、十回に二回くらいは勝てる」

「そこは『俺とお前が力を合わせれば、絶対にやれる！』くらい言い切ってくださいよー！　まったく、締まらないっすね」

「悪いな。人を巻き込むからには無責任なことを言うつもりはない。黒乃は反対みたいだしな。それでも、敢えて言ってやれることがあるとしたら……」

俺がフロアボスに勝つには黒乃の力は絶対に必要だ。だけど、黒乃にとっては分が悪い勝負だ。無理してやる必要がないと冷静に彼女は判断している。

そんな彼女を戦いに連れていくのに無責任な言葉を使ってしまうのはあまりにも不誠実だ。だから、俺はただ確信していることだけを言う。

「十回中の二回、――こんだけ不利な戦いで勝ちの目引けたなら格好良いだろ？」

分が悪い勝負でも勝っちまえば関係ない。そんな当たり前の理屈だけだ。

世界が変わってからずっと、自分にやれることを積み重ねてきた。運命は既に引き寄せられつつある。後は勝利へと導くだけだ。

そう本気で思っているからこそ、俺は何の気負いもなく、ニッカリと笑って黒乃にそう告げた。

「それは――楽しそうっすね」

黒乃は俺の言葉に驚きもせずに、笑い返す。

「しょうがないっすねー。私の力、お貸ししましょう！　縛りゲーでもドンとこいっす！」

さっきまで、戦闘に難色を示していた黒乃はその意見を翻し、なんの不満もないという風に明るくそう言った。

「ごめん」と言おうとしてやめる。謝ることなんてない。だって、俺達は勝ちに行くんだから。

黒乃は俺を助けてくれると決めたのだ。それならここで言うべきなのは感謝の言葉だ。

「……ありがとな」

彼女の思いに応える。その思いを胸に、俺は黒乃と共にもうすぐ来るであろうフロアボスとの戦闘の作戦を立て始めた。

2.

「……よし。準備は終わった」

デッキから六枚目の手札となるカードをドローしてそう呟く。

「後は待つだけっすね」

フロアボスとの戦いは中ボスとの戦闘とは比べ物にならないくらい激化するだろう。人が近くにいると、巻き添えを食らう可能性がとても高い。そんな理由から、拠点である黒乃の家と人が集まりつつあるコミュニティから少し離れた場所を戦闘の場に選んだ。

元は人通りも多い繁華街だったはずだが、中ボスなどの大型モンスターの攻撃をかなり受けたのだろう。ほとんどのビルが倒壊していて視界が開けている。人の気配はまったくない。黒乃の探知能力でもここ一帯には生きている人が見当たらなかったらしい。

ゴーストタウンと化した街の大きな交差点の中心で俺達はフロアボスを待ち構えていた。

ここに来るまでに二枚のカードを使って魔力を29消費した。時間経過で11回復したので残りは22だ。

魔力の回復手段はレベルアップ時の全回復と時間経過の三分に1回復のみ。限りある魔力をどう使うかはある程度決まっていた。

俺が現在運用できるモンスターは前から召喚して町を巡回させていた雑魚モンスターが数十体。拠点に召喚したままの《イブキ》は再召喚しないと戦闘には参加させられない。なので戦力には数えられない。

そもそも、俺のモンスターで強いのは序盤から使っていてレベルが高い《イブキ》や《ドラゴモール》だが、それでもフロアボスの半分程度のステータスだ。これでは召喚したところでさほど活躍は見込めない。なので、このフロアボス戦でモンスターを戦闘のために追加召喚する気はまったくない。限りある魔力は黒乃のサポートに使うべきだと判断している。

今、引き連れているモンスターはフロアボスの前では一撃で倒される程度の力しかない《ゴブリン》だけだ。

いくら俺にさえステータスで負ける雑魚とは言ってもその数は、先程使った《モンスター培養装置》というカードの効果で元々居た個体も合わせて二十体を超えていた。

その術式カードは、攻撃力が自分の半分以下のモンスターを生贄にすることで、まったく同じモンスターを二分毎に一体生成する装置を設置する効果を持っている。

もっとも、俺のクソステのせいで、対象にできるのは《ゴブリン》くらいなものだったが。

戦力としては数えられないが、少ない魔力と一枚の手札で、破壊されない限りはモンスターを供給し続けることができる。

そんな装置をフロアボスとの戦闘に巻き込まれることはないだろう場所に生成した。ステータスが上がった俺がここから五分くらい軽く走って辿り着ける小さな公園の木の下の陰だ。

生み出されたゴブリンはすぐにこちらに向かうよう設定している。そのお陰でさっきから一定のペースでゴブリンが増えていっている。

このゴブリン達には戦闘能力を期待していない。嫌がらせと時間稼ぎの肉壁、そしてまた別の目的がある。

ゴブリン以外のモンスターは先程召喚した《ドラゴモール》と共に別行動させていた。魔力が足りるか心配だったために、フロアボス以外のモンスターを倒させてレベルアップを狙った采配だ。

手札は最大の六枚。残りのデッキ枚数は一枚と少ない。

これは無駄にデッキ枚数を多くしてもどうせ使い切れないと踏んだからだ。デッキチェンジが残っている間は継戦能力のことを考えるよりも、引きたいカードを確実に引けるようにデッキの枚数を絞った方がいい。運に身を任せるのはやれることをやりきってからだ。

何通りかのシミュレートでデッキチェンジ用のデッキは複数構築しておいた。今日のデッキチェンジの残り回数は、今のデッキに変更するために既に一度使用したのであと二回。

俺がこの戦闘で一番気をつけないといけないのは、圧倒的な速度差だ。最悪、一瞬でＨＰを削られかねない。デッキチェンジは緊急時の回復手段として使う必要も出てくるだろう。切り時を間違えれば、ＨＰ全損で俺は完全に置物になってしまう。それだけは絶対に避けなければならない。

「……来た」

戦闘準備を振り返り、気をつけることを頭の中で反芻《はんすう》する。そうしていると、空に小さなシルエットが浮かび上がった。

どんどん大きくなっていくにつれて、シルエットが鮮明に色づいていく。燃えるような赤い鱗に覆われた体表、大きく広げられた翼、開いた口からは鋭く尖《とが》った牙を覗かせる。

幻想上の生物である竜《ドラゴン》。数多《あまた》の伝説で強大な存在として描かれたその威容が、俺達の目の前に現れていた。

「はは……でっけー」

思わず乾いた笑いが出る。最初に見た時は遠くからだったので正確な大きさはわからなかったが、相当な大きさなのだろうとは思っていた。

だけど。改めて目の前、数百メートル先に現れたその姿を見ると、単純に大きいという言葉で表現するには足りないと思い知らされた。たとえるならば、生物としてのスケールが違うと言ったところだろうか。大きさ自体はモグラより一回り大きいくらいのはずなのに、その身から感じるプレッシャーがまるで違う。

「……どーする黒乃？　すっげー帰りたくなってきた」

これは見通し甘かったかな。戦闘もしてないし今なら逃げられるよな。ゴブリンを囮《おとり》にしてフロアボスを誘導すれば一応の義理くらいは果たせるよなー……

そんな弱気な考えが少しだけ頭をよぎる。

黒乃はあの巨大な敵を見て臆していないだろうか。そう思い、問いかける。

「よく言いますよ。逃げる気なんてさらさらないくせに」

黒乃は俺の問いを鼻で笑った。

……黒乃がいけるなら逃げる気はなかったけどさ。こうも見透かされていると少し悔しい。

「ハハ、バレた。けど本当に黒乃はいいのか？」

「今ここから撤退したらビビって逃げたみたいで嫌《や》です。というか、私だけ離れて一人で逃げられない京さんをここに置いていくわけにもいかないでしょう」

「違いない。撤退する時は頼むぜ？」

「その時はお姫様抱っこっすからね」

「それは、男として情けなくなるな……」

こちらへグングンと近づくフロアボスを視界に収めながら、軽口を叩きあう。

フロアボスにとって、俺達は豆粒同然だ。恐らく目の前に俺達がいることに気づいてすらいない。このまま何もしなければ悠々とそのまま飛び去っていくのだろう。

そんなフロアボスに今から俺達は喧嘩《けんか》を売るわけだ。

「――さあ、始めようか」

手札から一枚のカードをクロノグラフに翳す。天を支配せし傲慢なる竜を、俺達と同じ目線にまで墜とす、そんな力を持ったカードを。

「瞬間術式《インスタント・スペル》、《蠟翼墜落《ドロドロップ》》！」

――フロアボスとの戦闘。それはフロアボスが地に墜落するという形で幕を開けた。

3.

五分間、範囲内のユニット一体の飛行能力を封印する効果。俺が発動した瞬間術式カードの効果でフロアボスから飛行能力が失われる。

フロアボスは空を飛んでいた勢いのまま斜め前方、俺達の方に向かって、まだ残っていた建物を薙《な》ぎ倒《たお》しながら落ちてきた。地面に衝突してもなお、その勢いはとどまらずにこちらに迫る。

「……あれ、コレまずいのでは？」

「呑気《のんき》なこと言ってる場合じゃないっすよ⁉」

……どうやら、タイミングを間違えたらしい。このままだと俺達も巻き込まれる。

黒乃は慌てて俺を脇に抱え、その場から逃げ出した。腹部にあるか、ないか微妙なレベルの柔らかな部位が押しつけられる。

そんな場違いなことを考えていると、黒乃が当てつけのように全力で走りだした。視界がまったくそのスピードに追いつけない。ジェットコースターに乗っているかのように周りの景色が後ろに流れていく。

そんな俺達のすぐ横を、飛んでいた時の勢いのまま地面を砕きながら滑るように進んでいったフロアボスは、大きな高層ビルにその体を打ちつけたことでようやく停止した。

「人を荷物みたいに扱わないで……」

「そういうのは自分で逃げられるようになってから言ってくださいっす。それより……来るっすよ！」

黒乃のお陰で、迫りくるフロアボスに押し潰されるという間抜けな展開は回避した。

視界の変化によって引き起こされた気持ち悪さを堪え、脇に抱えられたまま黒乃に言葉を投げかける俺だったが、黒乃は短い言葉と共に俺を降ろすと、剣を構えた。

咄嗟に逃げ出した俺達のすぐ近くでは、フロアボスが衝突して倒壊したビルの残骸が山のように積み重なっている。

その山が一瞬、赤く染まった後、内部から放たれた熱線によって弾け飛んだ。

口端から赤い炎の残滓を灯らせ、融解したコンクリートを振り払ってそこから這《は》い出《で》てくるフロアボス。身体には血が滲《にじ》んでいるが、それを意に介さずに目の前の俺達を睨む。

『――グル、アアアアアッッ！！！！』

怒りを滲ませた咆哮が、純粋な音圧だけでなく風圧まで発生させた。後脚二足でしっかりと地に立ち、威風溢れるその姿はまさしくボスに相応しい。

思わず圧倒されそうになる。逃げ出したくなる気持ちを抑えて俺は隣の黒乃に声をかける。

「――黒乃、いけるか⁉」

「……大丈夫っす！」

「なら作戦通りだ！　――初手で決めにいく！　術式《スペル》、《速度規制　ビギナーズエリア》！」

俺の言葉で気を取り直した黒乃は再び構えを取る。事前に決めていた作戦通りに俺は一枚のカードを切る。

《速度規制　ビギナーズエリア》。敵のスピードを強制的に俺と同じ速度にまで変動させる術式カード。この効果によって三分間、俺と圧倒的な速度差がついてしまっている黒乃相手に、フロアボスは俺と同じスピードで戦うことになる。

俺の素早さのステータスが１０００なのに対して、黒乃の素早さは３４４０。数値の上では三倍でしかないが、実際の体感速度はそれを軽く上回る。何をされたかわからないくらいに、スピードがまるで違うのだ。その速度差はフロアボスでもすぐに対応できるようなものではないはず。

「いくっすよ！」

そう意気込んで、黒乃は初速からトップスピードでフロアボスに向かって駆け出す。その動きは俺には追いきれない。

俺に認識できないスピードで動いているということは、俺の素早さと同じになるまでステータスを下げられたフロアボスにも、黒乃の姿が認識できていないということだ。――そして、黒乃の攻撃力はフロアボスにダメージを与えるには十分。

いつの間にかフロアボスの目の前まで迫っていた黒乃は、そのスピードのまま反応すら許さずに跳躍と共に胴を薙ぐ。

ワンテンポ遅れて、フロアボスの鱗に覆われていない黒色の腹部に刻まれた剣傷から血が噴き出る。ようやく自分が攻撃されたことに気づいたのだろう、痛みを誤魔化すためだろうか。フロアボスは天に向かって雄叫びを上げる。

だが、気づいたところでどうしようもなくそれは遅い。そんな行動を取っている間にも黒乃の猛攻は続く。

一筋、二筋と反応できぬまま傷が増えていくことで、ようやく正面からでは防げないという考えに至ったのだろう。フロアボスが地面に前脚をつける。

「――うわ、わわっ⁉」

咄嗟に攻撃を止めたのだろう。驚いた様子で急ブレーキをかけたように立ち止まる黒乃の姿が俺の視界に映った。

彼女の前には、二階建ての家くらいの高さまで地面から噴き出た炎の壁が現れていた。恐らく、黒乃を近寄らせないために作り出したのだろうその炎の壁は、フロアボスを取り囲むように出現していた。

攻めあぐねる黒乃に対して、フロアボスは炎の壁の向こうから竜の代名詞でもあるブレス攻撃を仕掛けてくる。速度に大きな差があるために黒乃はそれを見てから楽に回避したが、フロアボスのその一撃はアスファルトの地面を簡単に蒸発させて、大きな穴を開ける。

その威力に一瞬、驚いた顔を見せた黒乃だったが、続けざまに放たれるブレス攻撃を怖気《おじけ》づいた様子も見せずに淡々と回避していく。

黒乃が四回目のブレス攻撃を回避すると、少しの間、ブレス攻撃が止んだ。

もしや、諦めたのか？　そんな考えが浮かんだが、すぐにそれが間違いだということに気づかされることになる。

「……やっぱ、そう来るよなあ！」

五回目のブレス攻撃は俺めがけて放たれた。黒乃は置いておいて、俺を先に倒そうという算段だろう。

いくらスピードが俺と同じになっても攻撃の威力は変わらない。まともに受ければ俺の体力は大きく削られる。

だが、この攻撃は予想できていた。

黒乃と違って、俺が何度もブレス攻撃を躱すことは難しい。だけど、攻撃を防ぐ手ならあった。

「瞬間術式《インスタント・スペル》、《絶対界断《アブソルート・ゼロ》》！」

発動したのは一分間、自分の防御力を相手の攻撃力と同じにする瞬間術式カードだ。

その効果が発揮された直後にフロアボスのブレス攻撃が俺を包む。だが、フロアボスの攻撃力と同値の防御力を手に入れた俺にその攻撃は届かない。

ノーダメージのまま攻撃をやり過ごした俺を、横から現れた黒乃が再び脇に抱える。

「ギリギリで発動するのやめましょうよ！　ヒヤヒヤするじゃないですか！」

「でもそっちの方がカッコいいじゃん。……とにかく作戦通りいこうか！」

黒乃が俺を抱えて移動することで、フロアボスは再び攻撃を当てられなくなる。

攻撃はこれで凌げるが、俺のカードの効果持続時間はこうしている間にも過ぎていってしまう。それは面白くない。

元々《ビギナーズエリア》の効果が残っている間に倒すくらいの意気込みで戦闘を始めたのだ。作戦通りに《絶対界断》で圧倒的な防御力を手に入れたので、後はもう一枚カードを使うだけで準備は完了する。

闇雲に放たれるブレス攻撃を躱すのは黒乃に任せ、俺は揺られながらもう一枚カードを使った。

「術式、《攻防反転——ダブルクロス》！」

三分間、対象にしたユニットの攻撃力と防御力を入れ替える術式カード。それを自身を対象として発動する。

これによって、俺は《絶対界断》の効果が続く一分間はフロアボスと同等の攻撃力を得た。今この瞬間だけは黒乃をも上回る攻撃を放てる。
――そして、その攻撃力に相応しい攻撃手段は既に手の中に揃っていた。

「――さあ、止まった時間を動かす時が来た！　起動しろ、クロノグラフ！」

『――セットアップ』

黒乃がフロアボスのブレス攻撃を避けると同時に、俺の意思に呼応して無機質な機械音が鳴る。

同時に山札の上にたった今、追加されたカードが排出された。

――《時の蒐集《クロノグラフ》》の能力で手に入れた瞬間術式カードは普通のものとは違う。

好きな時に手札に加えられるという特性の他にも、発動するために必要な魔力がないという特性があるのだ。だから、レベルを持っていなかった初日の俺でもカードを発動できた。

そして、この特性のお陰でデッキに入れずとも好きなタイミングで術式カードを手札に加えられる。普段なら俺の攻撃力のせいで役には立たないが、今だけは別だ。

今だけは、このカードは文字通りの切り札になる。

「瞬間術式、《アクア・パニッシュメント》！」

デッキから引いたカードをそのまま発動する。

昨日戦ったマンタの一撃である水球による攻撃だ。

フロアボスと同等の攻撃力で放たれた水球は炎の壁を打ち破り、奥で鎮座していたフロアボスを吹き飛ばした。

「ガアアアアアアアッ!?」

「おおっ、結構効いてるっすね！」

「まだだ！　もう一度！」

『――セットアップ』

腹部を抉《えぐ》られ、悲鳴を上げるフロアボスに畳み掛けるように、もう一度クロノグラフを起動させて、カードを引き抜く。

「瞬間術式、《禍ツ風刃《ハリケーン・ブレイド》》！」

発動したのは二日目に倒した中ボスの鎌鼬の、三日月形の風の刃による範囲攻撃だ。

先程とは違って回避に回ったフロアボスだったが、辺り一面に放たれた風の刃を、空も飛べず速度も落ちた状態で躱しきることはできずに体中に裂傷が刻まれる。

「これで、フィニッシュだ！」

『――セットアップ』

ついに足を止めたフロアボスにトドメを刺すべく、俺はこの三日間で《時の蒐集》の能力で手に入れた最後の一枚のカードを切る。

「瞬間術式、《サテライト・イレイザー》！」

最後に発動したのは、黒乃の切り札である一日一発限定の空中戦艦からのレーザー攻撃――《イレイザー＝ガルガンチュア》を模したものだ。

一日一回という制限の上に、魔力を全消費して放つ黒乃の切り札は、使う魔力が多いほど威力を増す。《時の蒐集》の仕様上魔力を消費しないので、今の攻撃力があってもオリジナルの半分も威力は出ていないだろう。しかし、それでも強力な一撃だ。それにオリジナルと違い、予兆がほとんどないために回避は難しい。

フロアボスが空を見上げる。その瞬間、フロアボスの体を空から放たれた光線が焼き尽くした。

白い光に包まれ、フロアボスの姿が見えなくなる。

「……これで、どれくらいダメージ与えられたっすかね。倒せていれば話は早いんすけど」

フロアボスからの攻撃の心配がなくなったことで、黒乃がそう呟きながら俺を降ろす。

……ああ、勿体ない。折角、正当な理由で女の子と密着する機会だったのに。薄さとか関係なく、同年代の女の子特有の柔らかい感触なんて滅多に味わえるもんじゃないのに。そのくらいありがたいものなのに……

ああ、最後にそんな機会があったのはいつだったか。確か、妹が小学三年生の時に「クロールを教えて」と……

「……あいたっ!?」

「頬が緩んでるっすよ。集中しなさいっす」

「……あい」

地面に膝をついたままの俺にコツンとデコピンを食らわせて黒乃が俺を窘《たしな》める。

俺の防御力では黒乃が戯れにしたデコピンでもそれなりに痛い。攻撃じゃないからＨＰには影響がないけれど、浮かれていた俺を現実に引き戻すには十分な痛みだ。

――それに、黒乃がまだ警戒を解いていないということは、フロアボスの反応がまだ残っているということだ。
白い光が残滓となって消えていく。その先には――

「――――アアアアアアッ!!!」

――体中がボロボロになりながらも、フロアボスがしっかりとそこに立っていた。

「……楽には勝たせてもらえないか」

フロアボスの咆哮を聞き、浮かれている場合じゃないなと俺は再び気を引き締めた。

4.

「……黒乃、イレイザーは当てれそうか？」

「いやあ、やめといた方がいいっすよ。あんな状態で素早さが下がっていても多分避けられるだろうし、外したら魔力なくなっちゃいますしね。一か八かの作戦はまだするべきじゃないっす」

「だよなあ。だけど、今切れる手札じゃ有効打がないし……」

俺の劣化イレイザーを受けてフロアボスは大きなダメージを負った。

レーザー攻撃で燃え尽きたのだろう。蝙蝠《こうもり》のような翼の膜がなくなっている。それだけでなく、右の翼は途中でなくなっていた。アレでは俺のカードの効果が切れた後でも飛ぶことはできまい。

体中から血を流し、所々で融解している箇所すらある。それでもフロアボスは立っていた。立って俺達を憎悪が籠った双眼で睨《にら》みつけていた。

初手で倒しきるくらいの勢いでカードを切っていったが、ギリギリ届かなかったらしい。
……いや、本当にギリギリまで削れたのだろうか？　傍目《はため》から見るとフロアボスは満身創痍としか言いようがないところまで追い込まれているが、「これだけ好き勝手やってくれたお前達は絶対に逃がさない」という強い意志を感じる。手足を切り落としても頭だけで追ってきそうだ。

なんとかしてここで倒しきりたい。だけど今、残っている三枚の手札は術式カードの効果範囲を増幅する効果を持つ武装カードと、対象の代わりに攻撃を受ける身代わりを作る効果を持つ術式カード、そして、相手の攻撃を一度打ち消す術式カードだ。この手札ではまともなダメージは与えられない。三日間のうちに《時の蒐集》で手に入れたカードも撃ちきってしまった。
《絶対界断》と《ダブルクロス》の効果であと十秒くらいはフロアボスと同値の攻撃力を得ているが、いくら素早さを下げたところで俺ではフロアボスに近づけないだろう。今からデッキチェンジして攻撃用の術式カードを加えるのも間に合わない。

攻撃面では黒乃に頼るしかないが、彼女の必殺技である空からのレーザー攻撃《イレイザー＝ガルガンチュア》を確実に当てるためには、フロアボスの足を完全に止める必要がある。それができる戦力を俺は用意できない。

彼女の剣による攻撃は効いてはいるが、致命傷になる攻撃を与えられていない。それに、フロアボスとの体格差があるため、急所を攻撃するにはジャンプが必要だ。非常に危なっかしい。フロアボスの素早さが元に戻ってしまうとハエのように叩き落とされてしまいそうだ。

なんにせよ、決め手が足りていない。フロアボスの素早さが下がっている今のうちに仕留めたいのだが……

「京さんはゴブリンで牽制しといてください。私がガルガンチュアで仕留めるっす！」

悩んでいると、黒乃がそう提案する。

そういえば、空中戦艦の操縦があったか。ただ動かすだけでも秒単位で魔力が減っていくらしいが、必殺技に負けず劣らずの殲滅力を持つらしい。

今の黒乃の魔力量では全力で動かして二十秒持つか持たないか。だけどダメ押しには十分だ。

「了解！　いけ、ゴブリン共！」

そうとなれば俺は黒乃が全力で攻撃できるようにサポートに専念するか。いつもとやることが変わらないというのは気が楽だ。

そんなことを考えながら、先程までは脇に隠れていたもののフロアボスの攻撃の余波で半分くらい数を減らしたゴブリン達に足止めの命令を出す。

その数は十四体。クロノグラフの画面に映されている記録《ログ》によると、この戦闘が始まってから十三体のゴブリンがやられていたらしい。あっさりと死にすぎだろうと思ったが、俺の半分以下のステータスじゃこんなものかと思い直す。

元々、倒されるために召喚したのだ。多少の数が減っても役割さえ果たしてくれればそれでいい。ただ倒されるだけでも後の布石になる。

……いや、これだけ倒されているならもうデッキチェンジを使って必要な手札――終盤のもう一つのプランに使う予定だった切り札を切っていくのもいいかもしれない。上手くいけば黒乃の攻撃と合わせてそのまま倒せる。

うん。いい考えだ。予定とは違うが、こういうこともあるだろう。攻め時を逃して負けることほど悔しいことはないからな。いけると思ったならいくべきだ。

「黒乃、予定変更、プランBを前倒しだ！　デッキチェンジを使って一気に決めにいく。黒乃はそのまま空中戦艦で攻撃してくれ」

ゴブリンを突撃させた直後、オレデバイスを操作して空中戦艦ガルガンチュアへと乗り込もうとする黒乃に声をかける。

戦いの前に、メインの作戦とは別にいくつかの作戦を立てている。今の言葉で意図は伝わっただろう。

「……まあ、今が攻め時っすね。了解っす。それじゃあ京さん、頼むっすよ」

黒乃は任せるとだけ言い残しその場から消える。オレデバイスを操作すると即座に空中戦艦内に転移できるらしいので、恐らくそれだろう。

『デッキチェンジ、オールリカバリー』

クロノグラフを操作し、デッキチェンジを行う。残っていた手札三枚が消失し、新たにデッキからカードを四枚引く。

体力の回復と、残っていた手札が消えてしまうのは少し勿体ないが、ここで決めてしまえば問題はない。

『デッキオーバー』

カードをドローすると同時にデッキの残り枚数がゼロになったことを示す機械音が鳴る。デッキチェンジで設定したのは四枚のカードだけで構成されたデッキだ。最初の手札分を引くだけでデッキがなくなるが、これで確実に欲しいカード四枚を引ける。

俺が欲しかったのは、一分間、敵が倒した自分の支配下のモンスターの数×１００だけ敵の攻撃力を下げる術式カード《骸の呼び声《ソウルリベンジ》》と、先程も使った《攻防反転――ダブルクロス》だ。この二枚の効果を連動させることで倒されたゴブリンの数だけ敵の防御力を下げることができる。

今の状況だと、フロアボスの防御力を半分程度までしか下げられないが、それだけ下がれば黒乃の空中戦艦の攻撃で押し切れる。

巨大な影がかかる。見上げると、フロアボスに負けないほど大きい、ＳＦアニメやロボットがいっぱい出てくるアニメに出てきそうな、空中に浮かぶ戦艦があった。……実物は初めて見たけど凄く大きいな。

空に悠々と君臨する戦艦からは、備えつけられた様々なサイズの砲身がフロアボスに向けて構えられている。

黒乃の意思一つであれら全てが火を噴くのだろう。あんなの人が食らえば塵も残らない。

と、そんな呑気なことを言っている場合ではない。こうしている間にも黒乃の魔力は減っていくのだ。

俺が《骸の呼び声》のカードを手に持ち、発動しようとしたその時。空に突然現れた戦艦を警戒しながらも、群がるゴブリン達を一気に薙ぎ倒すフロアボスの方を見て気づいた。

「……あれ？」

――あんなのさっきまであったか？　と。

あんなのとは、フロアボスの体の周りに浮いている五つの真っ黒な球体だ。フロアボスの動きに追従するように動くその球体は明らかにフロアボスと関係があるのだろうと推測できる。

一瞬、その球体を警戒したが、もう作戦は変えられない。俺はデッキチェンジを使ってしまったし、黒乃は空中戦艦に乗り込んでしまっている。なんの能力かわからないものを警戒して勝機を逃すわけにはいかない。

「……ッ！　術式、《骸の呼び声》！」

意を決してカードを発動した、その瞬間だった。

パリン！　と鏡が割れるような軽い音と共に黒い球体が割れたのだ。たったそれだけだったが、いつもと違う感覚から何が起こったのかはなんとなく察することができた。

慌ててクロノグラフを見る。画面から今、発動しているカードの効果を確認することができるからだ。

そこにはあるはずのものがなかった。たった今発動したばかりの《骸の呼び声》の効果が載っていないのだ。

「……自身にかけられた効果の無効化か！　ボスのくせにちゃっちいな、クソッ！」

つまりはそういうことなのだろう。あの球体を一つ消費することでフロアボスは自分にかけられた効果を打ち消すことができるらしい。

なんで最初から使わなかったのかはわからない。もしかしたら追い詰められないと使えないのかもしれない。ただ、判明した相手の能力は俺達の計算を大きく狂わせるものだった。

悪態をついたその時、もう一度鏡が割れたような音が鳴った。黒い球体が再び割れたのだ。

何をしたのか。決まっている。自分にかけられた効果を打ち消したのだ。

何を打ち消したのか。決まっている。フロアボスに今かかっている効果は二つ。そのうちの一つはもはや打ち消しても意味がないのだから。

《速度規制　ビギナーズエリア》。フロアボスの素早さを俺と同じになるまで下げる効果。俺達が優位に戦闘を進められていたのはこのカードのお陰だ。その効果がたった今、消失した。

これで、俺はフロアボスの動きを目で追うことすらできなくなってしまう。サポートすらままならないだろう。……もっとも、効果を打ち消されたこの状況で、サポートしかできない俺に何ができるのかといった話にもなるが。

——ただ、もはや打ち消すべき効果もないのに三つ目の黒い球体が割れる音を聞いて、なぜかとても嫌な予兆を感じた。放っておけば取り返しのつかない状況になる。数手先で詰まされるような感覚だ。

群がるゴブリンを全て蹴散らしたフロアボスの全身からは壮絶な熱気が辺り一面に放たれていた。見れば、赤の鱗が黒一色に染まっている。

夏ということで早朝の今でもそこそこの熱気はあったが、そんなものとは比べ物にならないほどの熱さを感じる。

黒い球体は自身にかけられた効果を打ち消すだけでなく、パワーアップのようなこともできるのだとそれで察した。恐らくあの状態で放たれる一撃は黒乃ほどのステータスがある相手でも、そして空中戦艦すらも難なく葬り去るだろう。

その熱量が向けられる対象もなんとなく察してしまった。フロアボスが見ているのは上空。フロアボスの動向を見て警戒していたのだろう、砲身を向けたまま沈黙している空中戦艦をフロアボスは睨みつけていた。

フロアボスは端っこでちょこまかしているだけの俺を狙うよりも目の前の脅威を先に退けようと考えたのだ。

……ああ、くそっ。そんな必殺技みたいなのを使うなら俺を狙ってくれよ。俺なら最悪でもＨＰが全損するだけで一撃は耐えられたのに。……黒乃にはこれを凌ぐ方法がない、のに。

手札を見る。《骸の呼び声》が不発に終わったことで役に立たなくなった《ダブルクロス》と装備者の素早さを上げる武装カード。そして、いざという時の脱出用の《テレポート》の瞬間術式カードの三枚だ。

《テレポート》のカードは元々、設定している場所へ瞬時に転移する効果を持っているが、その対象と対象に触れているものしか一緒に転移できない。つまり、この状況では黒乃を助けられない。

――この手札は役に立たない。俺の判断ミスだ。せめて防御用のカードを一枚でも入れておくべきだった。

そんな後悔すらも今はしてられない。俺とフロアボスの素早さのステータス差は四倍。実際の動きはそれ以上のものになる。俺が五十メートルを走る間にフロアボスは五百メートルを走破することも余裕だろう。それくらいの速度差が生まれてしまっている。

「――クロノグラフッ!!」

『スタート。《時の蒐集《クロノグラフ》》』

俺の目に映るフロアボスはまだ攻撃を放ってなかったが、それを制するように俺は《時の蒐集》を発動した。

『――コンプリート』

視界を覆う光。それが止んだ先にあったのは鱗が赤に戻っているフロアボスの姿だった。周りに浮かぶ黒い球体は二個だ。

《時の蒐集》の能力は時を巻き戻すのではなく、時を切り取り自分のものにする能力だ。なので、攻撃を打ち消しても黒い球体はパワーアップのために使用されたことになるのだろう。

どうやら、先読みで発動した《時の蒐集》で攻撃はちゃんと打ち消せたらしい。だが、それはなんの解決にもなっていない。

フロアボスは鬱陶しそうな目でこちらを一瞥《いちべつ》し、そして目線を再び空中戦艦へと向ける。

――鏡が割れるような軽い音が鳴り響いた。

「黒乃逃げろ――――ッ!!」

届かないとわかっていながらも空に佇《たたず》む空中戦艦に向けて声を上げる。なんの意味もない。俺の声が届く頃には既にフロアボスの一撃が空中戦艦に届いているのだから。

今度こそ、打つ手がなくなった俺が声を荒らげたその時には、再び鱗を黒く染めたフロアボスが空に向けて放った黒い炎が、空中戦艦を呑み込んでいた。

5.

「黒、乃……」

呆然と呟く。

全てが自分のミスだとは思っていない。想定外のことが起こったせいで行動が完全に裏目に出た。もう少し余裕があれば……いや、そんなことはどうでもいい。これは俺の判断ミスが招いた運命だ。俺が黒乃を死なせ……

「……わっ、ぷぎゃあっ⁉」

うわあ。

「あいたたたた……いやあ、まさかあんな奥の手を隠し持っていたとは。あとちょっと脱出が遅れていたら私もこんがり焼かれていましたねえ……」

横っ飛びしたその先に俺がいましたみたいな感じで虚空から突然現れ、そのまま俺を押し倒した黒乃は、ぶつかった拍子に頭を打ったのだろう。俺の太腿辺りに馬乗りになったまま、頭を手で押さえて呑気にそんなことを言っていた。

……あれ、生きてる？　……そっか。転移で直接乗り込んだんだから、降りる時も同じように転移ですぐに降りられるのか。よかった……

ゆっくりと起き上がった後、黒乃の両脇に手を回して持ち上げる。

軽い。コイツちゃんと飯食ってるのか？

だけど重い。ちゃんと命の重みを感じる。

「……うわっ、ちょっと⁉　いきなりなにするんすか⁉　おーろーせー！」

「……はっ！」

幼い子供にやる〝たかいたかい〟のように俺に持ち上げられた黒乃は最初はキョトンとしていたが、すぐに足をバタつかせながら抵抗した。

いかん。完全に気が動転していた。

黒乃をゆっくりと降ろす。

「すまん。混乱してた。にしてもお前軽いな。もっと飯食って体に肉つけた方がいいぞ」

「それは私が貧相な体つきだとバカにしてるっすか。してるっすね。よし殺す」

「大丈夫だって。世の中の男は綺麗な女の子を無条件で好きになるようになっているんだよ。胸の大きさなんて二の次さ。少なくとも俺はそうだから大丈夫！」

「何が大丈夫なんすか！　言い訳になってないじゃないですか！」

怒られた。バカにするつもりはなかったんだが……

「うう……嫁入り前の体をこうもぞんざいに……京さんのバーカ」

両腕で自分の体を抱きしめ、真っ赤な顔で俺をじとーっとした目で睨みつけてくる黒乃。

けれど、そんな呑気にしていられる状況じゃなかった。

空中戦艦が塵も残らず消し飛んだことで、次はお前の番だとフロアボスがこちらを向いたのだ。

最初は俺を見たフロアボスだったが、倒したはずの黒乃の姿を見つけると警戒するように彼女だけを睨みつけている。

黒乃もふざけている場合じゃないと思ったのか、立ち上がって警戒する。

「……どうするっすか？　空中戦艦はさっきので破壊されちゃったし今日中は復活しないっすよ」

「うえ……それじゃあイレイザーも使えないのか」

「探知能力もガタ落ちっす。一旦退いたら見つけるのに時間がかかるかも。……でも、あの感じだと滅茶苦茶に暴れて向こうから居場所を教えてくれそうっすけどね」

黒乃の職業《司令官》の能力は空中戦艦を基盤としたものになっている。黒乃が無事だったとはいえ、その空中戦艦がなくなってしまっては基本能力はガタ落ちしてしまう。

なにせ、普通の戦士職のように白兵戦しか選択肢がなくなってしまうのだから。

幸いにも空中戦艦は一日で元通り復元するらしい。ここで一旦退いて後日、再戦するという選択肢もありだ。

その場合は獲物を見失ったフロアボスが一日野放しになるということを意味している。俺達との戦闘で溜められた怒りが周囲にぶつけられることは容易に想像できた。

……とはいえ、このままロクな作戦も考えずに戦ってしまっては、今度こそ俺達はやられてしまうだろう。

まだちょっと冷静さを欠いていると思う。一度、頭を冷やすべきだ。

それに黒乃は……

「………一旦、撤退する。戦闘を続けるかは向こうで考えよう。手、握って」

少し迷ったが、一度撤退すると決めた。

「了解っす」

黒乃はその選択に不満はないと言ったように俺の差し出した手を握る。

俺達が逃亡しようとしていることを察したのだろう。

満身創痍でいながら何処か余裕のようなものを取り戻していたフロアボスは、俺達に向かって両手を地につけた四足歩行の獣のような姿勢で突進をしかける。

ものすごいスピードだ。瞬きの間にもどんどんこちらに迫ってくる。

俺はほとんどそれを認識できていなかったが、それでも一枚のカードを発動するくらいの余裕はあった。

「瞬間術式《インスタント・スペル》、《テレポート》」

クロノグラフに翳したカードが光の粒子となって消える。

それと同時に、俺達は音もなく戦場を離脱した。

*

「あーくそー……簡単にひっくり返されたなー」

転移先は《モンスター培養装置》を設置した公園に設定していた。今はすぐ隣の放棄された無人の住宅に避難している。

不法侵入だが家主はいないので大目に見てほしい。

もっともその住宅は、襲撃を受けたのだろう、内部はメチャクチャに荒らされていた。

ただ、モノが破壊されているといった様子はなく、散らかされているだけだ。

食料類が綺麗サッパリなくなっていたので、もしかするとモンスターの仕業ではなく、混乱の中で食料を求めて人が盗みに入ったのかもしれない。

まあ、そんなことはどうでもいい。とりあえず危機を脱したことで俺は大きなソファーにもたれながら安堵の溜息をつく。

もっとも心の中では落ち着いていられない。なんせあれだけいい感じで戦局を進められていたのに、たった一手でひっくり返されてしまったのだ。

たとえるなら、完璧な布陣を敷いていたはずなのに、普段なら誰も使わないマイナーなカードがキッカケで逆転されるような気分だ。あるいは流行とはかけ離れたデッキを前に、対処の方法がわからないままやられるような気分。どちらも気持ちがいいものではない。スッキリとしない負けといったところか。

「それでもだいぶダメージは与えられたと思うっすよー。あともう一押しなんすけどねー」

俺の横では、黒乃がぐでーっと横になってソファーに体を預けていた。

手持ち無沙汰なのだろう。俺の脇腹を服の上から指でつまんでいる。少しくすぐったい。

「そうなんだよなあ。あともうちょいだから余計悔しいわけで……まさかとは思うけど、あの球を消費してダメージ全回復とかないよな」

「ない、と思いたいっすねえ……」

恐ろしい想像が脳裏を走ってしまった。

黒乃はそれを曖昧に否定する。

もし、想像が現実になったなら……うん。大人しく逃げよう。さすがに勝ち目がない。

「あの黒い球はなんだったんすか。あんなの前に知らされてなかったっすよね？　コンティニュー不可なのに事前情報なしの奥の手とか出しちゃいけないっすよー」

「ああ、まったくだ。ステータスを公開する前にボスの能力を公開しろっての」

死にかけたこともあり、愚痴が止まらない。

まあ、理不尽にあらゆる方法でアッサリ初見殺ししてくるデスゲーム系の物語に比べると、ステータスを公開して力の差をわからせてくれる分、少しは良心があるのかもしれない。……いや、デスゲームに巻き込まれた時点で相手側の感情なんてもうどうでもいいんだけどな！

6.

愚痴を言ったら少しはスッキリした。

「……ああ、そうだ。その、さっきは悪かった。事前情報なしだったとはいえ、黒乃を危険な目に遭わせて俺だけ蚊帳の外になっちまった。……俺が始めたことなのにな」

俺はさっきの作戦ミスを詫《わ》び、黒乃に頭を下げる。

上を向いている黒乃とまっすぐに目が合う。

「気にすることないっす。京さんの素の素早さが戦闘スピードにまったくついていけてない以上、フロアボスにとってあの場で脅威だったのは私っすから。狙われてもおかしくないっすよ」

言われてみれば当然のことかもしれない。黒乃を主軸にして戦うということは、黒乃が落とされた瞬間に全てが瓦解してしまうのと同義だ。俺を無視して黒乃を集中攻撃するという選択肢は全然あり得ることだった。

途中の猛攻でフロアボスに大ダメージを与えられたのは、最初からそういう手筈《てはず》で準備していたからだ。俺の素の力はたかが知れている。

何をしようにも素のステータスが足りない。

クソステをどうにか誤魔化して、召喚カードで手駒を増やし、術式カードと武装カードで戦闘のサポートや攻撃。全てをこなすためには手札が足りない。

手札を補うカードもある。しかし、それを使っていては魔力が足りなくなる。

しかし、そのカードに頼らなかったら時間が足りない。時間経過のドローだけでは手札が足りない。そもそも手数を揃えてもそれを十全に活かすための魔力が足りない。

何かを補おうとすれば、必ず何かが足りなくなる。同レベル帯の相手には一人でマトモに戦えない力。それが《時の蒐集者《クロノ・ホルダー》》という職業《ジョブ》だった。

もちろん、強力なカードが一枚でもあればその評価もひっくり返るかもしれない。

だけど、今切れる手札だけではそれは叶わない。俺は一人じゃ何もできない。それだけはどうしようもない事実だった。

……せめて、素早さのステータスさえ普通なら、戦闘の補助くらいは完全にこなせるのだろう。

だけど、その戦闘の補助をするために、俺は自分のクソステを補わなければいけないのだ。そのために手札と魔力を消費している時点でどうしようもなくテンポロスだ。

今回の戦闘ではそれが如実に表れてしまった。

様々な手段をもって、俺はフロアボスを妨害し、大ダメージを与えた。

それでも、結局、フロアボスを仕留めきれなかった。そして、今までの攻防で俺の素の速度がどうしようもなく遅いことをフロアボスに見抜かれてしまったのだ。

妨害効果がなくなってしまえば、俺はフロアボスの動きを認識できなくなってしまう。後は、何もさせないまま適当に何度か小突くだけで、アッサリとゲームオーバーだ。

ステータス減少効果が切れたフロアボスにとって、俺はいつでも倒せる置物にすぎなかった。

フロアボスが攻撃を耐えた時に逡巡《しゅんじゅん》してしまったのも良くなかった。あそこで攻撃を畳みかけなかった時点で、俺に攻撃の手段がないこともバレてしまったのだろう。

俺自身に攻撃の手段がなく、デバフはフロアボスの能力で防げるとなれば、俺を無視するのも当然だ。フロアボスが自分と素早さが同等で攻撃力も十分にあり、油断すれば倒されてしまうだろう相手である黒乃を先に狙うことは容易に想像できた。……できたはずだった。

せめて、他にも戦力を用意しておくべきだった。戦闘に参加できるモンスターを何体か用意しておけば、フロアボスは俺を無視して黒乃を狙うという行動には移らなかったかもしれない。

少なくとも奥の手である黒い球体をもっと余裕のある状態で見られたはずだ。対処もなんとかできたかもしれない。

「……ヘイト管理を度外視しすぎたか。完全に俺のミスだな。本当に悪かった。全部、黒乃に押しつけちまった」

ポツリと呟く。今なら自分の失敗もちゃんと受け入れられた。

……認めよう。俺は最初の時点で判断ミスをしていたみたいだ。

黒乃に戦闘の主軸を任せた結果、全ての負担が黒乃に伸し掛かってしまった。負担を背負うべきなのは戦いを始めた俺だったはずなのにな。

「しなやすっすよ。最後に勝っていたらどんなミスだって帳消しだし、そんなに気に病むことないっす」

黒乃には全然気にする様子は見られなかった。ヘラヘラと笑いながら「死ななきゃ安い」と簡単に俺を許す。

「謝るならさっき子供みたいに持ち上げたことを謝ってください。ホントに恥ずかしかったんですからね」

「お、おう。悪い」

「むー。誠意が籠ってませんね。まあ許してあげましょう。黒乃ちゃんは寛大なのです」

したり顔で黒乃が言う。

「それで京さん、フロアボスは追いかけなくていいんすか？　早くしないとこの辺りがボロボロにされちゃいますよ？」

そして、そのままなんでもないことのようにサラッと黒乃はそう口にした。

俺は耳を疑う。聞き間違えたのだとそう思った。

「それは……今からまた戦うってことか？　お前、さっき死にかけてるんだぜ。怖くないのかよ」

だって、黒乃はさっき俺のミスで死にかけたのだ。

それなのにすぐに戦いに行けるとは俺は思っていなかった。最悪、黒乃がこれから恐怖で戦えなくなるとまで思っていたくらいだ。

「うーん。別にそんなに怖くはなかったっすけど。わりと余裕はあったのでスリリングで案外楽しかったっすよ？」

「悪い。その気持ちは全然わからない」

アレが楽しかったのか……そっかあ……

「というか、今更私のこと気にするんっすね」

「当たり前だろ。周りの奴らが辛気臭い顔していたら俺が気分良く笑えないから戦ってんだ。それで仲間を危険に晒していたら本末転倒だ」

確かに最優先しているのは自分だ。自分がやりたいことをするために頑張っている。自分のためにやれることをやっているし、やるべきことに立ち向かった。

結果的に周囲を助けるという方向性で動いてはいるが、その中で取《と》り零《こぼ》すものがあっても知ったこっちゃない。

けれども、顔も知らない赤の他人を助けるために身近な誰かが傷つくことを許容できるほどに、人を一緒くたに見ているはずがない。

自分の行動のせいで友達を傷つけるくらいなら、俺は何人見殺しにしたって友の無事を選ぶだろう。……自分の手で殺すってなると流石に躊躇うだろうけどさ。

「ふーん、仲間っすか」

「なんだよニマニマして」

そう告げると黒乃はにやけだした。

顔立ちが整ってると、わりとどんな顔しててもさまになるからズルいよなあ……

「いや。今まで友達はいても、仲間はいなかったから。なんだか感慨深いなあって」

「……それって、どう違うんだ？」

「まったく違うっすよ。友達は特別な何かがなくても勝手にそうなれるけど、仲間はお互いを支え合えないとそうなれないから」

「……そっか。それなら、なんとなくわかるような気がする」

黒乃の声は少しだけ寂しそうだった。

彼女が誰かの助けになれなかったのか、誰かが彼女の助けになれなかったのか。それとも……誰の助けも必要ないくらいに黒乃が周りから逸脱していたのか。

どうとでも取れる言葉だ。俺には判別がつかない。俺は黒乃のことをそこまで深く知らない。

このままでいいとは思っていない。この先どうなるかなんてわからないけれど、彼女とは長い付き合いになるような予感がする。

世界がデスゲームになったあの日、黒乃と出会ったことは偶然なんかじゃないと思っている。俺が俺のために頑張って、やれることをやって、俺が自分で選んだ運命だ。ならば、彼女との出会いはきっといい運命だったのだ。この縁は大事にしたい。

――だけど。今はいい。今は俺と彼女が仲間だという事実だけあればそれでいい。

「……黒乃、いけるんだな」

「もちっす」

「よし。俺も大丈夫だ」

確認する。俺達がちゃんと戦えるかどうか。

そして、もう一度問う。

「黒乃、俺達はフロアボスに勝てると思うか？」

「おや？　もしかしてさっきのでビビっちゃったんですかー？」

ニヤニヤと意地の悪い笑みだ。だけど、不思議と嫌な気分にはならなかった。俺がどう答えるかわかっているのにわざと聞いたのだと、なんとなくそう思った。

「ちげーよ。最初から負けるって思って戦うくらいなら、やめた方がいいだろって話だ。俺は一人ならともかく、二人でなら勝てると思ってるっての」

「その言葉が聞きたかったっす。——さあ、今度こそ勝ちにいきましょう」

だから、求められるままに自分の思っていることを口にする。

黒乃は俺の言葉に満足したようにニイッと笑って立ち上がった。

手を差し伸べてくる。その表情からは一片の迷いも見られない。答えは聞くまでもないってことでいいらしい。

「ああ」

黒乃の手を取り、立ち上がる。

「——ファイナルターンだ。このくそったれたゲームを終わらせにいこう」

「はいっす！」

運命を引き寄せる

1.

大まかな作戦——といっても、ほとんどその場でアドリブに任せることになったが——を決め、家主のいない家を飛び出してから俺達はフロアボスを捜していた。

空中戦艦を失ったことで、黒乃の探知能力は激減した。自身の半径五百メートルまでなら建物の内部まで詳細に察知できたその能力も、今では百メートルほどまでの生物を探知できるだけだ。

俺達の方からフロアボスの姿を捜す手段はない。だが、フロアボスは自らの居場所を自分から俺達に伝えていた。

音だ。何かが地面に落ちる大きな音が絶え間なく一方向から聞こえてくるのだ。

さっき戦った場所からはそう離れていない。あの辺りにいたモンスターでここまでの大規模な破壊を息を吸うように行えるのはフロアボスだけだ。

俺達という獲物を逃したフロアボスが辺り一面を手当たり次第に破壊しているのだろう。これはフロアボスにとっての八つ当たりであり、そして、人という種に対する報復である。

俺達が逃げたせいでこうなっているのだと見せつけるように、フロアボスは積極的に辺り一面を破壊していた。

元々ボロボロだった廃墟が残骸になったところで俺にとってはどうでもいい。瀕死だというのに自分から居場所を晒して戦闘を呼び込んでいるフロアボスは愚かだとすら思う。

ただ、俺のせいでこうなったと誰かに言われるのは我慢ならない。俺の行動の結果を咎《とが》めていいのは俺だけだ。よく知らない何かに決めつけられてたまるか。

俺は、俺のために何かをするのは好きでも、俺のせいで何かが起こるのは嫌いなんだ。

そっちがその気ならこっちもさっさと終わらせてやろう。そんな思いでフロアボスの姿を捜す。

「……見つけた」

十分も経たないうちにフロアボスの姿を捉える。俺達は足を止めた。

フロアボスが居た場所は先程まで俺達が戦っていた場所から大して離れていない。それなのにその風景はまったく違っていた。無人とはいえどまだギリギリ都市らしさを残していたその町の一部が、境界線を引いたように破壊されきっている。

炎にまかれ、円状に更地になっているその場所の中心でフロアボスは俺達を待ち構えるように鎮座していた。その体は俺達が逃亡した時と同じで傷だらけの姿のままだ。未だに傷口から血が流れている。流れた血はひび割れたアスファルトに吸い込まれていた。

黒い球体はあれから使用されなかったらしい。一個だけふわふわと体の近くに浮いている。どうやら回復効果まではなかったみたいだ。

そんなフロアボスが、まだかなり距離があるというのに俺達の方をジッと見ていた。

「来るぞ、黒乃。ボロボロだからって油断するなよ？」

「京さんこそ。目を離したうちに一瞬でライフを削られないでくださいよ？　せめて私が助けるまでは耐えるっす」

「……まあ、ボコられた時は救助よろしく頼むわ」

……黒乃の心配をするより自分の心配をするべきだったな。

黒乃の言う通り、俺はＨＰの仕様で守られていても気を抜くとすぐにゲームオーバーになりかねない。

ＨＰ回復の手段の一つであるデッキチェンジは、ここに来る前に最後の一回を切ってしまった。もう今日は使えない。好きなタイミングでＨＰ回復できないのは少し痛い。

そして、もう一つの手段であるレベルアップ。これも現状では絶望的だ。

フロアボスとの戦闘の前に召喚していたモンスターと追加で召喚した《ドラゴモール》には、比較的近い場所に居た中ボスを倒しにいくよう命令していた。

近辺の雑魚を倒すだけではレベルを上げるのにも時間が全然足りないが、中ボスを倒せば最低でも１レベル上がるだけの経験値は得られる。

戦力的には十分だ。なんせ《ドラゴモール》は最初期から召喚していたモンスターで、かなりレベルが上がっていた。中ボスと同等程度の力は持っている。そこに味方のモンスターがいればモンスター達だけで中ボスを倒すことは不可能ではない。

……それでも時間は足りなかったみたいだ。

向こうの様子はわからないが、召喚したモンスター達が消滅していたり、ダメージを受けてＨＰを減らしていたりすることだけはクロノグラフの画面からわかる。《ドラゴモール》も少なくないダメージを受けているので、中ボスとの戦闘が始まっているのだけは間違いない。恐らく戦闘は始まっているだろうが、まだ決着はついていないのだろう。

こうなると、ＨＰと魔力の回復は当てにできなかった。中ボスと俺のモンスター達の戦闘が終わるよりも、俺達の戦闘が先に終わっている可能性が高い。

ＨＰはともかく、魔力が回復できなかったのは痛いところだ。現在の魔力は１２８。これでは打てる手も限られてくる。

それでも、もしかしたらレベルアップが間に合うかもしれない。そうすれば魔力の問題は解決できる。むしろ、魔力が少ないからと言ってデッキの枚数を少なくしてしまうと、いざ魔力があっても使えるカードがないという状況になりかねなかった。デッキチェンジがもうできない以上、デッキに入っているカードだけが今使えるカードだ。

なので、デッキの枚数を極端に少なくして特定のカード四～六枚だけで戦うよりも、打てる手がなくならないようにデッキを絶やさないことを意識した。デッキの枚数は必要になるだろうと思って入れたカード二十枚で構成されている。

その中の六枚が、今の俺の手札だ。ここに来るまでにドローで手札は最大まで確保している。

その手札から、一枚のカードを使用する。

「武装《アムド》、《アクセルフレーム》」

武装カード、対象は俺だ。

「へえ、意外と似合ってますねえ」

武装、とは言ったものの現れたのは何処からどう見てもただの眼鏡だ。

この武装は装備してもステータスはほとんど強化されないが、代わりに視覚を強化できる。素早さのステータスに差があっても、相手の動きをこの武装のお陰で捉えきれるのだ。

「だろ？　まあ、眼鏡つけてなくても俺は格好いいけど」

それはともかく、黒乃の言葉に対して俺は眼鏡をクイッと指で押し上げながらそう答えた。

「…………」

「おい、なんか言えや」

「寝言は寝てから……あ、くるっすよ！」

「ちくしょう！　やってやろうじゃねえか！」

何も言わずにただニコニコと笑っていた黒乃を問い詰めようとしたが、フロアボスが戦闘態勢に入ったことで話を切り上げられてしまった。

見ると、フロアボスは前脚を地につけて四足の前傾姿勢になっている。恐らく翼を失ったために、その次に速く動ける体勢をとっているのだ。

唸りを上げて、フロアボスがついに俺達を仕留めようと動きだした。

その巨軀に込められた力が解き放たれ、ひび割れたアスファルトの道路を粉砕しながらこちらに向かって疾走する。

先程まではまったく追いきれなかったその動きだったが、自分に装備した《アクセルフレーム》の効果で今ではなんとかその動きも目で追える。

俺達は左右に分かれてフロアボスの突進を避けようとする。

まだ距離はある。普通なら問題なく避けられるはずだ。だけど……

「おっ、そ……っ⁉」

……目で動きを追って、適切な行動を取ろうとしても俺の体がまったくついてきていなかった。

どうやら視覚を万全に稼働させるために脳の認識速度自体が上がっているらしい。

そのお陰でフロアボスの動きが正常に認識できる代わりに、反比例するかのように自分の動きを鈍く感じてしまっていた。

全力で走っているはずなのにまるで海の中で走ろうとした時のように体が上手く動かない。そんな感覚だ。

――そして、フロアボスはそんな俺を見逃すつもりはないみたいだ。

未だもたついている俺を先に倒そうとしたのだろう。猛スピードのまま、フロアボスが俺を標的にする。

「瞬間《インスタント》――」

咄嗟に瞬間術式カードを使おうとしたがこの動作はどうしようもなく遅い。

左手に持った手札から一枚のカードを手に取るよりも先に、フロアボスの体が接触して俺はサッカーボールのように思いっきり吹き飛ばされた。

2.

視界がフロアボスの鱗の色である赤一色になり、その色がすぐに遠のいていく。その時になってようやく鈍い痛みを感じた。

何が何やらわからぬままに視界がグルグルと回る。視界が空で埋め尽くされたと思ったら、強い衝撃と共に視界に真っ黒なアスファルトが広がる。そして、また視界いっぱいに空が映る。

それを何度か繰り返して、原形を留めていたビルに打ちつけられることで俺の体はようやく止まった。

「……くっそいてぇ」

うつ伏せの体勢のまま、呆然と呟く。

腕を支えに体を起こそうとするが、プルプルと震えて上手く立ち上がれない。痛みが理解を通り越して、もはや笑えてくるレベルだ。

フロアボスの攻撃力は４０００、そして俺の防御力は１０００だ。黒乃のバフ能力のお陰で俺のステータスは一割弱上昇しているが、それでも３０００近くのダメージを受けたことになる。

これは俺の無駄に増えたＨＰの十分の一を超える数値だ。

今まで一度の攻撃でそんな大ダメージを負ったことはなく、痛みもそれなりのものしか受けてこなかったから完全に舐《な》めていた。

ダメージを受けてもＨＰが残っている限りは戦闘に支障がない。そんな説明があったから、俺は大ダメージを受けても大丈夫だろうと思っていたが……

「こんなん詐欺だろ……ＨＰがなくなるまで戦いに支障が出ないなんて嘘っぱちじゃねえか」

……違った。

多分、体に異状はない。骨も折れていないだろう。ちゃんと力も入る。動きにもなんの支障もない、と思う。それはシステムの説明に書かれていたことだし確かなのだろう。

……だが、ＨＰのシステムで死を免れ、体そのものに異状がなかったとしても、これだけの大ダメージを受けてしまえば、痛みは普通に攻撃を受けた時とほとんど変わらないらしい。

「……死ぬほど痛いけど、痛みを我慢すれば死ぬまで戦えるので問題はありませんってわけだ。本当、このゲームを作った奴らはいい性格してるなあ！」

俺と他のプレイヤーはシステムが違えど、相手の攻撃力と自分の防御力によって受けるダメージが変わることだけは共通している。

俺のクソステで、もしＨＰのシステムがなかったなら、先程の突進だけで即死していたはずだ。

……そのくらいのダメージがそのまま俺の体に幻痛として届いている。

……なるほど、なんとなくわかった。これが死ぬほどの痛みというやつか。

こんなに酷い痛みを感じたことなんてこれが初めてだけど、そう確信できた。

「ぐっ……！」

何度も失敗しながらもなんとか立ち上がる。死ぬほど痛いのは確かだけど……死んでない。

こんな有様《ありさま》で「ＨＰがなくなるまで戦い続けられるよ！」とか宣《のたま》ったこのゲームの運営には直接顔を合わせて文句を言いたくてたまらないが、ひとまずそれは置いておこう。

どれだけ痛くたって戦う力が残っていることだけは確かだ。あの書き方だとＨＰが残っている限りは、どれだけ痛くたって痛みで気を失うことだってないはず。

俺が自分から戦闘をやめるか、ＨＰがなくなるまで戦える。自分にそう言い聞かせると少しは楽になった。

今も体に残る痛みに不釣り合いなほど、体はちゃんと動く。

突進をまともに受けた上半身は、なくなってしまったのではないかと思うほどの痛みに襲われているのに、問題なく立てている。

……こんなのを続けていると痛覚がおかしくなりそうだ。

「随分と派手に吹き飛ばされちまった。戦いはどうなっている？」

近くに転がっていた《アクセルフレーム》を再びかける。

顔から地面に何度も接触して吹き飛ばされたのに、俺が装備していた《アクセルフレーム》は壊れていない。

「やっぱり押されているな。一人じゃ流石にキツいか……！」

《アクセルフレーム》を再び装備したことで黒乃とフロアボスの戦闘を認識することができるようになった。

敵の人智《じんち》を超えたスピードに黒乃はなんとか食らいついている。

フロアボスはバスケットボールほどの大きさの炎の球を弾幕ゲーのように視界が覆い尽くされるくらいに何発も連続で放ち、黒乃を寄せつけないように立ち回っていた。

黒乃は火球を最小限の動きだけで躱しながら、回避できないものだけを《剣術》のスキルによる魔力を利用した技で斬り払い、致命傷を回避している。

細身の剣に水色の光として現出する魔力を纏わせ、火球を次々と捌《さば》く黒乃の姿はとても頼もしいと思えた。俺じゃ同じ条件であの場に立たされても、あそこまで完璧に立ち回れそうにない。

けれど、彼女の技量をもってしてもそこから反撃に移る余裕はないようだ。

目を離したたった一分弱の間に彼女は体の何ヵ所かに軽い火傷《やけど》を負っている。まともに攻撃を受けてはいないけれど、このまま続けてもジリ貧だろう。

フロアボスは黒乃を特に警戒しているようで、安全に遠距離戦に徹している。黒乃単独ではどう足掻いても動きを抑え込まれてしまう。

「すまん、黒乃！　援護する！　武装《アムド》、《空歩きのくつ》！」

黒乃を援護するために俺は痛む体に鞭《むち》を打ち、フロアボスの方へ足を進めながら黒乃に対して武装カードを使用した。

まだ《アクセルフレーム》の副作用による動作の鈍さに対応できていないけれど、これは今から慣らしていくしかない。

今の残り手札四枚だけじゃ、フロアボスにトドメを刺すには一手足りない。そして、それを埋めるカードを引けたとしても、そのルートを実現するには俺の動きが重要になってくる。泣き言は言ってられない。ワンチャンを掴むためにはやれることをやるしかないんだ。

「遅いっすよ、まったく！　体は大丈夫なんです⁉」

「問題ない！　黒乃はこのままフロアボスの目を引きつけといてくれ！　無理はすんなよ！」

「了解、っす！」

黒乃の下まで辿り着くと、彼女は器用に火球を撃ち落としながら、俺に短い言葉で確認する。いつもは飄々《ひょうひょう》とした態度の彼女も余裕はあまりないらしい。

返答を確認して、装備した《空歩きのくつ》の効果で彼女は空へと向かって駆け出していった。

空中が足場になるので、攻撃の対処をしやすくなるだろう。単純に逃げ道も増える。

黒乃は空中からフロアボスに突撃しようとしたが、すぐに対応して空にも放たれた火球の弾幕を掻い潜れないとみたのか距離を保ち、回避と防御に専念することにしたようだ。

「さて……こっからだな」

黒乃は俺の要望通り、囮を完璧に引き受けてくれるだろう。後は俺の仕事だ。

手札を切る。

「まずは不確定要素を消させてもらう！　術式《スペル》、《速度規制　ビギナーズエリア》！」

発動したのは対象の素早さを俺と同じ数値にまで下げる《速度規制　ビギナーズエリア》だ。

普段ならこれなしでは戦闘が成り立たないほど重要なカードなのだが、今はその効果には期待していない。このカードを発動したのはフロアボスの周囲に浮かぶ最後の黒い球体、これを消費させるためだった。

まだ判明していない能力があるとして、最後の最後でその能力を使われてしまうと対応しきれない可能性が高い。それならば、先に見えている可能性を潰しておくべきだ。

フロアボスはこのカードの効果がキッカケで大ダメージを負うことになった。なら、このカードの効果に警戒もしているはずだ。発動すれば十中八九打ち消してくる。むしろ、他のカードをスルーしてでもこのカードの効果だけは通してこないだろう。

もし、これがそのまま通ったとしても、その時には俺と同速度になったフロアボスに対して黒乃が有利に立ち回れる。

「よし、使ったな」

カードの効果が発動し、フロアボスは一瞬スピードが落ちたものの、パリンと黒い球体が割れる音と共に元のスピードに戻る。

フロアボスは俺を一瞥した後に空を駆け回る黒乃に向かって炎球を口から放つ行動に戻った。

とりあえず第一関門はクリア。黒い球体が追加で出てきたりしなければ、相手の奥の手はもうないはず。

「後はこの目に体を慣らしながら、次のドローまで時間を稼ぐ、か。ならやるべきことは――」

次のドローはおよそ三分後。それまでにこの鈍い動きに慣れて、フロアボスの動きに対応できるようにする。それが俺のやらなきゃいけないことだ。

そして、フロアボスの動きに慣れるために最も有効なのは……

「――被弾覚悟で、突っ込む！」

……ダメージを覚悟の上でフロアボスに突撃することだった。

それはダメージを受ける度にあの痛みをもう一度味わうことを意味する。

ぶっちゃけそれは怖い。

けれど、ＨＰはさっきの攻撃ですら全体のギリギリ九分の一に満たない数値しか減っていない。

つまり、あと九回まではフロアボスの攻撃を受けられるのだ。

それにさっきの攻撃でわかった。多分フロアボスのどんな攻撃を食らっても、俺の体が貧弱すぎて大きく吹き飛ばされる。そこを追撃するのは黒乃を牽制しながらでは無理だろう。

戦闘前に危惧していた、わけもわからないままにＨＰ全損する展開だけは避けられる。

ならば少しでも最後の一手を通せる確率が高くなるように、激痛を覚悟してＨＰもギリギリまで消費し、動きに慣れることを優先すべきだ。それが今の俺にやれることだった。

フロアボスと俺の間には近接戦を挑むにはかなり距離がある。

万全な状態で、ステータスによって強化された今の運動能力なら俺でも五秒もかからずに踏破できる程度の距離だが、そこまで近づくのも一苦労だろう。

残り三枚の手札のうち、後で使う予定の二枚のカードをポケットにしまい、残りの一枚だけを右手に持ち、一歩一歩足を踏み出した。

自分では全力で走っているつもりなのだが、今の俺の感覚では歩くのと同じくらいでしかない。

……なるほど、黒乃が心配するわけだ。

なんせ今見ている世界が彼女にとっての普通なのだ。共に戦う奴がこれだけ鈍い動きをしているとなると、前線に出したくない気持ちもなんとなくわかるというものだ。

そんなことを考えていると、距離は半分ほどにまで縮まっていた。フロアボスもようやく俺に目を向ける。

気づいていなかったのではなく、ギリギリまで放置していただけだろう。

舐められているが、腹を立てたりはしない。

俺がフロアボスに比べて実力がまったく足りていないのは純然たる事実だ。最後の最後まで舐めきったままでいてくれる方がありがたい。この無謀な突撃でフロアボスが更に警戒心を解いてくれるとよりやりやすくなる。

俺は当初の予定通り、相手の攻撃を誘うために揺さぶりをかけることにした。

「……まだ遠い」

ちょこまかとフロアボスの手前で左右に方向転換などをしてみるが、反応はない。

もっと近づかないと攻撃すらしなくていいと判断しているのだろう。

なら、お望み通り……

「……きたっ」

更に前進すると、フロアボスはようやく俺に対して行動を起こした。

空に向かって、散弾のように大量に火球を放つ。黒乃への牽制だ。

フロアボスは瞬時に俺を見下ろし、地につけていた右前脚を振り上げた。鋭い鉤爪《かぎづめ》はゲームのエフェクトのように炎を纏《まと》っている。あれを食らうとすごく痛そうだ。

フロアボスの攻撃から目を離さないようにしながら、斜め前へと突っ込む。

フロアボスがそんな俺に向けて前脚を振り下ろすと同時に、横っ飛びで回避を試みる。

俺の足が地面から離れた。攻撃と合わせて飛んだのだが、俺の行動を見てフロアボスの前脚が途中で静止する。

そうして、空中で身動きが取れない俺に向けて改めて薙《な》ぎ払《はら》うように前脚が振るわれた。

「がっ……!?」

横一文字に刻まれる赤の線。燃えるような熱さと刃のような鋭さが自身の体を通過していく感覚と共に吹き飛ばされる。

再び激突。コンクリートの壁に背中を打ちつけ、肺中の空気を吐き出した。

「……が、あああっ!!」

問題はその後だった。痛みという言葉では言い表せない苦痛が俺を襲った。

燃え盛るような熱を自分の内側から感じる。生きながら体を燃やされているのだ。

たまらず服についた火を消すようにのたうち回ったが、まったく効果はない。火なんてついていないのだから当然だ。

「はあ、はあ……くそ、幻だとわかっていても結構クるものがあるな……」

単純な痛みならまだしも、こういう方面の苦痛が襲いかかってくるとは思っていなかった。この能力を設定した奴も無駄にクオリティの高い仕事をするものだ。

……落ち着いたらなんてことない。苦しいけれどそれだけだ。

死ぬほどの痛みも慣れてしまえば我慢できる。慣れたというよりは痛覚が麻痺《まひ》しているだけかもしれないが。

「まだ、まだ……！」

タイミングはあれくらいでいいだろう。俺が遅すぎるせいで攻撃を途中でやめられてしまったが、初撃のことだけ考えるとちょうどいいタイミングだった。

俺を吹き飛ばした後は、フロアボスは隙をついて接近しようとした黒乃の撃墜に専念している。

黒乃は攻撃が苛烈すぎてほとんど近づけていない。

俺のことは完全に眼中にないようだ。

俺は再び駆け出した。

「あのくらいのタイミング、次は攻撃に合わせてカードの発動だ」

やるべきことを口にする。

タイミングはさっきと同じくらいで、次は避けるのではなく攻撃に合わせてカードを発動する。

発動するのは瞬間術式カード《パラレルシールド》だ。攻撃を自動で防ぐ使い捨ての透明の盾を周囲に三枚展開する効果をもっている。

本来は黒乃に使う予定だったが、これだけ警戒されていると攻撃を三回凌ぐ程度では足りない。

ならば、このカードは次の一手を通すための練習に使う。

「……ここっ！」

動きは相変わらず遅いが、妨害がないためにあっさりとボスのすぐ近くまで辿り着く。

俺を撃退するためにフロアボスが選んだのは、黒乃に対する徹底ぶりとは打って変わって、目障りな虫を払《はら》い除《の》けるかのような適当な攻撃だった。

その腕の始動に先んじてカードをクロノグラフに翳す。

「瞬間術式《インスタント・スペル》、《パラレルシールド》……っ！」

かなり余裕をもって発動したはずだったが、カードの効果が発揮されるのとフロアボスの攻撃が直撃したのはほぼ同時だった。

ギリギリのところでフロアボスの腕と俺の体の間に透明の盾が展開される。

直撃こそ免れたが、衝撃は殺しきれずに盾越しに吹き飛ばされた。

「くっ、ちょい遅かったか」

とはいえ、さっきまでよりは吹き飛ばす力が弱い。ダメージは完全に遮断できているし、吹き飛ばされた先で着地できるくらいには余裕があった。

「うひゃあ――っ!?」

タイミングを修正しないといけないなと思っていると、悲鳴を上げながら黒乃が空から落ちてきた。余裕がないなかでなんとかバランスを立て直して着地をした彼女だったが、膝をついて荒い呼吸を繰り返している。

「大丈夫か!?」

「……しくじっちゃいました。結構痛いっすねコレ」

俺の問いに、黒乃は苦笑いしながら答えた。彼女の右腕は力なく揺れている。

「……まさか、折れた？」

「みたいっすね。まあ大丈夫っすよ。私、両利きですし」

冗談めかしてそんなことを言っているが、よく見ると右腕以外もボロボロだ。だいぶ無茶をさせてしまったみたいだ。

「そんなこと言っている場合じゃ……って、来るぞ黒乃！」

「わかってるっすよ！」

地に落ちてきた黒乃に向けて、フロアボスが空に居た時と同じように火球を連打する。

黒乃の体が心配だったが、そんなことを言っている余裕もない。

黒乃も休んでいられないことはわかっているらしく、俺の前に立って無事な左手で剣を持ち、攻撃を捌く。

俺も守らないといけないために黒乃はそこから動くことができない。

防御の方法も撃ち漏らしがないように、さっきまでのピンポイントでの防御から、魔力を大きく消費して攻撃全てを薙ぎ払うようになっている。

「どうするっすか!?　もうちょっとで魔力も切れるっすよ！」

今はまだなんとか凌げているみたいだが、それももうすぐ限界らしい。

「みたいだな。でも——」

戦闘の継続は極めて困難な状況に陥っている。このまま続けると黒乃が持たない。あと数分でその破綻は訪れるだろう。しかし……

「——間に合った」

カシュと僅かな作動音と共にクロノグラフからデッキの一番上のカードが排出される。最後のドローから五分が経過したのだ。

「……デッキ枚数残り十四枚のうち、今欲しいカードは二枚のどっちか。七分の一、一割強の確率でそのカードを引いてくるのが前提で、作戦通りに動けてようやくこの状況を引っくり返せるってわけだ」

状況的にこれが最後のドローになるだろう。これ以上の時間稼ぎはできない。

逆転の目も数字上ではか細いものだ。

「……ヌルゲーすぎて欠伸が出るぜ」

だけど、不安はまったくなかった。

「やれることやってここまで来たんだ。どれだけ確率が低くたって構うもんか」

やれることは全てやった。失敗も何度かあったが、最後の局面である運命の分かれ道まで辿り着いた。

ここで今までの全てが収束する。無数の未来の可能性の中から一つが選ばれ、運命となる。

「運命ってのは意志をもって切り開いていくものさ。役割《ロールプレイ》に徹して決められた道をただ歩いてきた奴なんかより、どれだけみっともなくたってやれることを必死にやってきた奴が報われる方が気持ちがいいだろう！」

「なんすか、それ！　全然論理的じゃ、ないっすねえ！」

防御に集中しているために途切れ途切れだが、言いたいことはよく伝わった。

確かにその通りだ。俺の言葉にはなんの意味もない。どれだけ意気込んだところで俺が逆転のカードを引き込める確率は変わらない。そんなことはわかってる。

「それでいいのさ！　重要なのはここで逆転の一手を引けたら面白いってことだけだからな！」

それでも、俺は笑ってデッキトップに手を重ねる。

理屈なんて関係ない。勝ちたいと思って過程を積み重ねた。後は結果だけだ。

現在《いま》を積み重ねた先にある未来をもし選べるなら、ドラマティックな勝利の方が面白い。

今まではそうしてきた。そうやって勝ってきた。

——だから今だってやることは変わらない。

デッキトップを信じろ。——運命をこの手で切り開くんだ。

「……なら、見せてください！　もっと、今以上に面白いものを！」

表情はこちらからは見えないためにわからない。

だけど、彼女の言葉に乗っている感情は読み取れた。——期待だ。

俺が逆転の一手を引くことを微塵《みじん》も疑ってないような、今の状況が楽しくてたまらないといった声だった。

「ああ！」

そんな期待に応えるべく、俺はデッキトップのカードを引き抜く——！

「――運命を、引き寄せる！」

チラリと引いたカードを見る。

そのカードは……

「……ああ、本当に楽しいなあ！　これだから運命ってやつは面白い！」

……今、欲しかった逆転の一手。その最後の一ピースだった。

「手札は揃った！　黒乃、次で最後だ！」

「はい！　行きましょう！」

逆転の方程式は揃った。後は、勝利へと導くだけだ。

俺と黒乃はなんの迷いもなく、駆け出した。

3.

俺が左手からボスの方へ向かうと同時に、黒乃は右手から前進する。

ボスの攻撃の矛先は当然、黒乃に向かった。

俺を守らなくてもよくなった彼女は回避という選択も選べるようになったが、それでも彼女一人でボスの下には辿り着けそうになかった。

残った左腕でよく奮戦しているが、彼女の体は徐々に後退していく。

その代わりに、俺とフロアボスの間の距離は着実に狭まっていた。

「武装《アムド》、《弔いの刃　シャドウエッジ》」

距離が十分縮まったところで一枚のカードを発動した。

手元に現れたのは、血を吸いこんだかのように黒く染まった、鋸《のこぎり》のようにギザギザとした刃の剣だ。ゾクリとした殺気を感じる。

誰が見ても忌避するようなその剣は、装備時のステータス上昇とはまた別に、装備者の攻撃力を上げるメリットと防御力を下げるデメリットの二つの効果を持っている。

その上昇値は敵に倒された自分のモンスター一体につき、50の上昇だ。その代わりに自分の防御力が同じだけ下がる。今までにフロアボスが倒した俺の使役するモンスターの数は二十八体。つまり１４００の数値分、攻撃力と防御力が変動する。

デメリットのせいで黒乃に装備するには躊躇われるが、俺が装備したならデメリットは少ない。防御力がゼロになってしまったけれど、元々フロアボスの前ではあってもなくても変わらない程度だ。問題はない。

ＨＰシステムが適用されているのは俺と俺のモンスターだけ。敵の防御力が俺の攻撃力を上回っていてもそれなりにダメージを与えることができる。

刃を肌に通さないほどとなると、俺の基本ステータスとフロアボスの防御力くらいの差は必要だが、《シャドウエッジ》を装備して強化された今の俺の攻撃でなら十分なダメージを与えられる。

「……やっぱり、流石に警戒するよな」

この剣の異様さをフロアボスも無視はできなかったらしい。黒乃への攻撃をやめ俺の方を向く。

距離は残り十歩ほど。まだ剣が届く距離には達していないが、ここまで近づけたなら攻撃は一回くらいしかできないだろう。なら、この一回を凌げば届く。

「時を動かせ！　クロノグラフ！」

『——セットアップ』

フロアボスが俺に向かって炎のブレスを放つのと、俺がクロノグラフから引き抜いたカードを発動するのはほぼ同時だった。

「瞬間術式《インスタント・スペル》、《ダーク・エンド》！」

さっきの戦闘でフロアボスが黒い球体を消費して放った漆黒の炎のブレス。それが今、フロアボス自身に放たれる。

足は止めない。こうしている時間も貴重だ。

……それに、結果はわかりきっている。このままじっと見つめていたって無駄だ。

「……っ！　防げっ！」

赤のブレスと黒のブレス。

僅かの拮抗《きっこう》の後に、黒のブレスはあっけなく霧散した。

勢いが減衰した赤のブレスは俺に到達し……そして二枚の透明な盾に遮られた。

いくら俺の攻撃力を上昇させたところで、真正面からじゃ太刀打ちできないことは最初からわかっていた。だからこその二段構えだ。ブレスと残った二枚の盾を合わせれば、敵の攻撃も一度なら止められると踏んだのだ。

ブレスの残滓が火の粉となって散りゆく中を駆け抜ける。フロアボスの姿はすぐそこまで迫っていた。

フロアボスの目には驚愕《きょうがく》の色が見える。当然だ。さっきまではアッサリと吹き飛んでいた雑魚がなぜか自分の攻撃を退けたのだから。

だが、慌ててはいなかった。あまりにも遅すぎる俺の動きでは虚をつくことなどできない。

フロアボスが俺を撃退するために前脚を振り上げる。

「瞬間術式、《デュアルアクセラレーション》！」

――フロアボスの一瞬の気の緩み。警戒を解いて、安直な迎撃に甘んじた今こそが最大にして最後のチャンスだ。

その腕がまさに振り下ろされようとしたタイミングで発動したそのカードは、一分間、自分の素早さに味方のユニット一体の素早さの半分の値を加える効果を持っている。

もちろん、対象は黒乃だ。

黒乃のステータスの半分が上昇した俺の素早さはなんとかこの戦場についていけるだけの数値まで上がった。

つまり……

「――通った！」

……遅すぎる俺を撃退するために振り下ろした右腕は、今の俺にとっては遅すぎた。

フロアボスも即座に対応しようとするが、もはや間に合わない。

土壇場で急加速した俺は、振り下ろされた腕を紙一重で避ける。

懐に潜り込んだ。その勢いのまま、差し出されるように目の前にある鱗に覆われていない喉元を目掛け、携えた剣を突き刺す――！

「――――ッ!!!」

フロアボスの喉元に俺がつけた大きな傷口と、突き刺したままの剣の合間からゴポリと血が溢れる。真下にいた俺の頭にバケツをひっくり返したように血が流れてきた。

完全な致命傷のはずだった。けれど剣を喉の根本まで押し込まれながら、フロアボスはまだ生きていた。血が溢れたせいでよく聞こえないが、咆哮を上げて暴れだす。

フロアボスが前脚を地から離し、頭を上げる。剣を握りしめたままの俺はそれに引っ張られる形で急上昇した。

「うおっ!?　悪足掻きかよ！」

そして、フロアボスは奇声を上げながら頭を振り、俺を振り払おうとする。

俺は剣に必死に掴まりながら、ポケットに入れていた最後の手札を手に取った。

まさか、喉に剣を刺してもまだピンピンしてるとは思わなかった。

「でも、――これでチェックメイトだ！　術式《スペル》、《スクエアチェンジ》！」

けれど、俺がここまで――ボスの懐まで辿り着いた時点で勝利は確定していた。

遠心力に負け、剣から手が離れると同時にクロノグラフにカードを翳す。

このカードは……

「――今までの分、全部倍返しっす!!」

……ユニット二体を対象に選び、その座標位置を交換するという効果だった。

俺と入れ替わりで、上空に現れたのは当然、黒乃だ。

《空歩きのくつ》を装備している黒乃は足場がない空を自由に駆けることができる。

俺が僅かに吹き飛ばされた数メートル。そんな近距離に突然現れた黒乃に対して、フロアボスはなんの対抗手段も持っていない。

ブレス攻撃は喉を潰されたために使用不可。それ以前にこんな僅かな距離では腕を振ることすら間に合わない。

黒乃は突然、視界が切り替わったにもかかわらず、なんの戸惑いもなくフロアボスとの距離を一瞬で埋め、喉元に突き刺されたままの《シャドウエッジ》を手に取った。

――武装カードは装備中に対象から離れ、別の者が手に取るとその者に装備対象が変わる。

それは即ち、《シャドウエッジ》の圧倒的な攻撃力上昇能力が黒乃に対して適応されることを意味していた。

「いっとー！　りょーっだんっ!!」

フロアボスに対して１０００以上のステータス差をつけた挙句、駄目押しでスキルの力まで加えた一撃だ。

青白く輝く刃を手に、フロアボスの体を引き裂きながら地面へと向かって駆け抜ける黒乃。

そして、タン、という軽い音と共に着地。言葉通り、フロアボスの体は首元から地面に垂直に両断されていた。

「……ハハッ。流石。美味《おい》しいところでキッチリ決めてくれる」

俺は黒乃がいた座標で、振り払われた時の勢いのまま地面に衝突していた。

痛みはなかったが、どうなったかをすぐさま確認しようと目を向けて……なんの問題もなくフロアボスを倒していた黒乃を見て、安堵の溜息をつきながらそう呟いた。

——グラリと巨体が揺れる。最期は声一つなく、フロアボスが倒れていく。

ズズンという音が鳴り、フロアボスが倒れた反動で地面が少し揺れた。

その数秒後、フロアボスの姿は光の粒子となって消滅した。

「京さ〜ん！　やりました〜っ！」

黒乃が手に剣を持ってブンブンと振りながらこっちに来る。

「危ないからそれ置きなさい。あと、ヒドい怪我してるんだから安静に」

とりあえず、軽く頭にチョップした。

「あいたっ⁉」

そんな危険物持ったまま走り寄ってこないで欲しい。それに、怪我も酷いんだからもう少し怪我人らしく大人しくしていてほしいものだ。

……まあ、今くらいはいいか。

「……ほら」

手を上げて、手のひらを黒乃に見せるように開く。

剣をその場に放り投げた黒乃は一瞬、「何してるんだろうこの人……」みたいなキョトンとした顔をして、すぐさま合点《がてん》がいったのか、嬉しそうに目を輝かせた。

「いえ～いっ‼　私達の勝ちっすね～‼」

パンという音と共に手のひらが合わさる。

はしゃぐ黒乃のお陰でようやく終わったんだなと本当の意味で実感し、肩の力が抜けた。

黒乃と同じように笑みを浮かべて、言葉にする。

「――ああ、俺達の勝ちだ」

――俺達が仲間として戦った初めての強敵。東京を脅かしていたフロアボスは僅か五日で姿を消した。

もちろん、これは始まりにすぎないだろう。

だけど、今はただこの勝利を喜びたいと思った。

星満ちる夜

1.

『ぱっぱらぱっぱっぱ〜！　おめでとーございまーす！　たった今、東京に出現していたフロアボスが討伐されました〜！』

勝利の余韻が残る中で、唐突に陽気な声が空から聞こえた。

このデスゲームが始まった日と同じように空に現れた、近未来的な服装に身を包んだ少女の巨大なホログラム。

何処かで聞いたような効果音を自分の口で言いながら、自身のことをこのデスゲームのナビゲーターＡＩだと語った彼女——クルルが再び現れた。

『これにて東京にお住まいの皆様の最初のイベントは終了でーす！　お疲れ様でしたー！』

彼女は俺達がフロアボスを倒したことを隠さずに発表していた。……なかったことにされるかもと少し心配していたが、それはどうやら杞憂《きゆう》だったらしい。

となると、こんな無茶苦茶なゲームでも運営自体は公正にやるという風に捉えてもいいのだろうか？　……まだ決めつけるには早いか。

「……何やってるっすか」

「いや、スカートの中の白い光取れてねえかなって。前はそれで見えなかったから」

「前って、デスゲーム初日っすよね。なんであんなにみんなパニックになっていたのに、そんな余裕があったんすか……」

　必死に地面スレスレまで顔を近づけ、上空にいるクルルのスカートの中を覗《のぞ》き込《こ》もうとしていると、黒乃が口元をヒクつかせながら問うてきた。

「だって気になるじゃん。白い光が取れてたら、真下に居る人達にはスカートの中身丸見えだぜ。青春真っ盛りの男子高校生としては見逃せないね！　それに……」

「それに？」

「アイツ人間じゃないんだし、セーフだよセーフ」

「絵面的にも言動的にもアウトっす。普通にキモいですからやめてください」

「……あい」

　わりとマジなトーンでそう言われてしまったので渋々立ち上がり、普通に聞くことにする。

　ちなみに、スカートの中は前回と同じように白い光がかかって何も見えなかった。

『それじゃあ、東京のプレイヤー達にボクからのご褒美だ！　オレデバイスの機能を新たに三つ解放するよ～！』

　ちょうどその時、クルルがそう言った。ピコンと黒乃の持つオレデバイスと俺のクロノグラフから音が鳴る。

『一つ目の機能はチャット機能！　ＳＮＳとかネットとかを参考にして色々な形式で作ったんだ。情報のやり取りが簡単にできるから上手く活用しよう！』

クルルの言う通り、解放されたチャット機能はメールやＳＮＳ、ネットの掲示板風など、様々な形式が揃えられていた。

俺はネットの掲示板風に作られたページを見てみたが、こうしている間にもいくつも掲示板が立てられていく。ほとんどは雑談枠みたいな感じになっていた。

『二つ目は通貨の実装！　仮にも文明を築いていたキミ達人間が今更、物々交換の時代に逆行されても困るからボクから用意させてもらったよー！』

クロノグラフの画面を見ると、『ミル』という単位がついた数字が並んでいた。

一、十、百、千、万……桁が凄いな。五千六百万とちょっと。日本円だとそこそこの大金だ。

『表示されているミルは今までキミ達が自分で倒してきたモンスターの分の報酬。これからはモンスターを倒す度にドロップアイテムと一緒にミルが手に入るようになるよ！　じゃんじゃんモンスターを狩って億万長者を目指すのだ～！』

「おお、億万長者か……実際、このお金がどれくらいの価値かはわからないけど、中ボス五体とフロアボスを倒したんだし結構な額があるんじゃねえの？」

億万長者……その言葉の響きには心を動かされる。

お金はあればあるほどいい。金の亡者とまでは言わないけれど、お金のことは大好きだ。

「懐かしいっすね。《オレクエスト・オンライン》が普通のゲームだった頃は、やりこんでいる廃プレイヤーの個人資産が平均十億単位って感じだったんで十分な額だと思いますよ……まあ、今じゃ役に立たないっすけど」

「え？」

若干浮かれていた俺と違い、同じくらいの額のミルを手に入れた黒乃は冷静にこう言った。

「だってこのお金を使えるところがないじゃないですか」

「あっ、そっか」

……盲点だった。

お金は自分の欲しいものと交換するためにあると考えているが、このお金を取り扱う店がなければ何とも交換できないじゃないか。

この世界がデスゲームになったことで、開いている店なんてなくなっただろうし。

まだ形を留めているショッピングモールなどでは多くの人が集まって生活しているのを確認しているが、その人達も既存の通貨は使用していないだろう。

だって、その通貨を使う店がないんだから。物と交換してお金を手に入れたって意味がない。

価値を持たないなら、希少な金属を使っているわけでもない硬貨なんてゲーセンのメダルと変わらないし、紙幣なんてトイレットペーパーとしてすら満足に使えない。

政府だって、こんな事態には対応できないだろう。保障も何もあったもんじゃない。

俺達だって、ちょくちょく誰もいなくなった店から物資を頂戴したりしているが、その分の代金なんて払ったことはない。

　この五日間で既存の通貨に価値がなくなってしまったことはなんとなく察していた。

だからといって、新しい通貨を用意されてもそれを使う場がなければ同じだ。

「でもプレイヤー同士で直接取引すれば……」

「お金の価値が定まってない以上、どっちにしたってマトモな取引は成立しないっすよ。……まあ、わざわざ用意したんだからその辺はちゃんと考えているんじゃないですか？」

　黒乃はどうやら次にクルルが提示するご褒美とやらを察したらしい。

というか、これで向こうが何も手を打っていないとなると無能にもほどがあるというものだ。もしくはただの嫌がらせ、か。

『お金を用意したんだから、察しの良い人ならもう気づいたかもしれないけれど。三つ目のプレゼントはショップ機能さ！　オレデバイスの画面から取引できるようにしたから、ジャンジャン使って経済回していこ～！』

　どうやら、無能でも嫌がらせでもないらしい。その辺のことはちゃんと考えているってわけだ。

……というか、クルルのスタンスが本気でよくわからない。

　敵にしてはやたらと俺達に肩入れしているけれど、俺達にこの事態の解決を丸投げしてきた辺り、どうも純粋に俺達のために動いているって感じはしない。俺達に味方するなら最初からこういうサポートを充実させているはずだ。

『ＮＰＣが運営するショップと、プレイヤーが運営するショップの二種類がオープン！　ＮＰＣのお店は年中無休で、販売している品物の種類は多いけれど、基本的にプレイヤーメイドの品物の方が出来はいいよ。だから、生産職のプレイヤーや、ドロップアイテムを売ろうと考えている戦闘系の職業のプレイヤー達は、NPCのお店を参考にして価格を決めてほしいな。……詳しいことはヘルプの項目からチェックしてネ～！』

疑念がますます深まったが、「自分は味方です」なんてクルル自身の口から言われても信じられるわけがない。とりあえず、中立くらいの立場だと考えておこう。

積極的に俺達を殺しには来ないけど、情報やサポートを全力で行うこともない。

ただ、決められた筋道に沿ってゲームを運営しているだけ。それくらいの考えで接した方がいいだろう。

そんなことを考えているうちに、クルルは適当なところで説明を切り上げていた。

『それじゃあ、ボクからのプレゼントはこれで終わり！　……と、言うつもりだったけど、フロアボスを最初に倒した都市としてボクからのスペシャルプレゼントを贈ろう！』

どうやら、まだ何かくれるみたいだ。

『既にモンスターを倒して力を手に入れているプレイヤー全員に百万ミルを送ったよ！　これで装備や物資を整えてね～！』

「なんだ、しょっぱいな」

「いやあ、一般プレイヤーからしたら十分な大金だと思いますよ？　もう五日も経っているんだし、流石に東京の人口の半分くらいはモンスターを倒しているだろうから、合わせると結構な額になるでしょ」

フロアボスを倒してそこそこの財産を手に入れていた俺にはあまり魅力的には思えなかった。

黒乃の言葉を聞いてそんなもんかと思い直す。

モンスターを倒してもらえるミルは多分、討伐に参加したプレイヤーで均等に分けられるのだろう。なら俺と黒乃のミルの総額から考えると、百万ミルは中ボス討伐の半分の報酬だ。

それだけの金を気軽に渡すのだから、気前はいい方なのかもしれない。

「それよりも、私はクエスト機能が実装されるのかなって思ってたっすけどね」

「クエスト機能？　普通のゲームとかにもよくあるやつ？」

「いえ、『オレクエスト・オンライン』っすから。名前の通りクエスト機能がウリだったんすよ。ストーリーを進めるのに必要だったり、イベントの解放条件だったり、あと、イベントのアフターストーリーがあったりとかで結構人気だったんです。……まあ、クエストを出すＮＰＣが居ないんじゃ、この機能がなくたって当たり前ですかねえ」

「ふーん……」

『オレクエスト・オンライン』をやったことがないから、言葉で説明されてもあまりピンとこなかった。

でも、仮にもこのデスゲームが続編を名乗っている以上、その機能もいつかは実装されそうだ。頭の片隅くらいに留めておこう。

『これで本当の終わり！　キミ達はだいぶ早くフロアボスを倒しちゃったからまだまだ先のことに

なるだろうけど、次のイベントは必ず来ます！　それまでに実装した機能を上手く使って、戦力を整えてね〜！　バイバ〜イ！』

クルルはそう言い残して、空から消えた。

「……まあ、そうだろうなあ。やっぱりこれだけじゃデスゲームは終わらないか」

むしろ、暫くの間は戦力の増強に充てられるくらいには余裕があると聞いて驚いたくらいだ。

少し肩透かしをくいながらも拠点に帰ろうとする。

『その通り。これだけでは終わりません』

「……うわっ!?」

「えっ!?」

そんな俺達の背後からクルルの声が聞こえた。

2.

慌てて振り返ると、そこには人間くらいの大きさにまで小さくなったクルルが立っていた。

立っていたと言っても、もちろんホログラムだが。

『そんなに驚かないでください。今はプライベート、私は個人的な思考の下に貴方達《あなたたち》に接触しています』

「へえ、だったら驚かさんといてくれませんかねえ……」

巨大ホログラムを使って東京全域に向けた告知をしていた時と違い、クルルの口調は機械的だ。コロコロとよく変わっていた表情も、今は仮面のようだという表現が相応しい。……さっきまでのはロールプレイってわけだ。

黒乃をかばうように前に立つ。もし攻撃された時のためだ。

よくよく考えたら黒乃は今、満身創痍だった。気を失っていないのが不思議なくらいだ。万が一があってはいけない。

俺はレベルアップしたことでＨＰも全回復して、痛みも既に消えた。

肉壁にもならないかもしれないが、やらないよりはマシだろう。

黒乃は不満そうな顔をしていたが、大人しく俺の陰に身を潜める。

『……貴方が私のことを警戒するのは勝手ですが、用があるのは貴方です。後ろの人間に危害を加えるつもりはありませんよ』

「いやいや。アンタ、自分の立場わかってんのか？　百歩譲ってアンタが主犯じゃないとしても、世界がこんなことになった理由くらいは知っているんだろ？　なんにも喋《しゃべ》らないまま信用だけしろって言われても、ねえ？」

『なるほど。道理ですね。ですが、それを語る気はありません』

「ほー……喋れないんじゃなくて喋らないってわけだ。ますます信用できねーな」

ただ慢心しているだけかもしれないが、即座に実力行使に移らないなら、向こうさんは今のところは危害を加えるつもりはないのだろう。

……このまま、喧《けん》嘩《か》腰《ごし》で話していても時間の無駄か。さっさと用件だけ聞いて早く黒乃を休ませた方がいいや。

「……もういいよ。用件はなんだ？　連れが怪我してるんだ。さっさと安全な拠点に帰りたい」

『それでは迅速に行いましょう』

俺が要望を聞いた瞬間、既にクルルは俺のクロノグラフに手を触れていた。

『クロノグラフのアップデートが終わりました』

まったく動きが見えなかったことに驚く暇もなく、クルルはクロノグラフから手を離した。

「アップデート……？　はっ、暴れすぎたからって下方修正か？」

せめてもの虚勢で、言葉を紡ぐ。どうやらこの一瞬で俺の能力に干渉されたらしい。

運営側に何か不都合があったのだろう。そう当たりをつける。

『いえ、多少は変更によって不利益が生じるかもしれませんが、全体的に言えば上方修正です。今までの戦闘データから適切な設定に変更させていただきました』

だが、予想とは違い、クルルは俺の能力を強化したと言う。

……なるほど、なんとなくわかった。散々黒乃にバカにされてきたクソステのことだな。あれは運営側の不手際だったのか。

なんで今更修正する気になったのかは知らないが、職業で文句があるのはそこぐらいしかない。

ステータスさえ上がれば今までの弱点も全てカバーできる。

「へえ……じゃあ、俺のクソザコステータスは不具合だったってわけだ」

確信を持って俺はそう問いかけた。

『いえ、それは仕様ですが』

「なんでや⁉　……いや、本当になんでだよ⁉　一番に修正しないといけないのはそこだろうが！　というか、意図的に設定した結果があのクソステかよ！　完全に嫌がらせじゃねえか！」

『仕様ですので』

……すごく事務的に返された。なんだか一人で騒いでいるみたいで恥ずかしくなってきた。

少し落ち着いてみると、クルルに――運営にしかわからないだろうことがあるのを思い出した。

「……そんなことよりアンタに聞きたいことがあったよ。俺の職業《ジョブ》はいったいなんなんだ？　他のプレイヤーとは明らかに力を手に入れるプロセスが違う。レベルアップしたのはモンスターを倒した後だったけれど、この能力が使えるようになったのはモンスターを倒す前だ。それに他の職業とシステムが違いすぎる。まるで別ゲーだ。その辺、アンタなら知ってるんじゃねえの？」

『その質問は禁則事項に触れています』

「は？　……答えないんじゃなくて、答えられないのか？」

『…………』

「チッ、それすらも答えられないのか……マジでなんなんだこの職業」

俺の問いにクルルが答えることはなかった。ただ、さっきとは様子が異なり、答えられるけどあえて答えないというよりかは、答えを知っているけど答えられないといった印象を受ける。

問いただしたが、クルルは無言のままだ。

どうやら、運営側はよっぽどこの能力について隠しておきたいらしい。

……そんなにめんどくさい能力ならなんで俺なんかに渡したんだ？　わざわざアップデートなんかして調整するよりもこの能力自体をなくしてしまうか、俺を殺してしまった方がよっぽど手っ取り早いだろうに。……いや、殺されるのは勘弁だけど。

『……代わりに、貴方が他に知りたがっていたことを教えましょう』

「他に……？」

考えるのはやめた。どうせ向こうが明かす気がないなら考えたところで意味がない。

それよりも、代わりにと提示してきた情報の方が気になった。

なんだろう、他に知りたいことなんてあっただろうか？

この世界の秘密について向こうは答える気がないんだから、そうなってくるとわざわざ運営側が答えるようなことで俺が知りたいことなんて……

『はい。貴方の動向は逐一チェックしていましたので。何を望んでいるかはわかっています』

その言葉と同時に、クルルの雰囲気が変わった。

口調がさっきまでと一転し、明るく、陽気に、そして百パーセントの営業スマイルで言い放つ。

『……世界がどうしようもないくらいにピンチだっていうのにボクのスカートの中を覗きたいだなんて、君も業が深いなあ！　でも、そんなダメ人間も嫌いじゃないゼ！』

なんでそれに反応した!?　ちょっとした気の迷いじゃねえか！

「……ですって。よかったですね。嫌われてないみたいですよ」

黒乃が白い目でジーッと見てくる。視線が痛い。

俺もまさかこの状況でさっきまでの行動を持ち出されるとは思っていなかった。……というか向こうにバレてるだなんて想定していない。死にてえ。

『地面に這《は》いつくばったってボクのスカートの中は認識できませーん！　システムは鉄壁、力業《ちからわざ》では突破できないのです！　……とはいえ、ボクに欲情してムラムラしてるお猿さんを放っておくのもかわいそうなので、ボクのシステムを突破する方法を特別に教えてあげましょう！』

死んだ目のまま、クルルの話を聞き流す。

『《クロック・ロック・プラネタリアン》。そのアイテムが完成すれば、ボクのシステムのほとんどは無効化できる。そうなれば、君の望み通りボクのことを好き勝手にできるかもねー』

「……さっきまで散々、質問に答えなかったのに、そんな重要なものを自分から言うってことは、俺達がどんなに頑張ったってそのアイテムは作れないってオチだろ？」

『あれ？　よくわかったね。まず材料からだけど、一番楽なものでも東京から十万キロ離れたところにあるウェイン峡谷の地下に生息するＬｖ98の《アンダーワールド・フェニックスの宝眼》からスタートで、そもそも今の世界の何処にも存在しない物質まで必要になってくるし……ところで、まだ聞きたい？』

「いや、俺をバカにしたいだけだってのは、なんとなくわかったからもういい」

このままだと延々と謎の固有名詞が出てきそうだったので、話を打ち切った。

というか、最初の例だけでも作らせる気が微塵もないのは明らかだ。

なんだＬｖ98って。しかも十万キロって地球を二周したってまだ着かないくらいの距離じゃねえか。俺を何処に向かわせようとしているんだコイツ。

『そうですか。これからは無闇矢鱈《むやみやたら》とハラスメント行為をしないようにお願いします』

「いいぞ、もっと言ってやれっす」

俺の言葉でクルルはさっきまでの機械的な口調に戻った。

なんで怒られているんだろう、俺。

言われなくても人にはしないっての。それくらいの分別はついとるわ。

……何言ったって説得力ねえや。ここは黙っておこう。

『用は済みました。それでは貴方達のこれからの活躍に期待しています』

言いたいことは全て言い終わったのだろう。クルルは業務的な激励の言葉の後に、俺達の前から姿を消した。

「……帰ろうか」

「そっすね。今日は疲れたっす。体中が痛いし、早く帰って傷を治さないと」

……なんだかフロアボスとの戦い以上に疲れた。

黒乃を促して、俺達は帰路についた。

3.

「……もういいっすか。いいっすよね」

うずうずと、待ちきれないと言わんばかりに黒乃が催促する。

半袖のTシャツから露出している腕には包帯が巻かれている。折れた黒乃の右腕は三角巾で吊《つ》って固定されていた。長ズボンで隠れている足も同様に包帯が巻かれているはずだ。

どこからどう見ても重度の怪我人だが、黒乃はそれを思わせないほどに活き活きとしていた。

少しは怪我人らしく落ち着いてほしい。

「いや、めっちゃ赤いぞこれ。絶対、火通ってないだろ……」

ジュウジュウと音を立てる目の前の大小様々な大きさの肉は、バーベキュー用のコンロで二分ほど焼いているが赤いままだ。……焼く前と比べると、若干色が濃くなったようにも見えるが、もしかしたらまだ火が通ってないかもしれない。

「大丈夫っすよ！　火を吐いてたドラゴンのお肉だから火が通っても赤いままなんすよ、知らないけど！」

「本当かよ。腹壊しても知らねーぞ」

「そんなお母さんみたいなこと言わないでくださいよー。今日くらいはいいじゃないっすか、こういうのも」

「……それもそう、なのか？　まあいいや。見た目はレアもいいところだけど焼くのはこれくらいにして――」

　黒乃の言うことも一理あるかもしれない。俺達はフロアボス撃破という大きな戦果を挙げた。たった二人の祝勝会だけど今日くらいは羽目を外してバカみたいにはしゃいだっていいだろう。目下の脅威は退けたのだから。

「いただきまーす!!」

「あっ、てめっ！　それ、俺が取ろうと思ってたやつ！」

「焼肉にキープなんて概念ないんですよ～♪」

　いいぞと言う前に俺の近くで焼いていた肉厚のステーキを黒乃がかっさらっていきやがった。

……普段は温厚な俺でも、許せないラインはある。自分のために焼いていた肉を誰かに取られるのはA級侵害行為。もはや戦争しかないというレベルだ。

……まあでも、こうして二人揃って笑えるような運命を手繰り寄せられた。その事実に免じて今日くらいは許してやろう。うん。

「……ったく。次やったら助走つけて腹パンだからな」

「罰が重すぎませんか!?」

　美味しそうに肉を頬張る黒乃に笑顔でそう言うと、なぜかビックリした顔で反論してきた。

　いや、俺の全力の腹パンなんて黒乃にとってはデコピン程度の痛みしかないだろう。そんなに驚かなくても。

「どうせ俺の攻撃なんて通らないし、それくらいしてもいいかなって」

「軽い!? 私、女の子っすよ! もっと大事にしてください!」

「ええ、注文が多いなあ。じゃあ、デコピンにしてやるから黒乃もこれ以上俺の肉取るなよ」

確かに絵面的にはよろしくない。ここはデコピンで勘弁してやろう。

「山ほどあるんですからそんなにケチケチしなくてもいいじゃないっすかー」

「バカ、量の問題じゃねーんだよ。気持ちの問題なの」

ぶーと頬を膨らませる黒乃にそう言ってから、俺も一口サイズの肉を取り、焼肉のタレにつけて口に運ぶ。

見た目に反して、火はちゃんと通っていたらしい。食感は普通に焼いた肉と一緒だ。

噛むと口の中に肉汁が溢れる。味は豚肉に近いだろうか。さっぱりとした感じの味だ。

……うん。美味《うま》い。死線を越えた後だからか、なおさらそう思った。

フロアボスを倒したその日の夜。俺と黒乃は黒乃の家の庭を使って祝勝会と称してバーベキューをすることになった。

それというのも、フロアボス討伐の報酬であるドロップアイテムで、素材と思われる鱗や爪の他に大量のドラゴンの肉が手に入ったからだ。

竜の肉なんて、こんな世界じゃないと手に入らない代物だ。フレーバーテキストを見る限り、毒があるわけでもなし。ならば、俺も黒乃も食べないという選択肢を取る気はなかった。

日も暮れかかった夕暮れ時。黒乃宅にあったバーベキューコンロを引っ張り出してきて、焼肉パーティが始まった。

地下でやらないのは煙が充満して大変なことになりそうだったからだ。夜の屋外は危険だけど竜の肉という誘惑には勝てなかった。

俺も黒乃も浮かれている自覚はあるが、これでテンションが上がらない奴なんていないだろう。とはいえ、最低限の警戒はしている。

匂いにつられてモンスターがやってくるかもしれないので、俺の使役するモンスターに周囲の警護をさせている。

……だが、普段から家周辺のモンスターは駆逐して回っている。正直警戒する必要もないと思うくらいに周りは静かだった。

「……いやあ、一時はどうなることかと思ったけど、なんとかなりましたねぇ」

店で頼んだら十人前分くらいは軽く超えそうなくらいの量の肉をたわいもない話をしながら二人で食べ、お腹もだいぶ膨れてきたと思い始めた頃、太陽が沈み、空に星が見えだしてきた。

使い捨てのプラスチックのコップでコーラを飲んでいた黒乃が、空を見上げてホッとしたようにそう言った。

なんとかなった、と言えばフロアボスのことだろう。

「そうだな。……本当はもっと余裕を持って倒すつもりだったけど、上手くいかなかった。悪いな、黒乃。だいぶ負担かけちまった」

後悔、とまでは言わないけれど、所々の判断ミスのせいで危険な橋を渡ることになってしまったことは反省しないといけない。

安定択だけで勝てるならそっちの方がいいに決まっている。それができないのならば、せめて負担は俺が背負うべきだった。

勝利後、黒乃はレベルアップ時に手に入ったＳＰ《スキルポイント》で新たに《回復魔法》のスキルを習得した。

これで、右腕の骨折以外はほぼ完治している。その骨折もちゃんと安静にして定期的に回復魔法をかけていれば、一週間程度で回復するらしい。

黒乃の体に傷が残らないのは喜ばしいことだが、それで傷ついたという事実がなくなるわけではない。

「多少の怪我はしょうがないっすよ。誰も死んでないし、勝ったんだからそれでチャラっす」

一時撤退した時と同じように、黒乃は俺の謝罪をクスリと笑って受け入れた。

その言葉を聞いて、前々から聞こうと思っていたことを思い出す。

「……あのさ。今更なんだけど、黒乃はなんで俺のやりたいことを手伝ってくれるんだ？　言っちゃ悪いけど、黒乃はこういうこと、自分からやろうとはしないだろ？」

まだ、出会ってから一週間も経っていないが、黒乃の性格はだいたい摑めている。

能天気で楽観的で、刹那主義。自分が楽しければそれでいい、俺と同類の人種。

少なくとも、進んで人助けをしたいとは微塵も思っていないだろう。

俺だって人助けを目的に戦ってはいない。けれど、黒乃は俺ほどに変な拘《こだわ》りはないだろう。周りがどうなろうと「それはそれ」と気にしないで自由に生きられるタイプだと思う。

そんな彼女が俺と共に行動して、命まで張って俺を助けて、危険に身を晒しながらもヘラヘラと笑っている理由がどうしてもわからなかった。

「……なんだか、本当に今更っすね」

突然、問いを投げかけられた黒乃は少しだけ考え込んだ後、そう返してくる。

「聞くのは野暮だと思ってたからな。……だけど、どうしてだろうな。今はもっと黒乃のこと、知りたいって思ってる」

「そんなに真剣だとなんか照れるっすね、エヘヘ」

黒乃がはにかんだように笑う。

「……京さんが考えているほど、大した理由はないっすよ。これが今の私のやりたいことで、楽しめることってだけです」

「……よくわからないな。それだけで命まで俺に預けていいのかよ？」

「別に預けた覚えはないっすけど……まあ、預けてもいいって思うくらいには信用していますよ、京さんのこと」

……ダメだ。わからない。それだけじゃ黒乃がそこまでする理由に見当がつかない。

俺が納得していないと気づいたのだろう。黒乃は少しの間、うーんと思案する素振りを見せた後にポツリとこう言った。

「……私って、天才みたいなんです」

「……うん？」

いきなり何を言いだすのだろう、この子は。

「正確には周りから天才と呼ばれていた、が正解っすけどね。自分じゃそんなにスゴいとは思ってないっすよ」

「どういう意味？」

「私、一度やったことならだいたいのことはできるんですよ。勉強もスポーツも遊びも一度経験すればすぐになんでもできるようになるんです」

「それは……十分スゴい才能じゃないか？」

「天才って言うには程遠いと思いますけどねぇ。……まあ、それは置いといて私はずっと周りから天才だーって言われ続けていたわけです」

困ったような表情でそう言ったところを見るに、本人的には天才という表現は分不相応だと思っているのだろう。

「……私って勝負事には手を抜けないタイプなんですよ。結果が出て誰かと比べられるなら、どんなことでも常に一番でいたいって思うわけです」

「勝つか負けるかなら、そりゃ勝ちたいよな」

「ええ。だから私は天才の名に恥じないよう一番であり続けました。自分がやったことでは常にトップで居続けようと努力して勝ち続けました。部活で助《すけ》っ人《と》を頼まれては勝利の山を築きました」

そう語る黒乃は華々しい結果とは裏腹に何処か寂しそうだった。

「……でもやっぱり、私は天才なんかじゃなかったんすよ」

「今の言葉を聞く限りだと、十分すぎると思うけど……」

「違うっすよ、京さん。確かに結果は残し続けたけれど、そこに熱量はなかったんです。あの時の私はやりたかったからやっていたんじゃなくて、やれたからやっていただけなんですよ」

その言葉を聞いて、黒乃の言葉の意味をようやく理解した。

「模試の一位も、バスケのトロフィーもソフトボールの金メダルだって本当は私はいらなかった。ただやれたからやっただけなんです。あの頃の私に楽しいなんて感情はなかったんですよ」

結局、どれだけの才能があろうと、楽しんでやり続けるだけの熱がなければ、どこかで崩れてしまう。やれることがやるべきことにもやりたいことにも繋がらない。それはきっと、とても虚しいことだ。

「まあ、それでもワザと手を抜いて負けるってこともできないっすからねー。ズルズルと勝利だけを重ねて過ごしていたんですけれど……やっぱり真面目に頑張ってる人達にはわかっちゃうんですよね、そういうの」

「…………」

「テストで万年二位で、私のせいで目標だった高校の推薦をもらえなかった女の子がこう言っていましたよ。『いらないなら私に寄越せ！』ってね。……正直、その通りだと思ったっす」

……黒乃は崩れたのだろう。意思もないままに最後まで勝ち続けた結果、勝つことに嫌気がさしたんだ。

天才と呼ばれる類の人間なら、どれだけの人を蹴り落とすことになっても気にしないだろう。そこには熱量があって、他の全てを燃やし尽くしてでも譲れないものがあるからだ。やるべきことか、やりたいことか。そういったものを根源にして、前に進み続けられる人だけが真の天才なのだと俺は思う。

そういう意味では黒乃は天才とは呼べない。才ある人ではあれど、物事の始まりである熱量があまりにも欠けていたために、周囲に流されて自分のやりたいことを見つけられなかった普通の人。そんな印象を受けた。

「別にその子の努力が足りなかったとかそんな話じゃないっすよ。友達だったからそのくらいは知っています。人一倍努力していて、そんな自分を誇っていた……その努力がやれるからやっていただけの私に踏みにじられるなんてのは、あっちゃいけないんです。やる気もないのに勝ち続けちゃいけなかったんです」

……前に「友達はいても仲間はいなかった」と言っていたが、それも当然か。

力関係云々《うんぬん》よりもまず先に黒乃の意思がそこになかったのなら、仲間になどなりようがない。世の中の大抵のことは個人だけでは成り立たない。一人でも真剣さを欠いたら、その場はどこか白けたものになってしまうだろう。

「……その女の子はどうなったんだ？」

「ちゃんと希望の高校に一般で受かってたっすよ。その時の喧嘩ももう仲直りしています」

「そっか。それならまあ、いいんじゃないか？」

「ええ。だからここから先は私の話っす」

一呼吸置いて、黒乃は再び口を開く。

「その言葉を聞いてから、私はやれるからやってきたことをやめて、私のやりたいことを探し始めました」

「それがゲームだったってこと？」

「……初めて勝ちたいって純粋に思えたんです。ちゃんと真剣に、まっすぐに、自分が向き合える。本当の意味で勝ちたいって思えるものだったんです。周りの評価とか決められたレールからは外れた生き方だったけれど、でも、確かに勝ちたいって、楽しいって思えたんです」

その言葉に嘘偽りはないのだろう。

理由や理屈は関係なく、敷かれたレールから外れて、初めて自分から探し始めた道。そこでようやく彼女は自分のやりたいことを見つけたのだ。

黒乃の綻んだその表情を見ると自然とそう思えた。

「まあ、そんなわけで私はプロゲーマーとして生活していくことを決めました。幸い、海外に出張している両親は嬉しそうに認めてくれたし、すぐに賞金が沢山手に入ったから特に困っていることはありませんでしたねえ。……私が京さんと一緒にいる理由はこんな感じっす」

「…………いや、待った。話がだいぶ飛んでないか？　今までの話、俺を助ける理由にまったく関係なかっただろ！」

いい話だったとは思うけども！

やりたいこともなく、無気力のまま決められた道で最高の結果を出し続けていただけの黒乃が、自分のやりたいことを見つけて、その世界で勝負して笑っている。うん、いい話だ。だけど、それが俺とどう繋がってくるんだ？

「関係大アリっすよ？　だって京さんは私に勝ったじゃないっすか」

「そうだけど……えっ、もしかしてそれだけ!?」

「それだけでいいっすよ。だって、あの時の勝負は楽しかったから」

黒乃のその言葉を聞いて、納得した。

ああ、確かに単純な理由だ。でも、それは黒乃にとって一番大切なことだったのだろう。

「まさか逆転されるだなんてまったく思ってなかったけれど、あの神がかったドローを見てカッコいいなって、この人となら長い間、一緒に遊べるだろうなってそう思えたんです」

「……アレは、できすぎだったけどな。けど、そう思ってくれていたのなら俺も嬉しい」

後から自分でも見直したけど、理不尽なほどに必要な札だけ引いていたからなー。

本当に神がかっているとしか表現できないくらいに、あの時は冴《さ》えていた。

「はい、私も嬉しいっす。まさか、こんなに早く再会できるだなんて思ってもいなかったっすから。……運命なんて言葉を私は信じてないっすけど、京さんとすぐに再会できた時には『ああ、これが運命ってやつなんだな』って確信しましたね。世界がデスゲームになっちゃったけど、この人といると絶対面白いことになりそうだって、そう思えたんです」

運命、か。

あの日、黒乃に出会ったのは本当にただの偶然だ。だけど、そういう曖昧なその場その場の巡り合わせこそが人生の一番面白いところだと思うし、運命と呼ぶべきものなのだと思う。

多分、黒乃が居なかったらこの世界をこんなに楽しめなかったと思うし、この運命を引き寄せられたのは俺にとってもよかったのだと今では確信している。

「……黒乃は今、楽しめているか？」

俺はそんな質問をした。答えはわかりきっていたけれど、どうしてもそれが聞きたかった。

「はい！　とっても！　退屈だった昔なんかより、今の方がずっと、ず〜っと楽しいっす！」

思っていた通り、なんの迷いもなく黒乃は満面の笑みを浮かべ、そう答える。

……世界がデスゲームになってよかっただなんて、俺には口が裂けても言えない。

けれど、残酷な現実を前にして、それでも楽しんで生きられる人がいるなら、それはそれできっといいことだ。

それに、世界がこんなことになってしまった憤りは確かにあるが、それはそれとして、実は俺もこの生活を案外気に入っている。

——楽しいって気持ちを共有できているなら、俺はちゃんと黒乃の仲間になってやれたのだろう。それがよくないことだなんて誰にも言わせてやるもんか。

「そっか。それは——よくはないけど……よかった」

安心してそう呟く。黒乃はそれを聞いて、嬉しそうに笑った。

——夜空に星が灯る。満天を隅なく覆い尽くす星は、東京が都会のままでは決して見られなかった光景だ。

初めてその景色を見た時と同じように少しの憂鬱を感じながらも、世界から光が失われたからこそ輝く空を見て——綺麗だと、素直にそう思えた。

夜の空に白煙が上っていった。

掲示板

【世界がデスゲームになった件】雑談スレ　Part4

1：名無しのオレさん　2018／8／10（金）12:43:26:28
《オレクエスト・オンライン》を未プレイの人への紹介！

《オレクエスト・オンライン》とは……

　ここはもう一つの世界。そして君が操るのはもう一人の自分。君自身だ。

何をするかも君次第！　様々な依頼《クエスト》をこなして困っている人を助けよう！

（公式紹介より引用）

自由度が極めて高く、プレイヤーのやりたいことは大体なんでもできた。「なんでもできる」ができるゲーム。サービス当時は運営のイベントだけでなく、プレイヤー主催のイベントもよく行われていた。


【これまでのあらすじ】

一年前、株式会社クロックワークコーポレーションが《オレクエスト・オンライン》の運営会社

であるアクセスを合併吸収

←

多くのプレイヤーに惜しまれながらも《オレクエスト・オンライン》サービス終了

←

六日前、クロックワークコーポレーションが販売しているトレーディングカードゲーム《クロノ・ホルダー》の世界大会日本代表決定戦にて《オレクエスト・オンライン》の世界観を踏襲した新たなシリーズをリリースする事が発表される

←

俺達の世界が帰ってくる！

←

俺達の世界がデスゲームになって帰ってきた…（絶望）↑いまここ

このスレはこの先生き残るために様々な情報を各々が話し合うスレです。もちろんただの雑談でもオッケー

世界がこんなことになってしまって落ち着いていられない気持ちはわかりますが、空気を悪くしないようになるべく話題は明るめでいきましょう。喧嘩腰はダメ絶対

悲しくたって、辛くたって、笑って生きることを忘れないようにしましょう。寂しくなったらこのスレでバカみたいに話していくこと

ここまでテンプレ

２：名無しのオレさん　２０１８／８／10（金）　12:44:05:54

立て乙

３：名無しのオレさん　２０１８／８／10（金）　12:44:12:47

乙

で、結局前スレで話してたフロアボスの討伐者ってまだ見つかってないの？

４：名無しのオレさん　２０１８／８／10（金）　12:46:23:86

おっつー

≫３

フロアボスが倒された地域に近い所に住んでる者だけど、俺がお世話になってるコミュニティでは討伐に動いた人は居ないな。皆で避難してた。

……というか、今の時点でフロアボス倒すとか無謀過ぎだろ。人手があってもレベルが足りん

５：名無しのオレさん　２０１８／８／10（金）　12:47:30:62

だよなぁ……ほんとフロアボスはなんで死んだんだ…？

6：名無しのオレさん　２０１８／８／10（金）　12:48:37:68
立て乙
＞＞５
職業スレの方でも話題になってたぞ。
初期職業以外にも本人の適性によって上級職やユニークジョブが解放されるから、それでチートレベルの職業引き当てた奴が無双したってのが今のところの一番有力な説らしい。

7：名無しのオレさん　２０１８／８／10（金）　12:49:43:96
それに比べて、娯楽職の《写真家《フォトグラファー》》くらいしか解放された職業がなかった俺っていったい……

8：名無しのオレさん　２０１８／８／10（金）　12:49:58:32
それに比べて、娯楽職の《奇術師《エンターテイナー》》くらいしか解放された職業がなかった俺っていったい……

9：名無しのオレさん　２０１８／８／10（金）　12:50:24:32
それに比べて、魔法使い職の《催眠術師《ヒプノティスト》》くらいしか解放された職業がなかった俺っていったい
……

10：名無しのオレさん　2018／8／10（金）　12:51:54:22
＞＞7　＞＞8
娯楽職ニキは涙拭けよ……
＞＞9
はい、事案
何をやってきたらそんな職業が解放されるんですかねえ……（すっとぼけ）

11：名無しのオレさん　2018／8／10（金）　12:52:05:68
おまわりさんこっち……おまわりさんいないんだった……（絶望）

12：名無しのオレさん　2018／8／10（金）　12:52:42:21
＞＞9　がやべー奴だってのはわかった。通報。

13：名無しのオレさん　2018／8／10（金）　12:53:35:67
ぷるぷる…ぼくわるい催眠術師じゃないよ

14：名無しのオレさん　2018／8／10（金）　12:54:06:37
＞＞13

うそはいけない

15：名無しのオレさん　２０１８／8／10（金）12:54:14:52

ギルティ

16：名無しのオレさん　２０１８／8／10（金）12:54:34:27

≫13

ダウト！

17：名無しのオレさん　２０１８／8／10（金）12:55:01:01

≫9　の人気に嫉妬しそう

テレビとかでエンターテイナー的な仕事をしてたんだろうけど、字面が酷すぎてやましいことをしていたようにしか見えない……

18：名無しのオレさん　２０１８／8／10（金）12:56:47:25

流れ切るけど、別スレでフロアボスの戦闘動画データ貼られてた！　コッチにも貼るわ

【動画データ】

19：名無しのオレさん　2018／8／10（金）12:57:08:74
ファッ⁉

＊

「はあっ⁉」

「んー？　どうしたんっすか、京さん？」

フロアボスを討伐して一日が経った昼下がり。よく晴れた日に俺達はのんびりとしていた。黒乃の腕のこともあり、暫くの間は休もうということになったのだ。

幸いにもあの後、俺のモンスター達が交戦した中ボスは倒されていた。

そして今日、空中戦艦が修復され感知能力が元に戻った黒乃が見たところ、最後に残っていた中ボスも反応が消えていたらしい。恐らく誰かに倒されたのだろう。

俺達が率先して動く理由もなくなったので、なんの気兼ねもなく休んでいたのだ。

とはいえ、電波が繋がらないのでネットサーフィンもできない。

黒乃と一日中遊ぶというのも、それはそれで楽しいが、少しは別のことがしたい。

そこで、暇つぶしに先日追加されたチャット機能の一つである掲示板を見てみることになった。

行方不明者の情報以外のもっぱらの話題が俺達のフロアボスの討伐に関係するものが多い。中には『《冒険家《アドベンチャラー》》のオレが東京の外を探索するスレ』などの自由な内容もあったが。

適当にいくつかのスレッドを覗いていると、突然、俺達のフロアボスとの戦闘動画が公開されたというわけだ。

思わず声を上げてしまい、ラフな薄着で寛《くつろ》いでいた黒乃が様子を見にこちらに来る。

「いや、これ……」

俺は黒乃に画面を見せる。

「……ありゃ、バッチリ撮られちゃってますね」

黒乃は特に動揺せずに呟く。

貼られた動画データは若干、距離が遠いものの俺達の戦闘をしっかりと映し出していた。視点は固定されていて、上から斜め下を見るような角度だ。きっと何処かのビルの屋上から撮影していたのだろう。

それにしては、表情がしっかりとわかるくらいに画像が鮮明だ。もしかしたら職業関係の能力が働いているのかもしれない。

犯人に心当たりはあったが、どうしてこんなことをしたのかまるで理解できなかった。

謎が一気に解けたこともあり、スレッドはお祭り騒ぎだ。

……こいつら世界がこんなことになっているのに、意外と元気だな、おい。

＊

74：名無しのオレさん　2018／8／10（金）13:12:07.38
フロアボスやっべえ……二戦目からは動きが殆《ほとん》ど見えなかったぞ……

こんなのをたった二人で倒すってコイツら頭おかしいって……

77：名無しのオレさん　２０１８／８／10（金）　13:12:47:74
ちっちゃい女の子の方はデバフ解けた後のフロアボス並みの動きだな。ステータス高い。かわいいはつよい。
で、空に戦艦みたいなの呼び出してたし、職業スレで話題になってた戦士職上級職の《司令官《コマンダー》》とかいう職業じゃねーの？
ちな《司令官》のスペック
・全体的に高ステータス
・個人で戦闘用戦艦《バトルシップ》を所有。並外れた広域殲滅力を保持
・一日一回限りで戦略兵器級の攻撃が使用可能
・周囲の探索能力
・味方へのバフ能力
男の方は……なんだろうねコレ。魔法使い職っぽいけど。てかおっそいな、コイツ。

82：名無しのオレさん　２０１８／８／10（金）　13:13:24:63
＞＞77
ええ……《司令官》強すぎねえ……？　もうお前が前線に出ろよってレベル。

男の方は……ほんとなんなんだコレ。動きは俺並みにおっそいのに、攻撃力はバカみたいに高いし、フロアボスにデバフかけてるのもコイツっぽい。しかも攻撃マトモに食らってるのにダメージ全然ないし……

あ、全ステータス1000前後です。（Lv9の写真家）

87：名無しのオレさん　2018/8/10（金）　13:15:04.77

いや、ダメージは食らってるんじゃないか？　めっちゃ苦しそうにしてるし。でも、表面上は無傷なんだよなあ…特殊な耐性系の能力でも積んでるのか？

それにしても、よくこれで勝てたな。一歩間違えれば負けてただろコレ。

94：名無しのオレさん　2018/8/10（金）　13:16:37.82

最初の攻撃が上手く決まってたらそのまま倒せてたかもしれねーし、結果論だろ。

見た感じ、フロアボスにかけたデバフは飛行禁止と速度低下か？　結構いろんなことができるんだな。便利そう。

カードみたいなの使ってるし、タロット関係の能力か？　それくらいしか思い浮かばん。

97：名無しのオレさん　2018/8/10（金）　13:17:02.78

フロアボスやっべえな。なんか途中から覚醒みたいなのして空に現れた戦艦を一撃で吹き飛ばしてたし。女の子が一緒に消されなくて良かった……かわいいは正義。
……ってか、男の能力ってもしかしてクロノ・ホルダーなのでは？
左腕の機械、アニメで見た事あるんだけど。

105：名無しのオレさん　2018／8／10（金）　13:18:42:87
えっ、じゃあ何、男の職業は《クロノ・ホルダー》ってわけ？　カードに応じた力を使える的な感じか？
それだけだとチートっぽいけど、動きの遅さ見るに素のステータスは低そう？　でも攻撃はフロアボスにも大分通ってたよな。

112：名無しのオレさん　2018／8／10（金）　13:20:07:63
よく見ると、一戦目の攻撃前にもカード使ってるな。もしかしてこれで自分にバフかけたのか？
撤退の時にはテレポートしてるし、装備の召喚までやってる。もうなんでもアリだな。

116：名無しのオレさん　2018／8／10（金）　13:22:37:63
もし、コイツの職業が本当に《クロノ・ホルダー》ならモンスターの召喚もできそうだな。というか、それが本来の使い方だろう。ゴブリンがフロアボスに飛び掛かってたしな。

親会社の商品なだけあってチートですね（）

121：名無しのオレさん　2018／8／10（金）　13:23:54:27

そういえば、二日前にうちに避難してきた奴らが、落ちてたチラシを見てコッチに来たとか言ってたな。

で、調べてみたら、そのチラシに人が集まってる周囲の場所の情報が下手な地図と一緒に載って て、それバラまいてたのゴブリンだったんだよ。

モンスターがなんで避難誘導なんかやってんだろって思ってたけど、もしかしてコイツらその《クロノ・ホルダー》ってのが召喚したモンスターなんじゃ？

129：名無しのオレさん　2018／8／10（金）　13:26:01:99

いや、ただモンスターを操るだけなら《獣使い《モンスターテイナー》》とか、上で出てた《催眠術師》でもできるんじゃないのか？

……でも、カードゲームの方が元になってるならモンスター召喚もできるんだろうな。

それぞれのコミュニティ内で避難誘導できてないんだったら、こいつが避難誘導してるで確定だろ。相方の女の子が《司令官》なら周囲の様子くらい簡単にわかるだろうし。

133：名無しのオレさん　2018／8／10（金）　13:27:37:64
ああそっか。女の子の方の職業が《司令官》ならどこに人が集まっているかくらいはわかるのか。
情報が未だに少ないってことはこいつらは誰かと合流せずに完全に二人組で行動してるんだろうな。……こっちの避難所に来てくれないかな。まともに戦える人が少ないし即戦力は大歓迎なんだけど……
　とりあえず本人はよ

138：名無しのオレさん　2018／8／10（金）　13:28:24:39
こいつ、運ゲーマンの逆蒔やんけ！

*

……華麗に身バレしたところで俺はスレッドを閉じた。

そりゃ、あの決勝戦見てた人も結構いるよなあ。この映像を見れば同一人物だってわかる人はそれなりにいるだろう。

……確かに注目を浴びてチヤホヤされたいと多少は思っていたけど……これは何か違うような。

「……どうする、これ？」

助けを求めるように黒乃の方を向く。

「どうしたいっすか？　望むなら私が『通りすがりのクロノ・ホルダー』って名前であることないこと書き込んでもいいっすけど」

「……放置で」

そんなことをされては本格的に俺の立場がなくなってくる。フリー素材にはなりたくない。

特にいい案も思い浮かばなかったので、俺はこの件に関わらないことにした。

……後日、改めてスレを覗いてみると《クロノ・ホルダー（仮）》として俺の名前が出回っていた。

幸いだったのはだいたいの人が俺のことを好意的に見ていることだろうか。ちょっとしたことしかやってないのに他人を信用しすぎだろ、コイツら。

――ただ、ことある毎に本人降臨を待ち望まれるのだけは勘弁だと思った。

幕間　少女A

1.

花の女子高生にとって、いや、男女関係なく学生にとって、夏休みとは様々な抑圧から解放される特別な期間だ。

私も世間一般的な普通の女子高生らしく、夏休みを謳歌《おうか》していた。

今日も今日とて女友達数人とショッピングモールに遊びに来ていて、今は小洒落《こじゃれ》たアパレルショップに立ち寄っている。

「……ちょっとお手洗いに行ってくる」

「行ってらー」

私はどちらかと言えば内向的な性格だ。ここのスタッフは少し押しが強かったので、気後れしてしまった。

人見知りを発揮した私は友人達に断りを入れて、その場から離れた。

人混みの合間を抜けて、お手洗いへ。個室に閉じこもって一息つく。

友人達はあの店でもう少しの間、暇を潰すだろう。その間は一人で本でも読んで待っていよう。

そう思ってスマホの電子書籍アプリのアイコンをタップした。

「キャーッ！」

それと同時に外から女の人の甲高い声が聞こえた。思わず体がビクリと反応してしまった。

「今のは……？」

困惑のまま呟いてしまう。

声の感じ的にはここから少し離れた場所からの声……？　ふざけて発した声というよりかは恐怖から思わず発せられたような悲鳴だ。

痴漢か、強盗か。パッと思い浮かんだ原因はすぐに打ち消される。

「うわぁーっ⁉」

「やめてえっ！」

「ママ――ッ‼」

最初の女の人の悲鳴を皮切りに、悲鳴が次々と流れ込んでくる。男も女も、年齢すら関係ない。トイレのすぐ近くでも何か起こっているのだろう。声はさっきよりも近くて、はっきりと聞こえてくる。

様々な人の悲鳴が重なり合っているせいで、トイレの個室からは何が起こっているのかまったくわからない。ただ、大変なことが起こっているのだけはわかった。

立ち上がり、身構えるようにカバンを胸の前に抱える。

「何が、起こっているの……？」

頭が混乱している。思わず立ち上がったはいいが、この個室から出るほどの勇気はない。

もう最初の悲鳴から一分は経っているのに、外から聞こえてくる悲鳴と怒号は鳴り止まない。ショッピングモールには少人数だが警備員がいた。完全に騒ぎを抑えられなくても、少しは落ち着きを取り戻してもいいはずなのに。

「そうだ、警察に…………えっ、なんで？」

電話は数回のコール音が鳴った後も繋がらなかった。

よく見れば、スマホの上部には圏外の文字があった。

おかしい。ここは東京の都心部なのに……

「もしかして、テロ……？　それとも、立てこもり、とか……？」

サアっと血の気が引くような感じがした。

これだけの騒ぎだ。あり得ない話じゃない。携帯が圏外になっているのも、ここを制圧した誰かが電波を遮断するような装置でも使っているのであれば納得できる。

……テロリストならそんなまどろっこしいことはしないか。

海外のニュースとかだと銃を使っているイメージが強いけれど、さっきから銃声のような音は一つも聞こえない。そのことからもどちらかと言えば後者の方が可能性は高い。

少しだけ冷静になってきた。外に居なくてよかった。自分も外にいたらパニックになって同じように悲鳴をあげていただろう。

「心配、だけど……」

冷静になったことでまだ店で服を見ていた友達のことを思い出す。

けれど、今でもここから飛び出す勇気はない。むしろ冷静さを取り戻したせいで余計に尻込みしてしまった。

今更ここから出てもかえって危険だ。未だに騒がしい外の様子からわかってしまう。

結局、私はカバンを抱えたまま、便座のフタの上に座る。

「どうしよう……隠れていてもいつかは見つかる。見つかってもすぐに何かされなければいいけれど。……大丈夫かな」

さっきまであれほど一人で休みたいと思っていたのに、急に孤独感が襲ってきた。

外で何が起こっているかはわからないけれど、友達が上手く逃げれていれば……

「ひっ!?　やめろ……来るなあっ！」

悲鳴が少しだけ落ち着いていく中で、男の、余裕のない声が大きく響いた。

近い。トイレの中にまで入ってきている！

またビクリとしてしまった。だって女子トイレだ。そこに男が入ってきたのだからビックリしてしまうのも当然だ。

けれど、そんな呑気なことを考える余裕なんて本当はない。だって、これは男がそんなことにも気づかないくらいに追い詰められているっていう証拠なのだから。

「ギャッ!?」

絶句していると、奇声と共に何かを叩きつけるようなゴッという鈍い音が、扉越しにやけに鮮明に聞こえた。そのすぐ後に男の短い悲鳴と、バタリと体が崩れ落ちる音がした。

……心臓の鼓動が速くなるのを嫌でも感じる。すぐそばで人が襲われているのだから当然だ。私は口元を両手で必死に押さえた。自分が標的になりたくなかったからだ。悲鳴なんて出したら男を攻撃した奴に気づかれてしまう。

そんな私の耳にグチャリと肉が潰れたような生々しい音が、断末魔の声と共に聞こえてきた。断続的に何度も、肉が潰れるような音が鳴る。何度も、何度も。何度も何度も何度も……声は途中から聞こえなくなっていた。

……ああ、失敗した。塞ぐのは口じゃなくて耳にしておくべきだった。

震える体でそんなことを思う。それでも、物音だけは絶対に立てまいと意識する。見つかったらどうなるかなんてもう火を見るより明らかだ。

早くこんな地獄のような時間が終わって……そうひたすらに願う。

どのくらいそうしていたか、私にはわからなかった。けれど、気づけばその音は聞こえなくなっていた。

扉の向こうに気配は感じない。ただ、異臭がこの空間に充満していることに遅れて気づく。とても不快な匂いだ。

恐る恐る目を開ける。

足元が真っ赤に染まっていた。扉の向こうの惨状を知っていて、この赤色の正体がわからないとは言えない。これはきっと、血だ。

大半は排水口に流れてしまったのだろう。残っている量は少ない。けれどこの個室の中にまで流れてきていたのは、足元に広がるどす黒い赤色からもわかってしまう。

口元を押さえていたけれど、悲鳴を上げる元気なんてもう残ってなかった。

外にも出られない。何が起こっているかわかりきっていても、外の惨状を目にしたくなかった。

……いつから世界はこんなスプラッターなB級海外映画のようになってしまったのだろうか。そんな風に嘆きながら、時折聞こえる悲鳴すらも耳を塞いでシャットダウンし、身を竦《すく》める。

「うぅ……こんなことになっているのに、なんでお腹なんて減るの……？」

身じろぎ一つもせずにそうしていると、グルルとお腹が鳴ってしまった。

外にいる奴らにバレたかも。

咄嗟にそう思ってしまったが、流石にそれは神経質になりすぎだろう。

ホッとする。同時に自分の無神経さに呆れてしまった。

「……外の声、ほとんど聞こえなくなっちゃった」

現実を見ないように縮こまっていたせいだ。スマホを見て、ここに閉じこもってから二時間も経っていることに気づいた。

時折、声は聞こえるけれど、随分と外は落ち着いている。

「外、どうなっているんだろ」

落ち着いたら、外の様子が気になってしまった。

外のこの騒動を起こした奴は、そして、外にいた人達はどうなったのだろう。

トイレに誰かが入ってきた時に必死になって息を殺していたけれど、よくよく考えれば個室の扉が閉まっていれば、中に誰か居ると考えるのが普通だろう。

なんで見逃されたのかまったくわからない。この疑問も外を見れば解決するのだろうか？

正直、外に出るべきではないのだろうけれど、ちょうどいいタイミングだし、外の様子を確認しておいた方がいいのかもしれない。

……震えもだいぶ治まった。今のタイミングを逃すと、ずっとここから出られなくなりそうだ。

「よし……！」

外に出ることをようやく決心する。

そうと決まれば話は早い。音を立てないように慎重に、薄目で下を見ないようにして個室から出る。見てしまったらまた動けなくなってしまうだろう。

……何かを踏んでしまった。全力で感触を忘れようとする。

「……なに、これ」

そうして、トイレから出てすぐの通路を陰からそうっと見た私は再び絶句してしまった。

血の海になった床。無造作に置き捨てられた、破壊されきって元が何かわからなくなった肉塊。人としての尊厳を侵され、虚《うつ》ろな目をした女性。そして今も衝動を発散するように腰を振る……ゴブリン。

個室に隠れていた自分に気づかなかったのも納得だ。相手は人間じゃなかったのだから。

必死で音は出さないようにしていたし、匂いは血の匂いで紛れて気づかなかったのだろう。

「はあっ、はあっ……！」

呼吸が速くなる。胸の奥から込み上げてくる吐き気を堪え、私はトイレに戻る。

……ああ、これは無理だ。私にはこんなのどうしようもない。

私が一人で震えている間に、世界はもうすっかりダークファンタジーに染まりきっていたらしい。それを知って私はただ絶望するしかなかった。

小説やゲームは好きだ。こういう展開だって何度も見たことがある。突然襲いかかる理不尽に立ち向かい困難を退ける主人公。使い尽くされた展開故に安心して楽しめる。

……だけど、私はいいとこ、少女Aだ。物語に出てくる名前のないモブだ。背景でひっそりと死んでしまうような、誰の目にも留まらない儚《はかな》い存在だ。

――主人公、なんかじゃない。

人が相手なら、まだ相手の良心に訴えかけるということもできたかもしれないけれど、アレは人とはまったく違う。

アレはただの獣《モンスター》だ。人が理性で押さえつけている欲望を曝《さら》け出《だ》した、欲望だけに執着した醜悪な生き物だ。

話し合いなんてできない。できるわけがない。

ファンタジー系の物語では弱い印象しかないゴブリンだって、こうして現実に出てきてしまったら、ただの人にはどうしようもなかった。

私も見つかったらあの肉塊の山の仲間入りか、死ぬまで自分の持つ全てを汚され続けるか、どちらかの未来しか待っていないことは容易に想像できた。

今の私を支配していたのは「あんな風になりたくない」というあまりにも単純な願いだった。

幸い、腰は抜けなかった。あまりにも目の前の光景が現実離れしていて、現状を正しく認識できなかったのかもしれない。手足は恐怖で震えていたが動けなくなるほどではなかった。

横に転がっていた男だったものを目に入れてしまったが、もうそんなことを気にしている余裕もない。再び私は個室へと閉じこもった。

「――早く、終わって……！」

扉を閉め、目を瞑り、耳を塞いで。私は願うようにそう呟いた。

……どれくらいそうしていただろうか。どうやら気を失っていたらしい。

電気が消えている。真っ暗だ。

スマホを見ると夜の十時になっていた。だいたい二時間くらいは意識がなかったみたいだ。

「…………この、音は？」

外から沢山の奇声が聞こえてくる。その奇声に応じるように男の雄叫びや、キンッ！　といった固い物がぶつかるような音が鳴っていた。

……まさか、あのモンスターと戦っているの？

にわかには信じられなかった。だって、あんなの人間が敵《かな》うようには思えない。

外の様子をまったく理解できないまま、徐々に静かになっていく。

「どうしよう……今出ていけば、私が生きていることに気づいて……でも、外にいる人が味方かどうかもわからない、ちゃんとあのモンスターに勝てるかどうかも……」

悩んでいるうちに完全に外は静まり返ってしまった。

未だにどうするかを決めかねている中で、人の話し声が近づいてきた。あのモンスター達に勝ったのか？

……外に出て確かめる勇気はない。ギュッと腕を抱きしめる。

私の心情を無視して、声がどんどん近づいてくる。

なんで？　もしかして私がここにいることに気づいて……！

「――この階層のモンスターは今倒しました。もう出てきても大丈夫ですよ、お嬢さん」

すぐ近くから、こんな状況に似つかわしくない温和な男の声が聞こえた。

「あ……う……」

声が上手く出せない。けれど、足は動いた。

本当は警戒しなきゃいけないはずなのに、バタバタと音を立てて扉を開ける。

トイレの外からぼんやりとした光が漏れ出ている。その光の方へ、足をもつれさせながら進む。

「ああ、無事なようですね。……本当によかった」

外には十数人の人が狭い通路に集まっていた。後ろの女性が持っている杖《つえ》の近くに光を放つ球がふわふわと浮いていた。

そして、その集団の先頭に声の主がいた。眼鏡をかけた温和そうな男性は、私の無事を心の底から喜ぶようにホッとした表情を見せた。

思わず安心してへたり込んでしまう。こんな所で隠れて震えていた私を助けにきてくれたのだとようやく確信できた。

「すみません、藤《ふじ》さん。この子を上階に避難させてやってください」

「あいよ。そっちは大丈夫なのか？」

「残りは一階だけです。モンスターもそこまで強い個体はいません。一人抜けるくらいなら問題なく殲滅できるでしょう」

「そうかい。なら、俺は楽させてもらおうか。おい、嬢ちゃん、立てるか？」

後ろから髭《ひげ》を生やした大柄な男性がこちらに近づいてくる。凄い筋肉質な人だ。少し怖い。

「あー……怖がられてるな。浅倉《あさくら》さんよ、こういうのは俺みたいな奴よりも同性の方がいいんじゃないのかい？」

「い、え。大丈夫、です」

つっかえながらも何とか言葉を返して、差し出された手を取る。

「無理しなくていいぞ、よく耐えたな」

言葉を聞いて、少し涙ぐんでしまった。

男は何も言わずに、腕で目元を拭う私の手を優しく引いた。

*

藤と呼ばれた男に案内されたショッピングモールの三階の天井には、照明の代わりにさっきの女性の傍《そば》に浮いていた光の球がいくつかあって、うっすらとフロアを照らしていた。

そして、そこには百人に近いくらいの多くの人がいた。もうこの階層にいたモンスターは狩りつくされた後らしく、ここは安全地帯なのだそうだ。

だが、その様子は決して明るいものじゃない。負傷した箇所に包帯を巻いて横になっている人が三分の一ほど、頭を抱えてブツブツと何かを呟く人が半分といった感じだ。残りの人は各々が剣や槍といった武器を構えて階段周りを警備している。

……見るからに新しい服を着て、死んだ目で膝を抱える女の子も何人かいた。とてもじゃないけど、声なんてかけられない。

困ったように藤さんの方を見ると、「そっとしておいてやってくれ」と言われてしまった。

友人達の姿は見えなかった。でも、今この建物の中で生き残っているのはもうここにいる人達と、一階に向かった人達だけらしい。ショッピングモールから脱出したのか、あるいは……いや、これ以上は考えないでおこう。

この様子を見ると、私は本当に運が良かったのだと実感させられる。

そんな思いを抱きながら、集団から少し離れた所にある長椅子に私は座った。

「ぬるいけど水とかお茶とか飲み物はあるぞ。ジュースの方がいいか？」

「あ……水で大丈夫」

「おう、なら取ってこよう。食欲があればおにぎりもついでに取ってきてやるがどうする？」

「あ、じゃあ、お願い、します」

「あいよ」

ニッカリと笑って藤さんはどこかへ行ってしまう。

「……これからどうなるんだろう」

再び一人になって、そんな不安が湧き出てきた。

今の時代に似つかわしくない武器を持って立っていた人達や、物語の魔法のような光の球。それを見て、何かとんでもないことに巻き込まれているというのは理解できた。でも、それだけだ。

私と同じように他の人達を助けたのだろう浅倉と呼ばれていた男の人は多分悪い人じゃないのだろうけれど。私のことを知っている人が誰もいないし、安否の確認すら取れないという状況はとても心細かった。

「ほれ、持ってきてやったぞ」

「あ、ありがとう、ございます」

「なあに、いいってことよ！」

藤さんが戻ってくる。

こんな暗い空気の中でも、藤さんは快活に笑っていた。

持ってきたレジ袋の中には中身入りのペットボトルが数本とおにぎりが数個入っていた。

「あの、こんなのもらっちゃって大丈夫、なの？」

「あー、飲み物はともかく食い物はさっさと消費しないと腐っちまうからな。どうせ日持ちしないものだから気にしなくていいぞ」

それなら、食べちゃってもいいのかな。

迷っている間に藤さんは隣に座っていて、自分もおにぎりを手に取った。……あ、自分も食べるんだ。

お腹が空いていたのを、安全な場所に来て思い出してしまった。ありがたくいただこう。

おかかのおにぎりを口に運ぶ。

なんの変哲もない普通のおにぎりなのだけれど、とても美味しいと思ってしまった。

一つを無言で食べ終えて、私は手を止めた。

「……藤さん、でいいの？」

「ん、ああ。そうだぞ。……そういや、嬢ちゃんの名前は？」

「鈴宮《すずみや》、です」

「鈴宮ちゃんね。これからどうなるかは正直俺にもわからんが、まあ、困ったことがあったら頼ってくれていいぞ」

藤さんがドンと胸を叩く。頼りになるのかならないのかハッキリしないなあ。

多分藤さんにとってもこの状況がよくわかってないからなんだろうけど……

「……世界は、どうなっちゃったの？　モンスターとか剣とか、あの光の球だって。まるでゲームみたい。藤さんは、何か知ってるの？」

「うん？　聞いてなかったのか？　まあゴタゴタしてたし、しょうがないか」

藤さんは少しだけ首を傾げた後にこう言った。

「信じられないだろうけど、なんでも世界は本当にゲームみたいになったみたいだぞ。あの光の球とかもレベルが上がったお陰で使えるようになったんだが、モンスターを倒してレベルアップだとか、弱肉強食の世界だとかふざけた話だよなあ」

「何、それ……」

なんの冗談なのだと思ってしまったが、不思議と納得できた。そんな不思議な力でもないと、あんなモンスターに太刀打ちなんてしようと思わないだろう。

「浅倉……あの眼鏡の優男のことな。あいつが上手いことやったお陰で、この建物で生きていた人はそれなりに助けられたし、もうじき、モンスターも全部倒せるだろう。けれど、外はもっと強いモンスターが暴れて酷いことになっているらしい。助けも望み薄だろうな」

「そんな……」

外がここよりももっと酷いなんて。それじゃあ逃げることもできないじゃないか。

お母さんやお父さんはどうなってしまったのだろう。

「あー……うむ。今日はもう休んだ方がいいかもな。なあに、浅倉は見た目通りの優男だ。いくら体が無事だとはいえ、心を痛める少女を無理矢理働かせるような非道な真似《まね》はしないだろうよ」

放心状態の私に、藤さんは優しい声色でそう告げる。

顔は向けなかったが、立ち上がるような音も聞こえた。

「どこに行くの？」

「いやあ、楽ができると思ったが、下に行った奴らが気になっちまってな。もうだいたい終わっているだろうが、今からでも加勢にいってやろうって思ったわけだ。鈴宮ちゃんは気にしないで今日はもう寝ちまえ」

「大丈夫、なの？」

「おうよ。これでももう何回か戦った後だ。雑魚相手ならなんとでもなる。……こんなバカみたいな事態の解決なんて俺らみたいな大人に押しつけてしまえばいいのさ。鈴宮ちゃんは、今はとりあえず自分のことだけ考えていればいい」

「……うん」

「よし。じゃあまた明日。武器持って立っている奴に言えば毛布くらいはくれるはずだ。夏だから、なくても大丈夫だろうけどな」

藤さんは私を安心させるように笑ってから、何処かへと行ってしまった。

「……こんなにおにぎり食べられないよ」

レジ袋の中にはまだ沢山のおにぎりが残っていた。

2.

昨夜は藤さんを見送った後、すぐにぐっすりと眠ってしまった。

朝起きた時にはもうこのショッピングモールの中にいたモンスターは全て倒されていた。モンスターや人間のいる場所を観測できる能力を浅倉さんが持っていて、狩り残しの心配はないらしい。沈んだ空気も少しはマシになっていた。怪我人でも動ける人は、他の動けない人達のために食べ物を配っていたりした。

「おはようございます。鈴宮さん、でしたか。昨夜はゆっくり休めましたか？」

「……うん。ぐっすり眠れた」

「それはよかった」

そんな中、私は昨夜私を助けてくれた浅倉さんと再び対面していた。

「それでは改めて自己紹介を。私は浅倉要《かなめ》。国会議員の息……いえ、秘書として、少しでも人命を救うためにこの緊急事態の指揮にあたっています」

藤さんとの会話でなんとなくわかっていたが、やはり、この人が生き残っている人を纏めているリーダーのような立ち位置らしい。

国会議員の秘書、思っていたより偉い立場の人だった。

「外は、どうなっているの？」

「……壊滅、といった方がいいでしょうね。ライフラインは完全にストップ。現在進行形で都市が破壊されている上に、東京に繋がっていた県が綺麗さっぱりなくなって、森に変わってしまっています。……完全に日本の国としての体裁は崩れてしまいました。正直に言えばこの混乱を完全に治める手立てはまだ見つかっていません」

お手上げだというように、浅倉さんの声には疲れが滲んでいた。

こんな状況で率先して動けるような人でも、流石に現状の厳しさに参っているらしい。

「……東京内の混乱はひとまず置いておきましょう。今はこの集団の指揮を執るリーダーとして、このショッピングモールの中で生き残った人達の生活基盤を整えるのを優先させます。……鈴宮さんは私達が使っていた力について、藤さんから話は聞きましたよね？」

「モンスターを倒したら、レベルアップできるって話？」

「はい。君にもその力を手に入れてもらおうと私は考えています」

浅倉さんの言葉を聞いて、私は息を呑んだ。

こちらは助けてもらった身だ。よっぽど無茶な要求でもなければ喜んで従うのだが、あの化け物を倒せという言葉には流石に尻込みしてしまう。

「ああ、そんなに怯《おび》えないで大丈夫です。流石に率先してモンスターを倒せとは言いませんよ」

私の表情を見て、浅倉さんは苦笑する。

「世界も酷い有様です。国が生存の保障をできる状況にない以上、個人である程度の力を持っている状況が望ましい。モンスターだけじゃなくて、悪い大人も沢山いますからね。君がこれからどうしていくにしても無力なまま放り出すのは心苦しいのですよ。それならば、私が少しだけお手伝いしようかと」

「お手伝い？」

「ええ。力を手に入れるためにはモンスターを一体倒さなくてはいけません。その倒すモンスターを私達の方で用意します。手足をもいでしまえば、いくらモンスターでも反撃はできませんからね。真正面から立ち向かうよりかはよっぽど楽に力を手に入れられますよ？」

「……何が、目的なの？」

思わず警戒してしまう。

だって、昨日からずっと私に都合の良いように話が進んでいる。世界が壊れてしまった中で、何も持たない女子高生相手にこんなに親切にする意味がわからない。それこそ今の私には、昨日のゴブリンや、さっき言った悪い大人よろしく「女」という部分くらいにしか価値はないだろうに。

「そんなに大層な目的はありませんよ。さっきも言った通り、今はとりあえず人の命を少しでも守るのが最優先です。そういう意味で言えば、手に入れた力を活かして私達の生活をほんの少しでもサポートしていただければ嬉しいですかね」

浅倉さんは私の失礼な言葉を気にする様子もなく、私の目を見てそう言い切った。

目を逸《そ》らしてしまう。こんなことを聞いたのが少し恥ずかしくなった。

「無理強いはしません。なにせ昨日のことです。モンスターが怖いと思うのも当然だと思います。もう少し時間を置いてもいいでしょうが……」

「……やる。私、なんにもされてないし、なんにもしていない、から。このままじゃ嫌だ」

そんな言葉を自然と口にしていた。私にしてはとても前向きな言葉だった。

「……そうですか。それでは、これからよろしくお願いします」

浅倉さんは私の言葉を聞いて、ホッとしたような表情を見せてから頭を下げた。

*

その後、私と他に志願した十数人は浅倉さんの手助けもあり、力とやらを手に入れた。

手足を切り取られて逃げられないのに、ジタバタともがくゴブリンを押し倒して、手渡されたナイフを差し込んだ瞬間は少しだけ気分が良かった。

……それはともかく。私は自分の職業《ジョブ》を《斥候《スカウト》》に決めた。

私の職業は一応、戦士職だが、ステータスの方は素早さ以外はそこまで高くない。戦闘能力はそれなりにあるが、直接戦闘用の職業と比べると一段は落ちる。

この職業を選んだのは、いくら力を手に入れても運動神経の悪い私に戦闘は向いていないと思ったのと、浅倉さんが私に純粋な戦力を求めていなかったからだ。

浅倉さんとしては、戦闘や生活をサポートするような支援系の職業にでもついてくれればいいと思っていたようだが、私は浅倉さんが言っていたことを気にしていて、最低限の力は欲しくなった末の妥協案といった感じだ。

《斥候》の職業の特性は高い隠密《おんみつ》性だ。スキルも組み合わさって、迂闊に近づかない限りは自分より強いモンスターだって私には気づかない。こういう部分も臆病な私には合っていると思う。

力を手に入れた後はレベル上げと戦闘訓練を兼ねて、周辺のモンスター狩りに付き合わされた。

浅倉さんや藤さんが気にかけてくれたお陰でダメージを受けはしなかったけど、やっぱり思っていた通り私に戦闘は向いていなかった。

ゴブリンのような雑魚モンスターくらいならなんとかなるとわかったけれど、ちょっと敵が強くなっただけで、私の体は怯えで動けなくなってしまう。

そうして、モンスターと戦っているだけで二日目は終わってしまった。

「疲れた……」

集団から少しだけ離れた場所で私は横になる。ベッドなんて便利なものは全員分なかったので、床にタオルや毛布を敷いただけの簡単な寝床だ。昨日も疲れはあまり取れなかったが我慢するしかない。男性陣がやってる夜の警備を免除されているのだから文句もあまり言えない。

「……これで、本当にいいのかな」

疲れからか、思わずそう呟いてしまう。

……何もしないでいるのが嫌だと言ったけれど、今日を通してわかってしまった。私はこの世界で生きていくのには致命的に向いていないらしい。

モンスターがどうしようもなく、怖い。世界が変わってしまった日、肉体的には無事だったとしても、その記憶は私の心に大きなダメージを与えていた。

その精神的なダメージも、未だ立ち直れずに現実逃避している人達と比べればよっぽどマシだという自覚はある。けれど、本質的な部分はきっと一緒だ。

生きていたいから生きてるんじゃない。死にたくないから生きている……そんな言葉も相応しくない。

――名もなきモブの少女Aとして、この壊れた世界を死んだように生きている。

……ああ、しっくりきてしまった。

＊

「偵察？」

ショッピングモールで二回目の朝を迎えたその日。私は浅倉さんに呼び出されていた。

「ええ、私の職業の力では遠くからの映像は撮れても、詳細な情報は手に入りません。なので、よかったら君に任せようかと」

浅倉さんの職業は確か《司令官》だったか。味方への支援能力、それと空中戦艦を軸とした広範囲の索敵能力と強力な攻撃能力を併せ持つ優れた上級職らしい。

初期職業の他にも本人に適性があれば、本来なら初期職業のレベルを上げてからでないと選択できない上級職や、一人だけの特別な職業であるユニークジョブというものが解放されるらしい。

《司令官》はその上級職なのだそうだ。私にはそういうのがなかったから羨ましい。

今回は、その索敵能力が完全に発揮できない場所にいる、大型のモンスターの動向を私に探らせようとしているらしい。万が一、こちらの方にやってきた時に戦えない人達の避難を迅速に行うためだという。

「私一人で、なの？」

「……危険もあるでしょうが、君の能力を考えると誰かがついていくのは逆に見つかるリスクが高くなるでしょう。……戦闘行為にならなければ、君の能力ならモンスターに見つかることはないのですよね？」

「それは……多分、そうだと思う」

昨日出会った敵だって、私のことには気づいてなかった。十分な距離を開けて見ているだけならだいたいの相手には気づかれないと、私は昨日から身についた不思議な感覚で察していた。

「ならば、君一人で行ってもらうことになりますね。もちろん戦闘行為を行う必要はありません。危険だと思ったらその場で逃げてもいいです」

「……それなら、やる」

私はそう答えていた。

誰かの役に立てれば、拭えない異物感を払拭できると思ったからだ。

「……こんなことを指示しておいてなんですが、決して無理はしないでください。いいですね」

「うん、わかった」


耳にはワイヤレスイヤホンのような見た目の通信機、左手にはビデオカメラを持たされて私は指示された座標へと向かう。

これらは浅倉さんに渡されたもので、ビデオカメラの画面端には私の周りにいるモンスターの居場所が光点として示されていた。カメラを基点にして、浅倉さんの空中戦艦と同期して簡易の索敵が行えるレーダー機能が搭載されているらしい。

この機械は既存の製品を改造して作られた物だ。魔力を消費して性能を上げているらしいが、その辺りの詳しい話はよくわからなかった。

ただ、これを作り上げた子のことは知っている。昨日一緒に力を手に入れたからだ。生産職の《発明家《インベンター》》の職業を選んだその子は、僅か十歳のかわいらしい見た目の男の子だったが、目は暗く淀《よど》んでいた。

「集中、しないと」

外は危険だというのに余計なことを考えてしまった。

いくらモンスターの位置がわかっていて、スキルのお陰で気配を隠せていたとしても、今日は私がミスをした時に助けてくれる人は誰もいない。気を抜いている場合ではなかった。

気を引き締めて進む。避けて通ったお陰で、モンスターとの遭遇はなかった。昨日と比べるとモンスターの数もだいぶ少なかったので楽なものだった。

「……いた」

迂回《うかい》などもしていたため、だいたい二時間くらいで座標の近くまで辿り着く。

そして、目標の大型モンスターを見つけた。見た目は鬣《たてがみ》が炎の雄ライオン、そいつが口から炎の球を吐き出して辺りの建物を壊して燃やしている。その様子を十分に距離を取って陰から見守る。

ビデオカメラで録画するのも忘れない。

モンスターはショッピングモールを出た時からほとんど移動していない。この分なら、浅倉さんの警戒も杞憂に終わるかもしれない。

「……見つけた、よ。どうすればいい？」

『確認しました。そのまま警戒を怠らずに記録していてください』

通信機を通じて連絡を取る。ビデオカメラで録画している目の前の光景は、向こうに自動で送信されるようになっている。この様子だとちゃんと届いているみたいだ。

それを確認できたならもう問題はない。どうやらあのモンスターも私に気づいていないみたいだし、後はゆっくりと様子を見守るだけだ。

大型モンスターを止められる人は誰もいなかった。次々と街並みが破壊されていく。

「……あっ」

逃げ遅れたのかはしらないが、突然モンスターの前に人が出てきた。

けれど、モンスターの一撃でその命はあっさりと奪われてしまう。

どうしようと悩む間もなく、吹き飛んだ命に呆然としてしまった。本当に強いモンスターの前ではこんなにも簡単に人は倒されてしまうのか。

名前もないモンスターでこれなら、フロアボスの強さは私の想像もできないようなものなのだろう。……本当に、私達人類がモンスターに勝てるのだろうか？

「……あれ？」

モンスターが街を破壊する様子を撮り続けて数十分後に、モンスターの前に再び人が現れる。今度はちゃんと見逃さないようにとズームでその人達の特徴を見る。

多分、私と同い年くらいの男と、体格的には中学生くらいの女の子の二人組だ。男は何かのカードを数枚手に持っていて、女の子の方はその身長に見合わない長剣を構えて男の前に立っていた。

……普通なら役割が男女逆なんじゃないだろうか。

でも、さっきアッサリとやられてしまった人とは違う。追い詰められて仕方なく前に出てきたのではなく、明らかにモンスターと戦いにきたといった様子で不敵な笑みを二人とも浮かべている。

……信じられない。あれだけのモンスターをたった二人で倒すつもりなのか。

私のそんな驚きはすぐに打ち消された。

目の前に現れた人達に向けて、モンスターがさっきと同じように炎の球を撃ち出す。

女の子はそれを気にする様子もなくモンスター目掛けて走り出した。その動きは私とは比較にならないほど速い。

男はその場から動かない。手に持つカードを、左腕に装着しているゴツゴツとした機械の近くに持っていくような動作を見せた。

同時に女の子の周囲に浮遊する三枚の盾が現れた。透き通るような盾のうちの一枚と炎の球がぶつかり相殺される。

女の子の勢いはまったく止まらない。長剣からは魔力の光が溢れて大きな刃を形作っていた。モンスターの眼前に躍り出た女の子は、その剣で思いっきり上から叩きつけるようにしてモンスターの顔面を切り裂いた。

たった一撃、それでモンスターの頭部が両断される。

「うそ……」

なんてことはない。あの二人の余裕のある表情は、大型モンスターでさえ相手にならないことを理解しているからだったのだろう。

それくらいに目の前で起こった戦闘は、一方的で、一瞬のうちに終わってしま……

「……っ！　まだ終わってない」

頭部を両断され、崩れ落ちたモンスターの全身が炎に変わる。形にならない炎が集まって巨大な炎のライオンの頭になった。

私はモンスターの再生とも言える行為に驚いてしまったが、あそこで戦っている二人組はまったく驚く素振りを見せなかった。

ちょっと会話をするような素振りの後に、女の子の姿が瞬間移動でもするように消えた。

「どこに……あれ、は」

地上に大きな影が落ちる。何事かと空にカメラごと目線を向けると、そこには何かの資料で見たことがある日本の戦艦によく似たものが空に浮いていた。

「もしかして、あれが空中戦艦……？　それじゃあ、女の子の職業って……」

実物は見たことはなかったが、あれが浅倉さんの言っていた空中戦艦なのだろう。ならば、実際にあれを今操縦しているのだろう女の子の職業は、浅倉さんと同じ《司令官》ということになる。

その大きさに驚いていると、空中戦艦から雨のようにビームが放たれた。

「う、わっ……!?」

衝撃と突風がこっちにまで届いてくる。吹き飛ばされないよう堪えながら、攻撃が落ちた場所を見る。

いつの間にか男はモンスターの周りから離れていたらしい。攻撃はモンスターだけに殺到して、ものの数秒で跡形もなく吹き飛ばされてしまった。

何これ。私達とはまるで戦闘のレベルが違いすぎる……！

モンスターがそれ以上、復活することはなかった。

空中戦艦はすぐに消えて、地上に女の子が戻ってくる。建物の陰に隠れていたのだろう、男もすぐに女の子の下に駆け寄っていた。何か喋っているみたいだ。

どうしよう。監視するはずだったモンスター、倒されちゃった。浅倉さんに報告すればいいのかな……

「っ⁉」

一瞬、思考が飛んだ。ビデオを回し続ける私と女の子の目がしっかりと合っていた。

偶然じゃない。それなりに距離があるのに今も目を逸らさずにジッと見ている。完全にバレてる……！

そっか。女の子の職業が《司令官》なら、さっきの戦闘能力から考えても、少なくとも浅倉さん以上の感知能力を持ってるんだ。それのせいで私のスキルが効いてない。

「……え？」

どうしていいかわからないまま立ち尽くしていると、女の子はニッコリと笑って小さくこちらに手を振った。

隣の男が怪訝《けげん》そうな顔をしているが、私だってそれは同じだ。……見逃してくれるってこと？　男がこちらの方をキョロキョロと見ているけど、まったく目線が合わない。これ、女の子は私について何も言ってない感じなのかな。

納得がいかないようで首を傾げていたが、女の子に連れられる形で二人は何処かへ歩いていってしまった。

「……そうだ、浅倉さんに連絡、しないと」

私じゃこれ以上の判断ができない。二人が完全に視界から消えてから、浅倉さんに通信を繋ぐ。

『……なぜ、ここに……？』

通信を繋いだ瞬間に困惑が混じった呟きが聞こえた。意図はよくわからなかったけれど、もしかしたらもう送信された動画を見ているのかもしれない。

「浅倉さん、モンスター倒されちゃった」

『っ！　ええ、動画を確認しました。まずは謝罪を。まさか、あそこまでの強者と出くわすことになるとは思っていませんでした。君を危険に晒してしまいました。申し訳ありません』

「それは、大丈夫……なんでかわからないけれど、見逃してもらえたし」

『……すみません。これは本当に断ってもらってもいいのですが、まだあの二人組を追跡できるでしょうか？』

通話越しでもわかるくらいに、躊躇いがちに浅倉さんが言う。

さっきはなぜか見逃してもらえたけれど、向こうの意図がわからないまま監視を続けるなんて危険だ。私でもわかる。

女の子の方には私の隠密能力も効いていないし、その気になれば私なんて一瞬で無力化されてしまうだろう。

でも……

「カメラの方のレーダーに、まだ二人が何処にいるか映ってる、から。できると思う」

『……よろしいのですか？』

「構わない」

『……なら、お願いします。引き際はそちらに任せます。けれど、モンスターのこともあります。あまり遅くならないように』

「わかった」

通信が切れる。

……あまりにも、らしくない行為だ。モンスターが怖いのは変わっていないし、さっき見逃してくれたのもただの気まぐれかもしれない。なるべく早く安全な場所に戻った方がいいのだけれど。

なぜだろう。今はそんなことよりもあの二人の方が気になっていた。

……世界が変貌してから初めて、私は自分の衝動に従って動くことを決意した。

*

「今日は、本当にありがとうございました。鈴宮さん」

ショッピングモールに戻った私を出迎えた浅倉さんは開口一番にそう言った。

結局、午後の八時まであの二人組の監視をさせてしまったことを申し訳ないと思っているのだろう。私みたいなの、わざわざ出迎えなくたっていいのに。

「楽な仕事だったから、そんなに気にしなくていいよ……見逃されていただけ、だけどね」

私が戻ってきたのは彼らが拠点と思われる家に帰ってしまったからだ。これ以上、監視をしていても仕方ないと思ったから私も戻った。

浅倉さんは大変なことを任せてしまったと思っているようだが、とても簡単なお願いだった。

……もっとも、女の子は私がコソコソと追いかけまわしていることも全部把握していたようで、時折ウインクなどされてしまったが。

「それにしても、まさかあの後に続けてモンスターを狩りに行くとは……」

「おっきいの、また倒してたね……」

呆れが少しと残りは驚きといった様子で浅倉さんは頭に手を当てる。

結局、あの二人組は私の監視を意に介した様子もなく、モンスターを倒し続けていた。モンスターを倒していたのはほとんど女の子だったけれど。男は後ろで応援しているだけの時が多かった。

恐らく男が召喚したのだろうモンスターも戦っていたから、まったく何もしていないわけではないのだろうけれど……女の子に戦わせて自分は後ろで見ているだけというのは、傍《はた》から見てると情けないことこの上ない。

……それはともかく、モンスターを倒していく中で私達、というより浅倉さんが警戒していた強力な大型のモンスターをまた倒していた。それもあっさりと歯牙にもかけないといった様子でだ。

「とにかく好都合です。モンスターは最悪、態勢を整えた後に時間をかけて地道に駆除していかなければと考えていましたが、この様子だと思っていたよりはいい方向に話が動くでしょうね」

「……そんなに、上手くいくの？」

「大丈夫ですよ」

そう断言されてしまう。

「人は存外、諦めが悪い生き物ですよ。そんなに簡単に死ねません。おまけに抗《あらが》う術まで手に入れたのですから。どういう形に落ち着くかはともかく、モンスター程度にこのまま一方的に全滅させられることはないでしょうし、させるつもりはありません」

……浅倉さんはやけに自信をもっているようだったが、私はとてもじゃないけれどそんなことは信じられなかった。正直、楽観的だとすら思える。

あの二人がアッサリと倒していた大型のモンスターだって、このショッピングモールにいる人達が総出で戦って、ようやく倒せるくらいの敵だ。そんな敵がまだ四体も東京内にいると浅倉さんは言った。それに加えてフロアボスの存在だってある。

もしかしたらフロアボスもあの二人なら倒せるかもしれないけれど……

「……浅倉さんは、あの二人に協力してもらうつもり、なの？」

「いえ、今の状況で協力を求めても迷惑なだけでしょう。些事《さじ》に時間を取らせるよりかは、自由にやってもらった方がこちらにも都合がいいですからね」

「でも、あれだけ強いなら私達も守ってもらった方がいいんじゃ……」

「それはいけません」

その言葉は強い口調だった。

「私達が今ここで協力できているのは、あくまでもそうした方がお互いにとって得だからですよ。皆が善意で動いているわけではありません。……そして、それは全然悪いことなんかじゃないんです。むしろ、自分のために生きてもらう方が望ましい」

……それは、そうかもしれない。この世界において一人で生きていくのは現実的じゃない。対モンスター用の戦力や食料の調達、夜の襲撃の警戒のことを考えると、多少の面倒があったとしてもここで多くの人と協力して生きていく方がマシだろうというのは短い間だけれど実感している。

そういう意味ではあの二人は他の誰かを必要としていないから、二人だけでこの世界を生きているのだろう。夜の襲撃の警戒は男が召喚するモンスターでできるだろうし、戦力的には十分以上だというのはもう知っている。

けど、こんな真面目な話を私みたいな子供にされても困る。

「……そんなこと、私に言っても仕方ないよ」

「いえ、聞いておいてください。今の状況は決して良くはないけれど、良い方に進もうとはしているんです。それぞれがやれることを活かして与えられた役割を果たす。それが健全な社会の在り方というものです。……あの二人を今迎え入れたとしても、それでは今作られている流れを壊してしまう。人は楽な方に流される生き物でもありますからね」

浅倉さんは困ったように笑ってそう言った。

「まあ、そういうわけです。暫くはあの二人は放置することにします。鈴宮さんも今日は助かりました。また何か頼むことになるかもしれませんが、その時もできれば力を貸してください」

「……私に、できることだったら」

浅倉さんの真摯な態度に後ろめたさを感じてしまった私は、そそくさとその場を離れた。

「おっ、鈴宮ちゃん。戻ってきたのか」

もうさっさと寝てしまおうと思ったところで藤さんと出くわしてしまった。

「……相変わらず辛気臭い顔してるな。まあ、こんな状況だから仕方ないっちゃ仕方ないが、そんな顔して過ごしていちゃ芯まで暗くなっちまう。こういう時は空元気でも笑わなくちゃいかんのさ。こんな風にな」

ニイッと大仰に笑う藤さん。

「……こう？」

「鈴宮ちゃん、笑うの下手だな」

真似して口元を歪《ゆが》めると、呆れられてしまった。解せない。

そんなやり取りをした後に、私は手早く食事を終えて早めに就寝することにした。

……やけに、浅倉さんの言葉が頭に残っている。

人は、簡単に死ねない。ああ、その通りだと思う。生きたいと思っていないのに死にたくないと思っている私みたいなのがいるんだから。

この三日間で、生きていたって苦しいだけだってはっきりわかりきっていたのに、なんで生きているのか自分でもわからない。

……あの二人ならきっと、私みたいに悩んだりもしないのだろう。自分の意思もないままになんとなく生きているような私には、堂々とこの世界を生きるあの二人は眩《まぶ》しすぎた。

浅倉さんには否定的な言葉を返したけれど、あの二人ならもしかしたら本当にフロアボスだってなんとかしてしまうかもしれない。

自分のことにはもうまったく期待していないが、あの二人は特別だ。ほんの少しの期待と共に私は眠りについた。

3.

「……やっぱりダメ、なの」

目の前に広がる光景を見届けて、失望と共にそう吐き捨てる。

目線の先では、翼の膜が燃え尽き、全身に傷を負いながらも未だ倒れずに、フロアボスが怒りを発散するように建物を破壊していた。

*

特に何事もなく四日目が終わり、迎えた五日目の早朝、初日から西の方で暴れていたフロアボスがとうとう都心部の方へと戻ってきた。

急遽《きゅうきょ》起こされた私は以前、大型モンスターが来た時と同じようにフロアボスの動向を監視することになった。事態が事態なので今回は浅倉さんも付きっきりで状況を窺うようだが、より詳細な情報を手に入れるためにも私に動いてほしいとのことだった。

正直、危険な仕事だったが、遠くからの映像だけでしかフロアボスを確認できないまま、実際に近くまで来られた時に逃げ遅れるという可能性もあるので、やってもやらなくても危険度は大して変わらない。それなら、浅倉さんの頼みを聞いてもいいだろうと思って、私はフロアボスの進行方向へと向かった。

……浅倉さんはもしものことがあれば、こちらのことは気にせず一人で逃げてくれと言っていたが、私が頼れる居場所なんてもうこの世界にはない。フロアボスの気が変わって何処かへ飛び去ってくれないかと願っていた。

「見つけた」

視界が良好で、いざとなれば飛び降りてすぐさま逃げ出せるビルの屋上に陣取って待っていると、悠々と翼を広げて飛行するフロアボスの姿を確認できた。

問題はどこまで進んでいくかだ。このまま向かってくるならショッピングモールの方に行っちゃうのだけは……っ⁉

「落ちた⁉」

思わず大きな声を出してしまった。

フロアボスが突然バランスを崩して斜め前に墜落していってしまったからだ。

少し離れた場所の建物とフロアボスが激突して、建物が崩壊していく。突然のことにフリーズしてしまったが、その大きな音で意識を取り戻した。

ズーム機能を使ってフロアボスが落ちた場所を見る。

煙が晴れた先の、建物が倒壊して随分と開けた場所にフロアボスが鎮座していた。

でも私が目を奪われたのはそこではない。

「あの二人、もう来てたの……！」

フロアボスの目の前には大型モンスターを瞬殺していたあの二人がいた。

驚いている暇もなく、戦闘が始まる。流石に大型モンスターを相手にしていた時ほどの圧倒的な戦闘にはならなかった。二人が能力を駆使して有利に戦いを進めると、フロアボスもそれに対応した攻撃を仕掛けている。

流石にフロアボス相手には苦戦するのかと思った時だ。

「……すごい」

水球、風の刃、空からのレーザー。男がカードを使って流れるように放った三連撃はフロアボスの防御を抜いて、いとも容易《たやす》くその体を飲み込んだ。

もう言葉も出てこない。私達の警戒を嘲笑《あざわら》うかのような二人の働きにただ驚く。

これでフロアボスも倒せ……

「まだ、生きて……」

震えた声が漏れる。

消えた光の柱から現れたフロアボスは、傷だらけの体で大きく咆《ほ》えた。

*

『想像以上、ですね……』

「…………」

通信機から聞こえる浅倉さんの声がやけに遠く感じる。

殺されることはなかったものの、二人は手痛い反撃を食らって、瞬間移動で何処かへ逃げてしまった。

『こちらはもう避難の準備をしておきます。これなら東京の外に出てしまう方がいい。鈴宮さんも適当なタイミングで離脱してください。もうフロアボスの監視は……』

私は通信機を外した。もう何も聞こえない。その場で蹲《うずくま》る。

……やっぱり無理なんだ。

あの二人は私と違うと思っていた。私と違って、こんな世界でも何かをなせる人だとそう勝手に思い込んでいた。

自分で考えて、自分で道を選んで、そして自分の力で前に進んでいける人。

そんな風に考えていた。

そんな彼らでもフロアボスには勝てなかった。

負けたわけじゃないかもしれないけれど、この勝負の結果を見て、私はこの世界が変わることはないと確信した。

もしこれから先、フロアボスを何かの間違いで倒せたって、戦いは終わりじゃない。これはただの始まりでこの先も戦い続ける人生がずっと続いていくんだ。

常にギリギリの戦いを強いられ、戦いの度に数を減らしていき、そうして辛《かろ》うじて摑《つか》み取《と》った勝利に意味はなく、また次の戦いが始まる。

そんな世界で、希望を持って生きられる人はそうそういない。きっといつかは誰もが生きることに疲れて、諦める。……私みたいに。

――人類は運命に負けた。運命には誰も逆らえないんだ。

……思考を打ち切る。こんなわかりきっていたことを今更考えても仕方がない。

ここから離れようとしたが、足は動かなかった。恐怖からじゃない。諦めが、私から逃げるという選択肢も取らせなかったのだ。

期待した分、失望は大きかった。

「これから、どうしよう」

通信機こそ外していたが、ビデオカメラはまだ回している。

画面に映るフロアボスは怒りに任せて暴虐の限りを尽くしている。破壊しきった後にこちらに向かってくるか、それとも何処か別の方に向かうのか。

もうどちらでもよかった。疲れ切ってしまった。浅倉さんには悪いけれど私はここでリタイアでいい。

もう暫くフロアボスの様子を見物して、それでもこちらに来なかったら自分からフロアボスの目の前に行ってやろう。きっと苦しむ間もなくあっという間に殺してくれるはずだ。

自暴自棄にそんなことを考える。……実際にそんな選択肢なんてどうせ取れないくせに。

いつの間にか俯いていた顔を上げる。

「…………なんで？」

本当に、心底からの疑問が漏れた。

フロアボスの前に、再びあの二人が立っていたからだ。

だって、さっき負けたばっかりじゃないか。死にかけて、命からがら逃げ出したばっかりじゃないか。

何日か後に、レベルを上げてから再戦するというならまだ理解はできる。だけど、今戦ったってなんにも条件は変わってない。限りなくギリギリの戦いのままだ。

一度負けたのに、負けたら危険な目に遭うってわかっているのに、どうしてここに来た。

――そして、そんなこと以上に。フロアボスの前に立つ二人が笑っていることの方がよっぽど理解できなかった。

あの大型モンスターとの戦闘とは違うはずだ。絶対に勝てる戦いじゃないのに、なんでそんなに余裕たっぷりに笑えるんだ。

私の疑問なんて関係ないとばかりに戦闘が再び始まる。

さっきと違って酷く一方的だ。女の子は完全に動きを止められているし、なぜか眼鏡をかけてイメチェンしている男は、私よりも遅いのではないのかと思うほどの冗談みたいな動きでフロアボスに近づいていってあっさりと吹き飛ばされた。

無傷ながらも絶叫して、地面をのたうち回った男は、立ち上がって二度、三度とフロアボスへ向かっていく。

私と違って死んで楽になることすらできない防御能力。男はそれに似たようなものを持っているのだろう。ゾっとする話だ。

のたうち回る男の姿はとても痛々しくて、まともに運命に立ち向かおうとしなかったのに簡単に諦めた私が責められているようで、見ているのがとても苦しい。

――それでも、私は目が離せなかった。

空から落ちてきた女の子と共に炎球の弾幕に晒される中、左腕の機械に手を伸ばし、カードに手をかけた男は、追い詰められてもなお笑っていた。

その表情が無謀や蛮勇から来るものじゃないことなんて、さっき死ぬほどの苦しみを受けていた姿を見ているからわかる。

それなのに、彼の表情から読み取れるのは歓喜の感情ただ一つだ。ならば……

彼はその苦しみすらも楽しんでいるんだ。それだけじゃない。戦うことを、命のやり取りも、この世界で生きること全てを純粋に楽しんでいるんだ。

常軌を逸している。こんな世界になるまではそう断言できただろう。

……だけど。今の私はその姿を見て、冷え切っていた心を揺り動かされていた。

彼らは私と違って、自分の力で前に進んでいける人だと思っていた。

けれど、それはきっと違う。

彼らはただ、普通のことをやっているだけなんだ。——生きることを楽しんでいるだけなんだ。

……ああ、そっか。楽しんでいいのか。

その答えはストンと心に落ちてきた。

ずっとどこかで何かを否定していたような気がする。沢山の人が死んだから、何もしていない私が生きていてはいけない。苦しんでいる人がいるなら、自分も苦しまなければいけない。

——世界が変わってしまったから、前の世界と同じようにしていてはいけない。

……そんなこと、誰が決めたわけでもないのに勝手にそう考えていた。

でも、そうじゃないんだ。私がするべきなのは否定じゃなくて肯定だった。

沢山の人が死んだから、私はその人の分まで生きていこう。

苦しんでいる人がいるなら、その苦しみを楽にできるようになりたい。

——世界が変わってしまったならば、前の世界よりももっと良くしよう。

……私なんかじゃこんなにポジティブにはやれないだろう。絶対上手くいかないと思う。

でもいいんだ。失敗したって、勝手に終わらせなければまだ続けられるんだから。最終的に目標に辿り着けたのなら、それでいいんだと思う。

「がんばれ……っ」

彼らがこの状況をひっくり返してフロアボスに勝利できたなら、私もこの世界を生きていこうと思えるかもしれない。そんな期待を込めて。

私は小さな激励の言葉を呟いて、彼らの戦いを見届けた。

＊

「こんな無茶をするのは今回限りです。いいですね」

「……はい」

ショッピングモールへと帰ってきた私は浅倉さんからお叱りの言葉を受けていた。

……若干、さっきの行動を後悔する。いくらやけになったからといって、もう少しやり方はあったのに……。

「……いい顔をするようになりましたね」

少ししょぼんとしていると浅倉さんがそんなことを言った。

「そう？」

「ええ。今の方が君には似合います」

頬をむにむにと触るが、自分ではどんな顔をしているかわからない。

とても気になってしまったが、とりあえずそれは置いておこう。

「……やりたいことが、できた」

浅倉さんにそう告げる。

「それはいいことですね」

「……いいのかな」

少しだけ、今でも死んでいった人達に申し訳なさを感じている。やるべきことはやっているとはいえ、自分のために何かをしていいのだろうか？

「それでいいんですよ。人が人らしく生きるには、やるべきことをやった上で、やりたいことを好きなようにするのが一番ですから」

浅倉さんのその言葉は以前の私ならすぐに否定していただろうけど、今の私はすんなりと受け止められた。

「じゃあ、そうする」

「はい。……とはいえ、あまり無茶なことはしないように」

「わかった」

それだけ聞いて、足早にその場を離れる。

移動しながらオレデバイスを操作して、準備した一つの映像データを見る。

あの後、ビデオカメラで撮ったフロアボスとの戦闘の映像を編集して一つにしたものだ。

この映像をフロアボス討伐後に解放されたチャットで流そうと私は考えていた。

この映像を見て、私みたいに生きていることを苦しいと思っている人達が何かを感じてくれればいいと思ったからだ。

この世界はきっと前の世界と何も変わらないのだと。生きることが間違いなんかじゃないのだと。そう思ってほしかった。私が感じた熱をみんなと共有したかった。

モンスターと戦うのはまだちょっと怖いけれど、きっとそれも慣れてくる。

ずっと戦いが続くなら、戦うことを日常にすればいい。

それが日常になったなら、楽しむとまではいかなくても、当たり前だと思えるようにはなるだろう。……そうなってほしいという私の願望でしかないのかもしれないけれど。

――まだ生きている理由は見つからないけれど、とりあえずやりたいことはできた。

今、この世界を最も楽しそうに生きている彼らの日常を観察しよう。そうすれば、もっとこの世界を肯定できるかもしれない。自分も前を向いて生きていけるようになると思う。

……いや、肯定する必要もないんだろう。だってそんなこと、普通に生きてきた中で考えたことなんてないんだから。

生きている理由だって同じだ。そんなものがなくたって世界を楽しむことはできる。

なんにも変わらない。生きることを楽しむのに理由や理屈なんていらないんだ。

心に張りついた氷は溶け落ちた。今の私は少しだけ前向きだ。

「うん……？　鈴宮ちゃんか」

「藤さん」

途中、藤さんとすれ違う。

藤さんは一瞬怪訝そうな表情を見せた後にニイッと豪快に笑ってこう言った。

「笑えたじゃないか。そっちの方がいいぞ」

「――うん」

私もそれに応えるように、口元を不器用に歪めた。

――私の名前は鈴宮綾《あや》。生きてる理由はわからないままだけど、変わらないこの世界を今も生きている。

これから

1.

「わたし、ふっか〜つ!!」

黒乃がはしゃいでいる。

「ひゃっほーう!」と無邪気な子供のようにはしゃぎ、この一週間のほとんどを三角巾で固定されていて、ついさっき解放されたばかりの右腕をブンブンと振り回していた。

「さあ、何して遊びましょうか!」

右手にコントローラー、左手に《クロノ・ホルダー》のデッキを持って、黒乃がジリジリとこちらに迫りよってくる。

目がキラキラとしていて「かまえー」って感じが滲み出ている。

気持ちはわかる。コントローラーが両手で握れなかったから、できるゲームが限られていたし、そもそもロクに体を動かせないしで退屈だったろうからなあ。でも……

「落ち着けよ。怪我が治ったらこれからのことを話し合おうって決めてただろ?」

「えー、そんなの後でいいじゃん」

「駄目です。やることはちゃんとやっとかないと」

「……ちぇー。京さん、変なところでマジメですよねー」

俺が引く気がないと見ると、黒乃は渋々遊び道具から手を離して席についた。

……変なところでマジメって、まさかこんな世界になっても言われるとは思わなかった。

解せない。やらなきゃいけないことやっているだけだろうに……

「でも、話すことって言ってもあんまりないっすよねえ。デスゲームならデスゲームらしく、次のイベントをさっさと出せばいいのに」

「この感じだと、他の地域がフロアボスを倒しきるまで次のイベントはないんじゃねーの？」

「それだと長すぎでしょう。私達が無茶しただけで、安全にいくと半年かかってもおかしくないと思うっすよ」

「盛りすぎだろ。せいぜい、二ヵ月くらいじゃね？　……まあ、期間はともかく向こうからの通達を待つしかないってのは落ち着かねえな」

もどかしい話だが、このデスゲームを仕組んだ黒幕が何かアクションを起こさないと、こちらとしてもやることがない。

フロアボスがいた頃と比べたら、今の東京はあまりにも平穏だ。

中ボスは全て倒された。街を徘徊するのはデスゲーム初日に現れた量産型の雑魚モンスターの生き残りと、街の外から来るモンスターくらいなもので、正直なところ、デスゲームと言うには物足りない。

「相変わらずこのデスゲームの運営は何したいのかよくわからん。目的がまったく見えてこないからイマイチ気が乗らねえんだよな」

「そもそもこのデスゲームがクリアできるのかもわからないっすからねー。『ずっとこのデスゲームを続ける』なんてのが黒幕の目的だったとしても私は驚かないっすよ」

「あー、そっか。そういうのもあるよな。こっちは黒幕と戦うどころか居場所も正体もわからないわけだし、どうやっても止められないってことか。完全にクソゲーだー」

黒乃が言う通り、このデスゲームにクリア条件なんてものはない。何をどうすれば終わるかという情報が与えられていないのだ。

それは即ち、向こうに終わらせるつもりがないという風にも読み取れる。そうなってしまっては、もうこちらとしてはお手上げだ。

俺達が使っている力はこのデスゲームで設定されたものだ。与えられた力で反抗なんてできるわけないし、第一、向こうの存在も、居場所もわからないのだから反抗しようがない。

……詰みです。

「やっぱ、デスゲームそのものに関しては話しても仕方がないか。あんまり流されるままでいるのは良くないんだけどなあ……」

「私は楽しめてるからいいっすけどねえ。それに考えようによっちゃ、この世界も悪くないと思いますし」

「と、言うと？」

尋ねると、黒乃は指を折り思案しながら答える。

「戦いさえすれば、誰でも力が手に入る。ジョブのお陰で各々がやれることが明確になる。魔法という未知のエネルギーが使えるようになった。スキルのお陰で努力は一定の成果を必ず得られるものになった。ショップ機能のお陰で流通にかかるコストと時間が消える。ドロップアイテムのお陰で自給自足が容易になる。ショップ機能とドロップアイテムのお陰で食料問題の心配はない。毎日がスリリングで楽しい。……ぱっと思いつく利点はこのくらいっすかねぇ？」

「…………あれ？　そう言われると悪くないような……いや、やっぱ人がいっぱい死んでるしダメだろ」

「てへっ、バレましたか」

一瞬流されかけたが、致命的な欠点を思い出して反論する。黒乃は悪びれることなく舌を出した。自分でもこの世界について考えたことはあるが、やっぱりどうしてもその点は見過ごせない。俺らがたまたま戦う力を持てたからこんなにのほほんとしていられるだけで、普通の人にとってはいい迷惑どころの話じゃないしな。

他に欠点を挙げようと思えば、世界が分断されたことも挙げられるだろうか。そのせいで兵庫に帰る当てがないわけだし。

後は各人が力を持ったことによる弊害……人同士が争い始めるかもしれないくらいか。

とはいえ、それをこの世界のせいにするのは違うだろう。特別な力がなくたって人は勝手に争うだろうし。

……メリットを見てみると、確かに命の危険さえなければわりといい世界なのかもしれない。

「まあ、この話はこれくらいにして。これからのことについて話していこうか」

とりあえずデスゲームに対しての話を打ち切る。

「まず最初に確認する。クルルが何も言わずに消えたから、今の俺達には解決しなきゃいけない大きな目標がない。フロアボスも倒しちまったからな。そこでなんだけど、俺達まだ一緒に戦うかい？　俺としては黒乃が居てくれると嬉しいんだけど」

「もちろんっすよ。遊び相手がいなくなるのは困ります」

「オーケー。俺は今まで通り黒乃の仲間兼居候ってことで」

「じゃあ、私は京さんの仲間兼家主っすね！」

親指で自分の胸を指してそう言うと、黒乃も真似するように同じ仕草をする。そのやり取りがおかしくて顔を見合わせて笑ってしまった。

「うし。それじゃあ次にどんなイベントが来ようと俺達で攻略できるように、まずはレベル上げのことから話していこうか」

「東京の外に広がる森にモンスターが出るんでしたよね」

「ああ。掲示板の情報だと推定Ｌｖ１～15くらいのモンスターが一定範囲に生息していて、倒すと時間を空けて再出現《リポップ》するらしい。こういうとこ、ホントにゲームみたいだなって感じがするな」

《冒険家《アドベンチャラー》》が立てたスレッドから得た情報だ。

東京の外にもモンスターがいるらしく、情報を信じるなら、東京に突如出現した、人を襲うだけのモンスターとは違い、外に生息するモンスター達は一定の生態系があって群れを作っていたりもするそうだ。異なる種族のモンスター同士で争う場面もあったらしい。

とりあえず、今重要なのはこのモンスターは倒されても一定時間が経てば復活する点だ。モンスターを倒せば経験値の他にもドロップアイテムが手に入るし、お金——ミルも手に入る。

モンスターがいなくなることはなくて、レベル上げのついでに生活に必要なリソースが手に入る。これなら、生活リソース目当てのドロドロした争いは起こらないだろう。

とはいえ、外のモンスターに目を向けるほどの余裕がある人は少ない。体制が整った組織を作るためにも、暫くの間は東京の中に出現したモンスターを狩る作業が優先されるだろう。

「私達もだいぶ顔が売れましたからねえ。これ以上、東京の中で活動するのはめんどくさいことにもなりかねないし、私は東京の外でレベル上げしたいんですけど京さんはどうっすか？」

「俺もそのつもりだ。なんでも俺達が解決すると思われたら困る」

「……ちなみにですけど。ここで活躍したら、東京を支配できると思うっすよ。私達、フロアボスを倒したし、お金も持っているし。それで東京のために頑張れば、勝手に誰かが担ぎ上げてくれると思いますけど」

黒乃がニヤリと笑みを浮かべてそんなことを言う。

確かに今、この東京は誰の支配下にも置かれていない。こんな世界になったんだ。リーダーと組織には何よりも力が必要だ。モンスターが現れる度に壊滅していたんじゃ話にもならないからな。

ならば、フロアボスを倒したという明確な功績を持つ俺達がリーダーになると、東京に住む人達にわかりやすく力を示せるだろう。

お金も多少はあるし、町の復興と新たな組織の編成もやりやすい。問題は俺達の若さだが、その辺りはなんとでもなるだろう。

……そこまで考えて、思考を打ち切る。

「やだよ、めんどくさい。俺に都市全体を纏める能力はないし、黒乃はできるかもしれないけどやらないだろ。なら、やらなくていいよそんなこと。……というか、そういうのがめんどくさいから外で活動するんだろ」

そもそも俺はそういう立場に向いていないし、やりたいと思ったこともなかった。

赤の他人に毛ほども興味がない俺みたいな奴が、顔も見たこともない奴のために頑張らなきゃいけない立場に自分から立候補するなんて悪い冗談だ。

第一、自分がそこまで能力のある人間だと思っていない。絶対途中で嫌になって放り投げるという確信がある。

やれないことの上に、やりたくもないことなんて、どうしてやらなくちゃならんのか。

「アハハ。言ってみただけっすよ。京さんがやりたいならサポートくらいはしてあげようかなとは思っていましたけど」

「で、一日で飽きてサボるんだろ」

「……いやあ、京さんが私のことをよくわかってくれていて嬉しいっすよ！」

「おい」

誤魔化しやがった。じとーっと黒乃を睨むが、気にする様子がないので諦めた。

「そういうことやりたがる悪い大人はまだいっぱいいるだろ。得点稼ぎのためにも東京の中のモンスターはそいつらに任せるよ。というわけで明日からは、俺達は大人しく東京の外でレベル上げってことで」

「異議なーし」

俺達を神輿《みこし》に担ぐ奴らもいるかもしれないが、今はそんなことを気にしても仕方がない。

これからの活動の方針も大まかに決まったので、今までやらないでいたことを片づけていくことにする。

「よし。これをついに使う時がきたな」

「……『プレミアムガチャチケット』？　いつそんなもの手に入れたんです？」

ウキウキとクロノグラフの画面を操作する。黒乃は画面に映るアイテムの名前を呟いた。

「フロアボスのドロップアイテムだよ。ＵＲ《ウルトラレア》以上のレア度のカードが二枚手に入るんだと。今まで使わないで置いていたのは黒乃が動けなかったから。ほら、新しい切り札を手に入れたら使いたくなっちゃうだろ？　俺一人で戦ったら危ないじゃん」

「確かに。京さんだけだと万一がありえちゃいますしねえ。英断だったと思うっすよ」

その代わりに早くガチャを回したくて仕方なかったわけだけどな……

レア度が高レアリティで確定しているのもいい。何を引いても戦力になってくれること間違いなしだ。

「それで、京さんはどんなカードが欲しいっすか？　やっぱりモンスター？」

「うーん。フロアボスを倒した時にＵＲのモンスターは手に入ってるしなあ。今はやっぱりなんでもいいから自分で戦えるようなカードが欲しいよ」

「あー、そういやそうでしたっけ」

フロアボスのドロップアイテムで俺はＵＲのモンスターを一枚手に入れている。今は放し飼いにしてレベルアップさせている最中だ。

なので、今欲しいのは黒乃の戦いをサポートできるカード。欲を言うならば自分で戦えるようなカードだった。

「よし、回すぞ！」

そう意気込んで、プレミアムガチャチケットを使用した。

光の奔流のエフェクトと共に、縁《ふち》が金色の装飾のカードが画面上に現れた。カードの説明文を読んでいく。

反転世界《ワールドリバース》
【レア度】ＵＲ
【タイプ】術式カード

【コスト】49
【Lv】1
【効果】
決戦術式《ファイナライズ》（デッキに決戦術式カードは一枚しか入れられず、同じ名称のカードは一日に一枚しか使用できない）
①一分間、効果範囲内の全ての生物の攻撃力、防御力、素早さのステータスがこのカードをプレイしたプレイヤーを基準に大幅に減少する。

「決戦術式……？　って何だコレ、つっよ！」

新たな用語に困惑しながらも効果の詳細を読んでいくと、このカードの効果が今までのカードとは一線を画するものだと知らされる。

まず、効果範囲だ。Ｌｖ１の段階で発動したプレイヤーから半径一キロメートルが対象と、範囲がものすごく広い。ＳＲ以下のカードだと効果範囲は半径百〜三百メートルくらいだった。

更に驚くべきはその効果。ステータスの変動値がものすごい。範囲内の生物のステータスが、俺のステータスとの差分が引かれた数値になるらしいのだ。

残念ながら俺の元々のステータスの半分までしかステータスは下がらないみたいだが、それでも十分だ。

効果に該当する俺の今のステータスは全て１１００。つまり、効果対象とのステータス差が５５０以上あるだけで対象のステータスを５５０になるまで下げられる。

だいたいの相手はステータスを俺の半分まで下げられるだろう。というか、効果を発揮できない相手だったとしても、その時点で俺の方がステータスで勝っているんだから、実質このカードは「一分間、該当するステータスが対象を上回る」能力を持っていると言っていい。

　そして、ＨＰシステムのお陰で敵の攻撃力が俺の防御力を上回ってないと、俺にダメージが通らない。つまりこのカードが発動している間は実質無敵だ。

　一日に一回しか使えないみたいだが、圧倒的な強さだ。

「うわー、強い。……けど、この書き方だと味方も効果受けちゃいますねえ。《時の蒐集者《クロノ・ホルダー》》の戦い方と合ってないのが勿体ないっす」

　確かに味方を巻き込むのはいただけない。この感じだと俺の召喚したモンスターも影響を受けるだろうし、乱戦では使いにくいか。

　それに、俺のステータスの半分にしたところでその差は１０００もない。圧倒できるほどの差が生まれないからこのカードだけで勝てるなんてことはないだろう。時間制限いっぱいまで粘られる未来が見える。

　普段は理不尽に速すぎる戦場に無理矢理食らいついているんだから、どうせなら気前よく相手のステータスを０にするくらいのことはやってほしかった。……それは望みすぎか。

「うーん……でもそこを差し引いてもすごく強いカードだろ。次もこの調子で良いカードが……おおっ！」

　気分よく次のガチャを回す。画面に映るのは虹色に輝くカード。

　さっきの演出と違う。さっき引いたのが最低保証のURだったので、演出が違うこのカードは間違いなくさっきのよりレアなカードだ。金より虹の方がレアっぽいし。

「明らかにレアっぽいすね。ホントに運はいいっすねー、京さん。私にも分けてほしいっす」

　画面を覗く黒乃がそんなことを言うが、俺のガチャ系の運がこんなに良かったことなんて数えるほどしかない。自分でも驚きながらカードの詳細を見て……咄嗟に画面を手で隠した。

　こんなものを見られちゃいけない。

「……見た？」

　そして、恐る恐る黒乃に尋ねる。

「……もー、隠さないでくださいよー。見えなかったじゃないですかー」

　黒乃は口をポカンと開けていたが、俺の問いを聞いて、少し遅れてそう返した。

　……これ、絶対見た反応だな。まあ、見なかったことにしてくれるなら俺もそれに乗っかろう。

「いやー、見るほどのもんじゃないさ！　こんなもんゴミだよ、ゴミ！」

「なんだ、ゴミっすか。残念でしたねー。……そうだ、ガチャも終わったんだし、ミルで何買うか決めましょうよ」

　黒乃が露骨に話題を変える。ガチャの後に話し合おうと思っていた話題だった。

　俺はガチャで引いたカードのことを一旦、頭の隅に押し込めた。

「私はこの『ぬくぬく露天風呂セット』がいいんすけど！　やっぱりお風呂っすよお風呂！」

俺と黒乃のミルを合わせると一億ミルを超える。折角これだけあるのだから、解放されたショップ機能を使って何かを買おうと二人で言っていたのだ。

ショップでは食料などの生活必需品はもちろん、剣や盾などの武器の他に、本来、必要なエネルギーを魔力で代替した自動車や冷蔵庫などの便利な道具や、家、城壁などの様々な施設まで売られていた。

もちろんそれらの値段は高い。一千万を超えるものがザラにある。

俺的には様々な機能が搭載されたキャンピングカーが役に立ちそうだと思っていたのだが……

（ちなみに免許は持っていない）

「確かに今まで風呂は水魔法で済ませてきたからいい案かもしれないけど……いや、露天風呂って庭に設置する気かよ。目立つだろうが。家にモンスターが群がっているだけなら不審に思われるくらいで済むだろうけど、家に温泉湧いてるとか異常にもほどがあるわ」

「もう十分、私達は目立ってるじゃないっすか。そんなの今更ですよう。だいたい、その辺はちゃんと考慮してますって。……それに欲求不満な京さんのことも考えてこのチョイスにしたのに文句言われるなんて心外ですー」

話の途中で思いつきましたとでも言わんばかりのタイミングで、ニヤニヤと笑って黒乃がそう言った。

「欲求……？　って、おまっ⁉」

黒乃の言わんとすることを理解して、思わず動揺してしまう。欲求と言われて思い当たる節が一つだけあった。デスゲームが始まって以降、自家発電をできていないのだ。

女の子と一つ屋根の下。いつも一緒にいるからこんな理由で別行動を取ったら怪しまれる。そもそも他人の家でそんなことできるか！　などの理由で大人しくしていたというのに……

溜息をつく。……そっちから言ってきたんだ。これくらいの意趣返しはしてもいいだろう。

「あのなあ……こちとら一週間以上も禁欲生活送っているんだぞ。一応、俺だって青春真っ盛りの男子高校生なんだからな。そんなこと言って俺がその気になったらどうするつもりだ？　ん？」

「え、あ……はい。そうっすね、あはは……」

黒乃は途端にしおらしくなり、目を逸らした。

ここで、そんな反応されるとは思わなかった。思いっきり梯子《はしご》を外された。

「……おい、なんだよこの空気。そっちからそういう話題振ってきたんだろうが。ちゃんといつもみたいに笑い飛ばしてくれよ。……頼むよ」

……もうほとんど懇願だった。年下の女の子にそっち系の話をして、こんな空気を作ったと考えるだけで死にたくなる。

そんな思いが通じたのか、黒乃はゆっくりとこちらを向いて、上目遣いでこう言った。

「溜まってるってやつなんだね。しょうがないにゃあ……いいよ」

「何がだよ!!　ってか、それ言いたかっただけだろ!!」

「そもそも京さんのクソステで私を押し倒すなんて無理っすよーう」

「くそう、弄ばれた……っ！」

心配を返してほしい。

よくよく考えたら俺のクソステじゃ、暴走したところで黒乃を押さえつけることなんてできない。俺なんかより黒乃の方がずっと力が強いからな。その辺も考慮しての挑発だったというわけだ。ムカつく。

……けど、少しホッとした。こんな話しても笑い話で済むならもうそれでいいか……

空笑いを漏らす俺に黒乃が近づき、声をかける。

「そういう友達でも私は別にいいっすけど、京さん案外真面目っすからねー。ちゃんとした関係じゃないと満足できないでしょ？　だからこういうことはお付き合いの後っす。それまでは一人で欲望を発散してください。ペコリ」

「うん。そりゃ、俺はこんな性格だからな。誰かと付き合うのは相手のこともちゃんと幸せにしたいと思った時じゃないと失礼……うん？」

「というわけで、買うのはお風呂にけってーい！　それじゃあ設置してきますね～」

頭の中で黒乃の言葉を反芻しているうちに彼女は外に行ってしまった。

なんだかなし崩し的に決まってしまった。

……まあ、それ自体は別にいいや。露天風呂いいじゃん。

それよりも……

「……こういう思わせぶりな態度取っても許されるのが女の子のズルいところだよなあ」

うん、ズルい。女の子は本当にズルい。ますますそう思うのだった。

2.

総額千七百万ミル。オプションで脱衣所、石畳のタイルの床に、男女で仕切られたそれぞれの風呂場にシャワーセット一組、一日一瓶コーヒー牛乳無料。更に外からの覗き防止のために透明なシールドで風呂場が覆われている。

このシールドのお陰で外からはこの露天風呂の存在を認識できないらしい。

そして、入浴後には全ステータスに三パーセントのバフがかかる。

「バフがかかるってなんなんだ……それにこれ、何処からお湯が流れてきてるんだ……？」

庭の大部分を使って設置された露天風呂にツッコミを入れる。

やたらとオプションが多い。セットって確かに書かれていたけど。

追加料金でオプションを更に追加できるらしい。

目の前に広がる露天風呂は温泉にあるやつみたいに岩の隙間からお湯が流れてきているのだが、その先に何もないのは知っている。

いったいどういう仕組みで水源を確保しているんだ。

色々と釈然としないが、とりあえずお湯に浸《つ》かる。

「あ～、気持ちい～。やっぱ風呂はいいな、うん」

うんと大きく伸びをする。体の疲れが取れていくようだ。

水道が壊れていたために今までは黒乃の水魔法を使って溜めた水で体を洗い流すだけだった。

だから、体が温かいお湯に包まれるこの感覚も久し振りだ。

外から見られたら目立つと思って設置に反対していたが、黒乃はしっかりと説明文を読んでから決めていたらしい。俺のことをからかう前にそっちを先に説明してほしかった。

ともあれ、これはいいものだ。些細《ささい》なことなら文字通り水に流せる。今はそんな気分だ。そんな気分だったのだが……

「……ほんと、これさえなけりゃ素直に気持ちよくいられたんだけどなあ」

今抱えている悩みは別だった。

左腕につけたままのクロノグラフ。防水性があるかはわからないが、決して壊れないみたいなので、基本的にいつもつけっぱなしだ。

その画面を操作して、表示したのは先程二枚目に引いたカードだ。

咄嗟に隠したため詳細までは見ていないが、とんでもないことが書かれていたことは確かだ。

恐る恐る確認する。

異聞・黒き斑の死宣《ブラック・デス》
【レア度】ＬＲ《レジェンドレア》

【タイプ】術式カード
【コスト】１２４
【Ｌｖ】１
【効果】
決戦術式《ファイナライズ》（デッキに決戦術式カードは一枚しか入れられず、同じ名称のカードは一日に一枚しか使用できない）
①このカードのプレイヤーの存在する座標を対象に発動。座標から一定範囲内に存在するこのカードのプレイヤー以外の生物全てに死の呪いを付与する。
②このカードの発動はクロノグラフで解除できない。（解除にはこのカードのレベル＋５又はＬｖ10の解呪能力が必要）

「……ダメだ。意味不明すぎる。半径百キロメートルの生物を一分以内に皆殺しにする呪いを解呪されるまで無制限にバラまくとか……今までと規模が違いすぎる。加減しろ、バカ……っ！」

　そこに書かれているのは、今までの自重はいったいなんだったんだと叫びたくなるほどにぶっ壊れた効果だった。

　テキストでは、範囲内の生物に死の呪いを与えるとの簡単な記述だが、詳細を見ると発動した時点でなんらかの耐性を持っていないと防御力に関係なく行動不能になり、一分以内に体が黒い塵になるらしい。なにそれこわい。

　しかも、他のカードと違って、俺が任意で効果の解除ができない。使ってしまえば、解呪能力を持つ人が現れない限り永遠に効果が続く。バカなんじゃねえの。

　そして、効果範囲は対象にした座標から半径百キロメートル。そこにいる全ての生物だ。もちろん任意で範囲を狭めることはできない。

　Ｌｖ１の状態でこれだ。レベルが上がればこれ以上に範囲が広がる。オーバーキルすぎる。

「……こんなの渡されても使えるわけないだろ」

　こんな悪役が使ってきそうなムチャクチャなインチキ効果のカードを渡されても困るだけだ。

　何より恐ろしいのは、このカードを使ってしまった時だ。

　これで運良く敵を倒せたとしても、絶対に人を巻き込む。

　何百か、何千人か、はたまた何万人かは知らないが、折角生き残っている人間を皆殺しにしてしまう。

　赤の他人なんかに興味がないのは事実だが、だからといって、自分のために他人を傷つけたくはなかった。やったら絶対に笑えなくなる。

　もたらす被害を考えると、使わなくても他者にこのカードの存在がバレるだけで行動を制限されそうだ。

　正直、捨ててしまいたいが、クロノグラフに手に入れたカードを捨てる機能はない。

　なので、このカードは永久に、自主的に封印することにした。知っているのが俺だけならバレることはない。あの様子だと黒乃がばらすこともないだろう。

「強くなりたいとは言ったけど、こういう理不尽な方面じゃないんだよなあ。もっとこう、素直にステータスを上げてくれれば……」

「京さ～ん！　お背中流しに行きましょうか～！」

「明け透けにそういうこと言わないで！　好きになっちゃうでしょうが！」

頭を抱えていたところに、仕切りの向こうから黒乃が声をかけてきた。

ここぞとばかりにからかい倒すのはやめてほしい。いくら禁欲がしんどいからって黒乃の誘惑になんか絶対に負けたりしない！

もう何も考えないでおこう。無心で百数えて風呂から出よう。

「……そんなカードがなくたって、私に任せてくれれば大丈夫ですよ。私が戦って、京さんがサポートする。仲間なんだからそれでいいじゃないっすか？」

黒乃の、そんな柔らかい声が聞こえた。

どうやらさっきの嘆きを聞かれていたらしい。

黒乃に戦いを任せっぱなしじゃ、男として不甲斐ないから強くなりたいと思った。自分一人でも戦えるようにしたいと思った。……けどまあ、今はこれでいいのかもしれない。

無理に個人の強さを求めるよりも、今ある手札で黒乃と一緒に戦う方が噛み合っている。そう思えた。きっかけがなんであれ、今の俺達は死線を乗り越えた立派な仲間だ。協力して戦う方がずっと楽しいだろう。

「……そんなカードなんてないよ。俺は相変わらず弱っちいまんまだからな。だから黒乃。これからもよろしく」

「くすっ、そうでしたね。……それじゃあそんな使えないゴミカードに代わって、これからもこの黒乃ちゃんが京さんのために戦いましょうとも！」

改めて、そう告げた。これからも、俺達は変わらずこの世界を楽しむ。遊び尽くす。

ああ、楽しみだ。

……このまま、いい雰囲気で話が終わってればよかったのだが……

「なんだそれ、変に張り切りすぎだろ」

「ムカッ。今のは温厚な黒乃ちゃんでも怒っちゃいました。これは今すぐ男湯に突撃するしかないっすね！」

「やめてくださいお願いします理性が持つ気がしないです……っ！」

俺の不用意な一言から黒乃がまたおふざけモードに入る。いや、もしかすると本気なのかもしれない。仕切りの向こうの水が跳ねる音を聞いて俺は慌てて謝罪するのだった。

……上手く締まらないのはなんだか俺達らしいなと密《ひそ》かに思った。

設定イラスト集

illustration：深遊

逆蒔 京也

Kyoya Sakamaki

自分が楽しむことしか考えていない青年。
全然、主人公らしくはない。
とはいえ、エゴイストと呼べる程の
精神性でもなく、他者に迷惑をかけない
程度で自分の中のルールに従って
行動している。

生意気な感じと若干幼さが残った相貌が
自分の中のイメージとピッタリでした！
（相川）

黒乃 遥

Haruka Kurono

不思議な巡り合わせで京也が行動を
共にする事になった少女。
「自分が楽しみたい」という一般的には
ダメな部分でシンパシーを感じていて、
京也を自分の遊び相手であり、同類であり、
仲間だと認め、懐いている。

にこやかに笑うのと、戦闘中にも拘らず
自然と零れたような笑み。
二種類の笑い方のどちらも似合っていて、
とてもかわいく描いていただきました！
（相川）

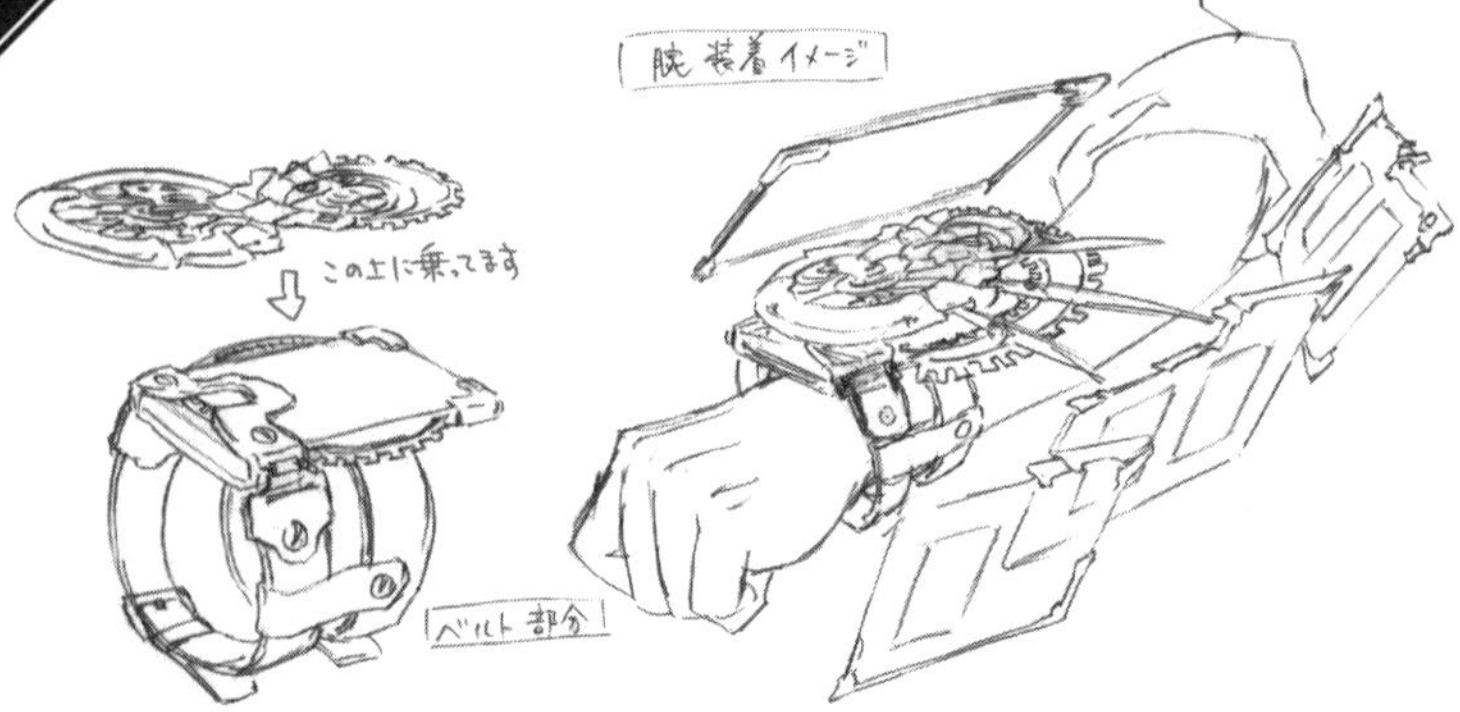

クロノグラフ

Chronograph

主人公の使うアイテム。
内部に組み込まれた
『クロノギア』の力で
カードに描かれた存在及び
現象を実体化している。
ちなみに着脱不可。

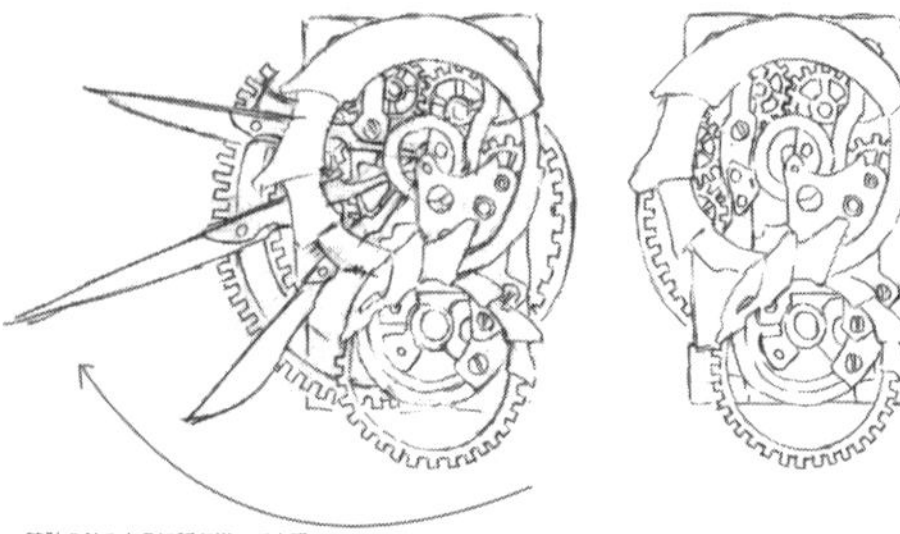

まさかこんなにカッコよくデザインしていただけるとは思っていませんでした…ものすごく感謝です。（相川）

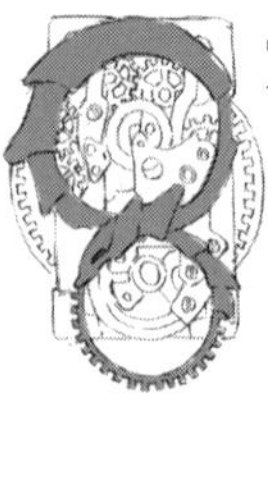

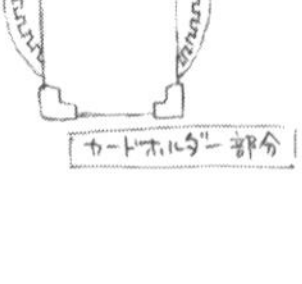

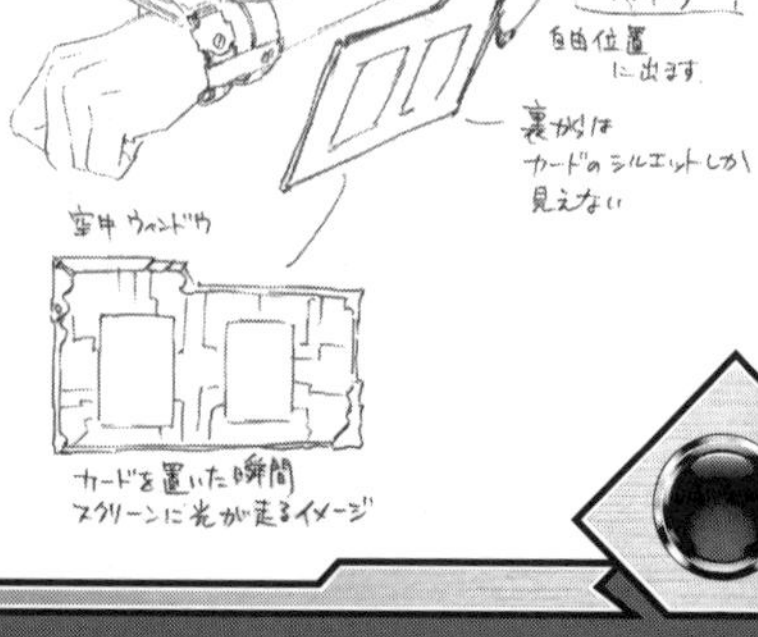

クルル

Krull

装画には描かれていませんが、
クルルと鈴宮さんに関しても
かわいくデザインして
いただきました。
改めてこの場を借りて
深遊様に感謝申し上げます。
（相川）

鈴宮 綾

Aya Suzumiya

相川みかげ（あいかわ・みかげ）

富山県出身、兵庫県育ち。今年、就職したばかりの新社会人。高校生の頃に文筆業に興味を持ち、学業の傍ら修行として小説投稿サイト「小説家になろう」に小説の投稿を始める。本作にてデビュー。

レジェンドノベルス
LEGEND NOVELS

東《とう》京《きょう》非《ひ》常《じょう》事《じ》態《たい》
MMORPG化《か》した世界《せかい》で、
なんで俺《おれ》だけカードゲームですか？

2020年7月6日　第1刷発行

［著者］相《あい》川《かわ》みかげ
［装画］深《み》遊《ゆう》
［装幀］川原経義（トレスアミーゴス）

［発行者］渡瀬昌彦
［発行所］株式会社 講談社
〒112-8001 東京都文京区音羽2-12-21
電話 ［出版］03-5395-3433
［販売］03-5395-5817
［業務］03-5395-3615

［本文データ制作］講談社デジタル製作
［印刷所］凸版印刷 株式会社
［製本所］株式会社 若林製本工場

N.D.C.913 318p 20cm ISBN 978-4-06-520128-2

レジェンドノベルス
LEGEND
NOVELS